専属料理人なのに、料理しかしないと追い出されました。2

グレイ
雷白鳥の卵から孵った霊獣。
白い翼を広げて癒しの風を
送り、傷付いた人々を癒す
ことができる。
ルイス
ホワイトハットの賢者で、
現在はザックと共に
アリーの専属護衛をしている。
アリーにアプローチ中。
アリー
冒険者パーティー
「ホワイトハット」の元専属料理人。
両親が手放した食堂の、
念願の再開を果たした。
登場人物紹介

リーダー
ザック
魔法使い
ミリィ
フォード
大神官の妾腹の子。
大神官の座を
奪わんとしいてる。
ライラ
辺境伯令嬢。
アリーの因縁のお友達とも
付き合いが…？

目 次

◆本編3・Gazing at our roots

もうすぐSランクにも手が届きそうだという、冒険者パーティーのホワイトハット。

私はそのパーティーで、専属料理人として約一年間、可もなく不可もなく過ごしてきたつもりでした。しかしあと数日で契約期間も終わるというあの日、突如パーティーを追放されたのです。

しかもダンジョン最下層のラスボス部屋の前に置き去りという、かなり手酷《てひど》い餞別《せんべつ》までいただいてしまいました。

もちろん無事に生還したからこそ今日の私がいるわけですが、ギルドでの断罪を終え己《おのれ》を省《かえり》みて、気が付きました。

私はメンバーに対して仲間意識が持てていなかったのです。

両親の思いが残る食堂を買い戻したい。だから我慢しなくちゃ……私が一年間我慢すれば全てが終わる……

本来ならば仕事だと割り切って考えるべきところを、たとえ一年間とはいえ、専属になどなりたくなかったと思う気持ちを優先してしまったのでしょう。

期間限定とはいえ私たちは仲間だったのです。私がホワイトハットのメンバーに遠慮をせず、資金繰りや食材についてざっくばらんにでも話をしていたなら、違う道があったのかもしれません。仲良く打ち解けていたなら、あの追放もなかったかもしれないのです。

『料理が旨いと幸せな気持ちになるよな』

『美味《おい》しかった。次は子供や孫も連れてくるよ』

そんなお客様のさりげない言葉が毎日の心の栄養だと常に話していた、今は亡き両親。

そうです。これらの言葉は料理人にとって最高の賛辞《さんじ》です。私もホワイトハットのメンバーもきっと、冒険者として、料理人としての、それぞれの初心を忘れていたのでしょう。

ホワイトハットのメンバーには、一年間の反省期間が与えられました。

一年後の再会を果たすときには、私もキチンとメンバーに謝りましょう。そして最後の晩餐《ばんさん》となったあの皮肉なダンジョン料理ではなく、キチンとした最高の料理を振る舞いましょう。

あ！　もちろんあの料理も最高傑作ですよ。素晴らしいバフ（効果）も付きましたし、皆さんしっかりとおかわりもしてくれましたから。

そして私はなぜかメンバーのうち二人を専属護衛とし、両親の食堂を開店させるという夢を叶えたのです。

それと並行して、出張料理も頑張っています。

食堂を開店するにあたり、出張料理はやめようかとかなり悩みました。しかし人手に渡ってしまっていた両親の食堂を買い戻す際の、多大な資金源となってくれたのが、出張料理のお客様たちなのです。

貴族様がメインの顧客である出張料理では、多額の利益が生まれます。多くが町中の食堂に気軽に来店できるような方ではないので、私の料理が食べられなくなることを、皆様が大変惜しんでくれたのです。

私は町中の両親の食堂が大好きです。その食堂を再開できたら嬉しい。それだけを目指して走り抜いてきました。

でも、それだけではなかったのです。

私はたくさんの人に美味《おい》しい料理を作りたい。私の料理で幸せを伝えたい。

だから一つに絞ることをやめました。

どちらもこなすには人々の協力が必要です。その協力をしてくれる人々が、私の周囲にはいるのです。

私はもう間違えません。周囲から差し出される手に頼ろう。一年前のホワイトハットとの契約が、間違いだったとは思いたくないのです。自身の不足を知り、精神的にもたくさん勉強もしましたから。

でももしあのとき、融資の手を差し伸べてくれていた商業ギルドさんや、出張料理常連の貴族の方々の言葉と気持ちをキチンと聞いていたならば……。借金はしたくないと意地を張り、頑《かたく》なにお断りしてしまった当時の私。それが自分ばかりではなく、商業ギルドや冒険者ギルドにまで迷惑をかけることになったのです。果てには魔物討伐を請け負《う》《お》う辺境の方々にまで及び、本当に反省しきりです。

こんな私を案じていてくれて、ありがとうございます。更にはこれからのサポートまで！　皆様には本当に感謝ばかりです。

そんな皆様のご協力のおかげでころポックル亭も無事に開店し、毎日が忙しく過ぎてゆきます。今日のランチも満員御礼。多めに用意していたはずのメイン材料が品切れしそうになり、急遽《きゅうきょ》ザックに冒険者ギルドまで走ってもらうほどでした。品切れになる前に、ザックが戻ってきてくれてひと安心。貴重なお肉がまだ冒険者ギルドに残っていて、本当に良かったです。

卸しに回されたあとでは各地の貴族様や商会に買い占められ、町のお肉屋さんまではなかなか回ってこない、あるいは高額すぎて入荷できない、それくらい貴重な食材を使用したのです。

そうなのです！　なんと今日のランチは……

ドラゴンステーキ！

実はこのドラゴンは、ホワイトハットの昇級試験のときのラスボスです。残念ながらあの昇級試験は出来レースで、予定通りホワイトハットは不合格となりました。これは、昇級試験官であったお兄ちゃんズが退治してくれたものです。

ドラゴンが討伐されることはなかなかありません。つまり希少で、お高いのです。普通に仕入れたら、ランチでステーキとして提供などできません。

そのため私は、通常では調理に手間がかかりあまり売れない部位や、肉質が固すぎて廃棄される部位などを、通常の部位と共にまとめてお安く大量購入したのです。

特に今回は、絶対に売れる！　そう判断して、通常はA、Bと二種あるランチをドラゴン料理のみに絞りました。

他にはステーキサラダにブラウンソースの煮込み、ドラゴンカツなど、単品でも数種用意しましたので、少食な方でも安心です。

煮込みには固くて廃棄されるような部位を使用しましたが、丁寧に下処理をし時間をかけて煮込んだため、とても柔らかくなりました。口に入れるとホロホロと崩れるお肉。手間はかかりましたが、そのぶんお安く提供できるのです。お子様にも評判です。

中にはランチメニューのドラゴン料理全てを食べ尽くそうとした猛者《もさ》も……

確かにドラゴンは美味です。美味《おい》しくたくさん食べていただけるのは、料理人冥利《みょうり》に尽きます。

しかしさすがに食べすぎは……

案の定脂汗を流しながら、ラストのカツをじっと眺めるお客様。大丈夫でしょうか？　お腹のベルトが弾けそうです。

無理をしても美味《おい》しくは食べられません。失礼ながら一声おかけして、カツはサンドイッチにしてお持ち帰りしていただきました。

それを見ていた店内のお客様たちから、我も我もとサンドイッチを頼まれ……ドラゴンのお肉が足りなくなってしまったのです。走ってくれたザックに大感謝です。

さあ、ようやくランチの営業が終了です。さっと片付けて、賄《まかな》いの準備を始めましょうか。下準備は済んでいるので、あとは焼いたり揚げたりするだけです。

「はぁ……ドラゴンを退治したときの、お兄ちゃんズの魔法は芸術だったよねー。魔法陣ってすごい……私にも魔力があればなぁ……」

ドラゴンカツを油で揚げながら、いつの間にか思考が口に出ていたようです。ひとり言はさすがに恥ずかしいです。

慌てて振り返ると、ザックとルイスはすでに席に座り、何やらヒソヒソ話をしています。二人はホワイトハットの剣士と賢者です。

どうやら聞こえてはいなかったようです……ね？

「アリーに魔法はいらん。風のスキルだけでも十分すぎるのに、更なる凶器を持たせるな。ヘタすりゃ爆弾娘だ」

聞こえていたんですね……しかしザック、その言い方は酷《ひど》すぎませんか？

「そうですね。その通りです。アリーに魔力がなくて幸いでした。風のスキルであのレベルです。なんでも大ごとにしてしまうのがアリークオリティ。もしも魔力があったなら暴走娘と化し、抑えることが困難となるでしょう」

ルイス、アリークオリティってなんでしょう？　しかし二人はおバカなのですか？　まだまだ私の性格を理解していませんね！　これから賄《まかな》いの時間なんですよ？

……先日広場で結界と風のスキルを使って悪人たちを懲《こ》らしめたのが、えげつないと？　無茶をしすぎだと？　無茶は確かに一理あるかもしれません。ですが！

「アリー師匠は何もおかしくないのです！　やられたら倍返しは、みみ族でも当然の掟《おきて》なのです。普段の私たちだったなら、アイツらはフンドシ一丁で市中引き回しの上、磔《はりつけ》の刑に処すのです。おかしいのは悪人たちなのです！」

「「恐るべしみみ族……」」

「ミリィちゃん。助っ人ありがとう。でもフンドシってなぁに？」

「「「……」」」

あら？　みんな黙っちゃった。聞いたら駄目だったの？

私の代わりに二人を怒ってくれたミリィちゃんは、猫みみ族の女の子です。以前、種族固有スキルを狙って襲われていたところを助けてから、私のお弟子さん一号となりました。

それより、賄《まかな》いは熱々のうちに食べましょう。お兄ちゃんたちも来たので、みんなで揃《そろ》って少々遅いランチです。

「さぁ、ミリィちゃん。熱々をどうぞ」

「ドラゴンステーキなんて初めてなのです！　うわー。スッと切れちゃいます。はふっはふぅー。めっちゃ柔らかくて美味《おい》しいのですー」

ミリィちゃんの可愛いお耳がピンと立ち、尻尾《しっぽ》がフリフリと揺れています。よほど気に入ってくれたのですね。美味《おい》しいという言葉とあふれる笑顔は、料理人にとって最高の賛辞《さんじ》です。

「ステーキ？」

「ス……ステーキなのでは？」

はい。ステーキですよ？

テーブルに並べたランチを前に、なんだかルイスとザックの様子がおかしいですね。お兄ちゃんたちはもうお皿に手を伸ばしていますよ？

「「すごいな……さすがアリーだ。この滴《したた》る肉汁と焼き加減。塩と胡椒《こしょう》の加減もバッチリだ。もちろんこの煮込みも美味い！　普通なら破棄される、あの筋だらけの固い部位がこうなるとは……」」

「丁寧に筋切りをし、あまりに太く固い筋は取り除くの。更にじっくりコトコト煮込めば、残った筋まで柔らかくなるわ。作業の際に細かくなってしまったお肉は叩いて挽き肉にすれば、ハンバーグにしてパンに挟んで売店で販売してもいいし、パテ風にしてカナッペみたいにしてもお洒落《しゃれ》よね。今度の出張料理でも出すつもり。でもそれはお茶会だから、さすがにステーキを出すのはね？」

……お兄ちゃんたちが、ルイスとザックをチラリと見て目配せしてきます。

わかってますよ。もう……仕方ないですね……

実はお兄ちゃんたちとルイスとザックに出したものは別のメニューなのです。お兄ちゃんたちには普通のドラゴンステーキを、ルイスとザックには、ステーキと名の付くハンバーグステーキを提供しました。

「ルイス、ザック、ステーキですよね？　しかも特大ですよ」

「「反省しました。普通のでお願いします」」

「わかりました。でもそのビッグハンバーグステーキは食べてね。お残しは許しません。ソースの種類をたくさん用意してあるから、色々なお味が楽しめるわよ。次のおかわりは普通のステーキを出しましょう」

二人はようやく食べ出しました。

まったくもう！　毎回毎回憎まれ口を叩くからよ！

ん？　お兄ちゃんたち、二人に何をモソモソ話してるの？　風のスキルで聞き耳立てちゃうぞ。

～風よ、音を拾い拡散せよ～

『まったくバカなやつらだな。思ったことを正直に口に出すな。大人になれ。アリーはまだまだガキだから、ついつい意地悪で返してくるんだ。口は災いの元だ』

声を風にのせ部屋中に拡散します。丸聞こえです。お兄ちゃんたち……

「違うのです！　アリー師匠はガキではありませんし、意地悪でもないのです！　意地悪を言うのはその二人なのです！　無礼を働くならば私が成敗するのです！」

ミリィちゃんナイスよ！

「ミリィに俺が成敗できるのか？　みみ族は身体能力が高いと聞くが、森で盗賊に追われたときは逃げるので精一杯だったんだろ？」

「ザックさん……ならば私と一対一で勝負をしてみるのです！　あの森では怪我人を庇《かば》い、わざと木々の深い奥地に逃げ込みました。密集した木々が邪魔をして動きが鈍《にぶ》りましたが、みみ族は開《ひら》けた平地なら野生の動物くらいには負けないのです。イノブー数匹なら素手で倒せますし、魔物もグリズリー系やウルフ系ならば、ホークの武器さえあれば一発で倒せるのです！　どうです？　やります？　中庭に出るのですか？」

「……いや……すまん……」

なぜ私の周囲の男性たちは、こう遠慮がないのでしょう。

「あのね、私は意地悪をしているのではないの。思ったことを正直に話すのは悪いことではないけれど、少し話し方に配慮してほしいのよ。わかりましたか？」

私は机をバンと叩いた反動で席を立ち、四人に向かって話します。

「お兄ちゃんたちの次のおかわりは、普通サイズのハンバーグステーキと、ビッグハンバーグステーキ、どっちがいいかしら？　ぜひともたくさんのソースを味見してもらいたいんだけど……」

「ふ、普通のでお願いします……」

「アリー師匠、私もドラゴンハンバーグステーキが食べたいのです！　三人前焼かせてください！」

「ではミリィちゃん、お願いします。丸めて保管庫に入っているから、教えた通りに焼けば大丈夫。よろしくね」

ミリィちゃんがエプロンを締め直し、キッチンへと向かいました。私はクルリと振り返り、残った四人に続けます。

「ちなみにドラゴンの通常の部位では、安価なメニューであるハンバーグなんてとてもじゃないけど作れないわ。ハンバーグとステーキが同じ値段なら、大人はたいていステーキを食べるわよね？　でも子供たちはハンバーグが大好きだし、大人の懐事情もあります。安くて美味《おい》しいドラゴンのハンバーグを食べたら、なんだか子供たちの夢も広がりそうじゃない。だから手間と時間をかけてまで、安い部位で作っているの。キチンと味わって食べてくださいね？」

「「「「はい！」」」」

そんなことをしている間に、ハンバーグを持ったミリィちゃんが戻ってきました。

「アリー師匠ー。ハンバーグ美味《おい》しいのですぅー。モグモグ……チーズソースもホワイトソースもブラウンソースも、どれをかけても美味《おい》しい……こ、これは！　すりおろしリンゴのソースなのですか？　すりおろされたリンゴの酸味が、ドラゴンハンバーグの脂に絡みサッパリと食べられちゃうのですー。噛むと感じるリンゴの甘味がたまりません！　トマトソースもハニーマスタードソースもレモンバターソースも……どれをかけても――」

「黙って食え！」

「い……痛いのです！　ザックさんのバカー！」

ミリィちゃんが叩かれた頭を押さえている隙に、ザックが彼女のお皿に自分のハンバーグをのせています。

「あれ？　お皿のハンバーグが増えているのです！　なら今度はこのニンニクソースで食べちゃうのです。んー、頬っぺたが落ちちゃうにゃ。美味《おい》しーにゃぁん」

あら？　ミリィちゃん、今にゃんって言ったかしら？

ルイスもこちらを見ていますね。ザックは下を向きプルプルと震えていますが、どうしたのでしょう？

ルイスがザックを覗《のぞ》き込み、呆れた様子でお手上げのポーズを取りました。……あ！　そういえばザックはモフモフ好きでしたね。

ミリィちゃん、可愛いは正義です。しかしザックの前では……危険です。

ザック、その膝の上でワキワキと握った手で触れては駄目です。いくらナデナデしたくても、モフモフは許可を取ってから！　以前に注意されたはずですよ。

こら！　ハンバーグをさりげなくミリィちゃんのお皿に移さない！　……『可愛くてハンバーグも減って、一石二鳥？』こらザックー！

「すごいのです！　ドラゴンハンバーグは増えるのです！　なら食べるのみです！　んー頬っぺが落ちちゃうにゃあん！」

……ザック、さすがにストーップ！　可愛らしいからって駄目です！　ミリィちゃんの言葉がにゃん語になってしまいます！


さて、今日はころポックル亭の定休日。私がころポックル亭と出張料理の料理人として再出発してから、初めての出張料理のお仕事です。

現在私とルイスの二人でとあるお屋敷を訪問しています。しかしなぜか、ルイスと同じ護衛のはずのザックはいません。ちなみにミリィちゃんは、移住したばかりのみみ族の村に里帰りしています。

『定休日でも、ころポックル亭の売店を必要としている冒険者はたくさんいるはずだ！　俺はやつらのためにも、留守を預かる！』

とか申し開きをして、最後には、俺は絶対に嫌だと逃げ出したザック。

貴族様が苦手なのかと思いましたが、どうやら違ったようです。ルイス曰《いわ》く、ザックはどうしても、商業ギルドが作ってくれた制服が嫌なんですって。確かにこの制服は、着る人を選んでしまうかもしれません。商業ギルドのお姉様たちが、萌えを追求したデザインなんだとか……

実は食堂の制服も商業ギルド製です。私はとても気に入っていて、ダンジョンへ潜《もぐ》る際の服も作ってもらいました。どちらもかなりの高性能なんです。

しかし……このデザインでは、確かにザックには辛いかもしれませんね。ルイスは妙にはまってますけど……

出張料理の際には、商業ギルドから毎回お手伝いの方々が来てくれます。皆さん即戦力になる方ばかり。商業ギルドでは、若者の人材育成にも力を入れているのです。

つまり私は会場へ行って料理をし、指示を出すだけ。

商業ギルドさんとは、両親が生きていた頃からのお付き合いです。本当にお世話になっています。

さあ、いよいよお茶会スタートです。

今回のご依頼主は、私がまだ屋台で販売をしていた頃からのお得意様の辺境伯です。お茶会のテーマは、元気の出るお茶会。

主役である辺境伯のお嬢様は、先月二十歳のお誕生日を迎えられました。そしてビックリです。同日に二人目のお子さんが誕生したのです。本日はその赤ちゃんのお披露目《ひろめ》と、育児に疲れ気味のお嬢様を元気付けるためのお茶会なのです。

お嬢様は二十歳にして二人の子供のお母さんです。本当に幸せそうなご家族です。しかしこれまでにたくさんの苦労があり、辛い経験をされてきました。それらを乗り越えて掴《つか》んだ幸せ。まばゆい笑顔に乾杯です。

私もいつか、幸せな家族を得たいです。亡き両親のように笑い合える、温かい家庭を持ちたいのです。しかし、自分がそうなるイメージはまだまだわきません。やはり恋愛偏差値というものが低いのでしょう。

というのも、先日、虫退治に忙しくて目が回ると騒いでいるルイスとザックに、何かお手伝いできるか聞いたのです。そうしたら揃《そろ》いも揃《そろ》って同じことを！

二人して私はまだまだお子様脳だから！　と前置きした上で……

『虫の意味がわからないアリーには無理！』

く、悔しいです。私だって虫が指すものくらいわかります。

私にわくかは微妙ですがさすがのお二人、退治に忙しいとは本当にモテモテですね。特にルイスがすごいんです。売店の売り子をしてもらうと、女性に囲まれ黄色い声が飛びまくり、売り上げにもかなり貢献してくれています。まるでアイドルのようですね。

そういえば、毎年夏に看板娘コンテストが開催されるのですが、商業ギルドが後援しているので景品がとても豪華なのです。出場者は基本的に女性ですが、ルイスなら難なく優勝できそうですね。これはぜひとも出場してもらいましょう。さすがに女装は嫌がりそうですから、裾《すそ》の広がったキュロットか、浴衣《ゆかた》辺りが無難そうです。これはめっちゃ楽しみです。ニヤリ。

私も十八歳になり、成人しました。十六歳で結婚もできるんです。お酒も飲みましたし、もう立派な大人の女性なんですよ？

しかしお店のお客様まで、私を子供扱いするのです。やはりこれは色気というものが足りないのでしょう。ダンジョンでは、下着のことで散々笑われましたからね。早々に下着を買いに行かねばなりません。

……なんてついつい余計なことを考えてしまいました。会場のセットが完了して安心してしまったからでしょう。さあ、頭を切り替えてお茶会に意識を戻します。

全体的にパステルカラーのメルヘンチックなお茶会会場。元気な様子をイメージした原色に近いポップな感じも捨てがたかったのですが、今回は赤ちゃんのイメージを考慮して、パステルに決定しました。

中庭と繋がるメイン会場のお部屋には、円形の大きなテーブルが三台。お茶会中は開放される中庭でも寛《くつろ》げるようにと、イスと小さめのテーブルが随所に設置されています。お料理はスイーツタワー三台がメインで、全て室内に用意しました。

一つ目は色とりどりのマカロンタワーです。生クリームでマカロン同士を接着し、数種のベリーをトッピングして高く積み上げました。

次は、色とりどりのクリームを巻いたロールケーキタワーです。

中のクリームはクリームチーズをベースとして、クリームのお色とお味を変えました。レモン果汁入りのクリームチーズで白、苺のピンクやオレンジの橙、ブルーベリーの紫にキウイフルーツの緑などをクルリと巻きました。使用した果物のジャムやソースも、トッピングとして用意しています。こちらのロールケーキもタワー状に積み上げてフルーツを飾り付け、ラストは上から粉砂糖を雪のように振りかけました。

最後はシュークリームタワーです。小振りなシュークリームはカスタードクリームとバナナ入り。積み上げて、仕上げに溶かしたチョコレートを垂らしました。パリッとしたチョコとバナナの相性が抜群です。

今回は大神殿裏の聖なるダンジョンで採れたフルーツが大活躍しました。海産物も、オードブルやサラダになって大人気。雷白鳥《らいはくちょう》の卵で作ったプリンは足りなくなり、急遽厨房《きゅうきょちゅうぼう》をお借りして追加しました。

ルイスの提案してくれた巨大白ころ茸《だけ》のサラダとグラタンも好評で、ころポックル亭でも新たに提供する予定です。

グラタンは大きな白ころ茸《だけ》を器に見立ててポテトとホワイトソースを詰め、チーズをたっぷりとかけて焼き上げました。

さすがにそのままでは大きいので半分にカットし、ホウレン草を練り込んだスパゲティーを添えて取り分けます。カットするとチーズがトロリとあふれて見た目も最高です。

添え物をマッシュポテトにし、スパゲティーを中に入れても美味《おい》しそうですね。まだまだ改良の余地ありです。

通常のお茶会ではお客様がほぼ女性のため、提供するお料理は甘いお菓子がメインとなります。

しかし今回は赤ちゃんのお披露目《ひろめ》も兼ねているので、男性も多く参加しているのです。

そのため、軽食を増やすべく、ここでドラゴンのお肉の登場です。ドラゴン肉のパテをのせたカナッペや、ドラゴンカツサンドにドラゴンハンバーガーなど……全てをお茶会仕様に小さめに作ったのです。珍しいドラゴン料理に皆さん驚き、そして喜んでくれました。

しかしやはりお茶会なので、男性方にもスイーツを楽しんでほしいのです。

そこであのダンジョン産の巨大なコーヒー豆です。中の豆を取り出し乾燥までは自分でできましたが、さすがに大きすぎるので、煎《い》るのは商業ギルドにお願いしました。今後自分で加工したければ、風味は多少落ちますが、豆を砕いて煎《い》っても大丈夫とのことです。でもやはり美味《おい》しいのが一番！　また頼みに行きますので、そのときはよろしくお願いいたします。

このコーヒー豆を使って、コーヒーゼリーにムース、クッキーにミニケーキとティラミスもどき。ついついハッスルしてしまい、甘さ控え目な大人のスイーツタワーまで作ってしまいました。

コーヒー味のマカロンに、コーヒークリームのシュークリーム、そしてコーヒー生地のロールケーキ。これら三種をバランス良く配置したコーヒーミックスタワーです。

紅茶バージョンのティーミックスタワーを軽食のブースで提供したところ、男性に限らず皆様に喜ばれ、かなりのリクエストを受けてしまいました。

今回特にリピートしたいと言われたのが、クッキーとコーヒー豆トリュフです。

クッキーはコーヒー味の普通のクッキーですが、形が可愛らしくコーヒー豆を模《も》しています。この形のクッキーは巷《ちまた》でも普通に販売されていますが、コーヒー味ではなくプレーン味なのです。皆様コーヒー味を気に入ってくださり、ぜひ売店での販売をと言われました。

コーヒー豆トリュフは洋酒を加えたチョコに砕いたコーヒー豆を混ぜて成形し、粉砂糖を振りかけたもので、完全に大人向けのお菓子です。ワインと一緒に食べたいと言われましたが本日はお茶会のため、残念ながらお酒は提供されていません。ご自宅で奥様とご一緒に楽しまれてはいかがでしょうか？

お客様のお声は大切な宝物です。新商品の企画と開発を早め、早々にテイクアウトでの販売をいたしましょう。

お茶会も無事に終了し、皆様への挨拶も済ませました。スタッフはすでに解散しています。辺境伯様もお孫さんであるお嬢様のお子さんを抱いて、先ほどお部屋に戻られました。それでは荷物をしまい、私たちも帰宅いたしましょう。

「アリー、この荷物で最後のようですね」

ルイスが次々と箱を運んできてくれます。

「ありがとう。まとめてしまうから、この上に置いてくれる？」

順に重ねられた箱たち。では順番にインベントリにしまいましょう。

「お嬢様が、アリーと話がしたいので帰宅する前に部屋に寄ってほしいと仰っていましたよ。何か大事な用でもあるのでしょうか？　なければ城下町に、あなたの下着類を買いに行こうと考えていたのですが……」

「ならこの荷物をしまう前に会いに行ってくるよ。今日はもう用事もないし、買い物くらいなら行く時間はあるよね？　ザックとミリィちゃんたちにも、何かお土産《みやげ》を買っていこうよ」

「そうですね。ではさっさと済ませましょう。初デートを楽しみましょう」

「下着を買いに行くのがデートなの？」

「異性と外出するのがデートです。私に全てお任せくださいね」

「下着はわからないから任せるしかないけど、ルイスとデートってのは……」

「そんなつれないことを言わないでください。アリーをお守りするのが私の使命です。あなたの行くところにはどこへでも行きますよ。ではさっさとお嬢様のところへ参りましょう。お手をどうぞ」

キザすぎる……

「ルイス、なんか変だよ。普通にしてよ」

「私は普通ですよ。アリーこそどうかなさったのですか？」

こら！　ち、近すぎる。顔を近付けるな！　そんなに覗《のぞ》き込まないでー。

「普通じゃないです！　顔が近すぎます！　ルイスの顔は綺麗すぎて、あまりに近いと恥ずかしいの！」

「……」

沈黙しないで普通に話をしてください。

「……それはまた可愛らしい恥じらい方ですね。つまり私を意識してくださっているからなのではありませんか？　ほら……耳まで真っ赤ですよ」
ル、ルイスのバカ！　意識なんてしてないってば！　わー首に腕を回さないでー！　な……なんでいきなりこんな状態に……
「赤くありません！　違います！　女の私より綺麗で美人さんだから恥ずかしいの！　なんだか自分がいたたまれないじゃない……」

「……」

とにかくキザすぎるの！　いちいち間を置かないで！　何も考えなくていいから、とにかく早く離れてほしいです。

「男に対して綺麗や美人は褒め言葉ではありませんし、いたたまれなくなんてないですよ？　アリーは可愛らしくて食べちゃい――」

「あっ！　いたー！」

ルイスがふざけている間に、お嬢様ご本人が来ちゃったじゃない！

「アリー？　遅いから迎えに来ちゃった。少しお話をしてもいいかしら？　ルイスに頼んだのだけど、まったくの役立たずね」

「……」

「だけど、ルイスも同席してほしいわ。デートはあとで良ければプランを考えてあげるわよ」

「……」

私とルイスはお嬢様のお部屋に通され、お茶をご馳走《ちそう》になることになりました。何か不都合が出たのかと心配してしまいましたが、どうやらそうではないようです。

「我が家で真っ先に新しいものを披露《ひろう》してくれてありがとう。感謝するわ。お礼は何がいいかしら」

今回のお茶会で使用したダンジョン産の食材たちは確かに今日が初お披露目《ひろめ》となりましたが、辺境伯家やお嬢様を贔屓《ひいき》しているからではありません。

しかも、聖なるダンジョンはこれから大々的に売り出されていくので、ビッグフルーツも海産物も、これからはお手頃に出回ると思います。

「まったくアリーは欲がないのね。流行の先取りは貴族のステータスよ。更にはみんなに今日のお菓子のレシピを伝授してくれたのでしょ？　我が家の料理人たちが大喜びしているわ。レシピは料理人にとって大切なもの。そのお礼くらいさせて。でないともう、アリーにお仕事を頼めなくなってしまうわ……」

お嬢様……。

今回のお茶会では、スイーツタワー以外のところでも、ダンジョン産のフルーツの特性を大いに活用しました。特にその大きさを活かし、遊び心を表現したのです。

ロングバナナのそのままチョコレートがけに、巨大リンゴの丸ごとアップルパイ、大きなメロンをくり抜いて器にしたフルーツポンチ、大きなベリー類は凍らせてシャーベット風に。

もちろんフルーツそのものもそのまま飾り、ご希望に合わせてカットして盛り合わせ、数種のアイスクリームや生クリームと組み合わせてフルーツパフェやデザートプレートとしてもアレンジしました。特にプリンアラモードは大好評だったのです。

しかしレシピを喜ばれたというより、単にダンジョン産のフルーツが珍しかったのではないでしょうか？　レシピ自体は普通のものです。

しかしお嬢様曰《いわ》く、重要なのは発想の転換だそうです。

例えば大きなフルーツですが、普通なら小さくカットしていつもと同じお菓子を作ります。私も、バナナを刻んでシュークリームに入れました。しかしそれをせずに本来の大きさを生かすという発想が、とても斬新だと喜ばれたそうです。

更にはその場でパフェを作ったり、焼きたて丸ごとアップルパイを切り分け、冷たいアイスを添えたりと、いわゆるパフォーマンスと言われるものも行いました。これは今までのお茶会ではなかったことで、好みに合わせて楽しめると、会場では大盛り上がりしていたそうです。

確かに、通常のお茶会でスタッフがお客様のお皿に取り分けることはありますが、個々に好みを聞いてパフェにしたり、デザートをプレートに盛り付けてデザインしたりはしませんね。しかし、まさか初めての試《こころ》みだとは気付きませんでした。食堂ではお客様のお好みに合わせてアレンジするのは当たり前、貴族様にも通用して良かったです。

実はこちらの厨房《ちゅうぼう》の方々に、このパフェとデザートプレートの盛り付け方を聞かれました。特に小さなお子様向けのデザートは、食べられる食材が限られてしまうので、どうしても盛り付けが簡素になってしまいます。それをなんとかしたいと相談されたのです。

そこで提案したのが、お皿の空いたスペースを活用する方法です。チョコレートで動物の絵を描いたり、フルーツでお花を模《も》しても素敵ですね。子供たちも喜んでくれるでしょう。

このお茶会でのパフォーマンスは、後《のち》の辺境伯家のお茶会名物となり、聖なるダンジョン産の食材人気にも寄与したそうです。

「ではお礼は後《のち》ほど、楽しみにしていてね。そしてこれからの話が大切なことなの。まずはこの袋を確認してくれるかしら？」

私はお嬢様から、大きめの袋を受け取りました。

袋を開き、あまりの驚きに息が詰まります。こ、これらは……

お嬢様は唖然とする私の手に、もう一つ箱を手渡してきました。促《うなが》されて箱を開けると、百合をデザインした宝石箱らしき小箱が入っています。

お嬢様が小箱の鍵を開けてくれました。中には、白と黄色の百合の花がデザインされた銀色のブローチと、同じデザインの指輪が納められています。どちらも、花の中心には橙色の石が数個はまっています。

先に手渡された袋の中身は見覚えのある品ばかりでしたが、こちらの品には心当たりがありません。

「こちらの袋の中身はアリーのものよね？　実は、この宝石箱もこの袋に入っていたの。それはご両親からアリーへのプレゼントよ。まだ完成してはいないんだけどね」

なぜお嬢様はこれらが私のものだったと知っているの？　この袋の中のものは、かつて私から両親を奪ったとある女の子が、私の部屋から持ち去ったものたち……。彼女は辺境伯家に勤めていたそうだから、お嬢様は彼女と面識があるし、私と知り合いだということも知っているでしょう。しかしどんな関係かまでは知らないはずです。どうして………

「私ね、彼女には命を助けられたから、その命を大切にしなくちゃと今まで生きてきたの。でもね？　社交界に出るようになって、たくさんの噂が耳に入ってきたわ。どれもこれも、信じたくないようなことばかり……」

辺境伯様からは、お嬢様には真実を伝えていないと言われていました。今のお嬢様が幸せならば、辛い過去の真実は必要ない。彼女の本性は内緒にしてほしいと、そう頼まれていたのです。だからお嬢様は、彼女が辺境伯家にいたときも、彼女の本性を知りませんでした。

「彼女は私を騙《だま》していたそうよ。私と父の前では、献身的な介護者で侍女だったの。でも裏では私のものを全て奪い、私に成り代わるつもりだった。私の婚約者すら懐柔されていたわ。父は途中で気付いたそうよ。知らなかったのはマヌケな私だけ。少しは疑ったのよ？　でも信じたかったの。騙《だま》されているとしても、友達でいてくれるならそれでも良かった。でも私は死にたくはなかったの……」

ずっと車イス生活だったというお嬢様。それを献身的に介助してくれた侍女。だからこそ、お嬢様は彼女の心を信じたかったのね。そして彼女は献身的な介護者を演じたまま、危うく死にかけたお嬢様を庇《かば》って死んだ。

私にとって親の仇《かたき》だったあのズルい彼女は、実はお嬢様にとっては命の恩人だったのです。

死んだ人間にはもう仕返しはできません。私は自分が幸せになって、彼女に見せつけてやりたかった。あなたなんて私の中にはもう存在していないと、再び出会ったならそう知らしめてやりたかった……

私はこんな風に考えてしまう、自分の醜《みにく》さが嫌いです。

「突然ごめんなさいね。それでね？　今更ながら私も現実を見なくちゃと、彼女の遺品を片付けていたの。そうしたら、それらが出てきたわ。アリー、あなたのものよね？　彼女の趣味とは違うし、鍵がかかっている品もある。気になって父に尋ねたの。父は重い口を開いてくれたわ。彼女は私にしたことをアリーにもしていたと、更にはそれ以上の罪深い行いをしたのだと……」

お嬢様……とうとう真実を知ってしまったのですね。

「私はしばらく立ち直れなかったわ。彼女に裏切られていたのが衝撃だったの。でも私も大人になった。しかも二児の母親よ。いつまでも父親に保護される泣き虫じゃいられないわ。父も旦那様も応援してくれたし、今日のお茶会ではアリーも疲弊《ひへい》した私を元気付けてくれたでしょ？　だから私もアリーを応援したいの」

この宝石箱には鍵がかかっていました。お嬢様は中身の確認のため、専門業者に鍵開けを頼んだそうです。中には折り畳んだ紙が数枚と、先の百合のアクセサリーが入っていました。この紙を見て、お嬢様はこの小箱が本来私に贈られるはずのものだと知ったと言います。

百合のアクセサリーをよく見て気付きました。

袋に入っていた見知らぬアクセサリー類は、たぶん母の若い頃のものだったのでしょう。母は百合の花が大好きでした。ここにあるアクセサリーには、全て百合がデザインされています。彼女は母の品にまで手を付けていたのですね。

私の誕生石のカーネリアン。ルビーは高くて残念ながら使えなかったけれど、成人するまでにはイヤリングとネックレスを用意したいと、両親は城下町の宝石店で積立てをしてくれていたようです。その領収書が一緒に入っていました。

「その宝石店に連絡をしたら、キチンと積立て記録が残っていたわ。ご両親がお願いしたデザインも保管されていたから、父が今回のお礼として続きを作らせているところよ。本当は今日間に合わせたかったんだけど、さすがに無理だったの。もう少し待ってね」

もう驚きすぎて……何がなんだかわかりません。頭の中がグチャグチャです。

両親のことを思うと悲しい……だけど私のためにと残してくれた宝石箱は嬉しい……お嬢様の気持ちが……辺境伯様の気持ちが嬉しくて……とても心が温かいのです。なのに胸が締め付けられるように痛いのです。目頭が熱くて……

「アリー、お願い泣かないで。私はアリーに勇気をもらったの。私は真実を知るのが怖くて逃げてた。彼女が私のヒーローでなくなるのが嫌だったの。でもね、人の口に戸は立てられないから、聞きたくなくても耳に入るの。それに……、私はアリーを傷付けていたでしょ？」

え？

「アリーにあの子の話をすると、いつもキラキラしている目から生気がなくなるの。私は知らずに彼女の話をたくさんしていたわ。その度に辛い思いをさせたわよね。私のために黙っていてくれてありがとう。私はもう大丈夫。だからアリーも頑張りましょう！」

お嬢様が私の手を力強く握り締めます。

「彼女を許す必要なんてないわ。私だって許せない。だから私たちは彼女ができなかったことをたくさんしましょう。アリーも家族を作って、絶対に幸せになるの。まずはお洒落《しゃれ》をして外出しましょう。良かったらこのあとお買い物に行きましょうよ。私がおすすめのお店を案内するし、お礼もあるから奮発しちゃうわよ！」

「お、お嬢様がですか？　それにお礼は、形見のアクセサリーの続きを作ってくださっていると……」

「それと私からのお礼は別よ。それよりアリー！　お嬢様ではなくライラと呼んでと言ったじゃない。子供は旦那様と父が見てくれているし、護衛にはうちのが二人と、ルイスもいるでしょ。何か買いたいものとかはあるのかしら？」

「そ……それなら……」

「女同士じゃない。ハッキリと言いなさいな」

「では……下着を買いに……」

は、恥ずかしいです。今までこういうことってなかったし……あら？　お嬢様が私をじっと見ている？　特に上半身を……どうしたのでしょうか？

「了解よ。アリー、もしかしなくても、下着を付けてないでしょ？　せっかく大きいのにもったいないわよ。まずは下着の採寸ね。しかし周囲の男性はウハウハだったわね……ルイス？」

「わ、私はそんな不埒《ふらち》な考えは……」

「いえっ！　ルイスは下着はキチンと付けろと……全身コーディネートするから、早めに買いに行こうと言われていたのです。女性としての慎《つつし》みがないからと……」

「ふーん。でも下着はやはり女同士で買いに行きましょうね。可愛いのを選んであげる。ルイスでは変な心配をしちゃうわ。さあ今から行きましょう」

「では急いで荷物をしまってきます。少しお待ちください」

やはりわかる方にはわかるのですね。パンツしかはいていないのは、そんなに変なことなのでしょうか？　お店に行けばわかるかもしれません。

荷物をインベントリへしまって戻ってきたのですが……あら？　お嬢様とルイスはまだお話ししているみたい。扉を開けても気付かないし、声をかけた方が良さそうです。

「お二人ともお待たせしました！　ずいぶん話し込んでいましたね。もしかしてお二人は知り合いだったのですか？」

「アリー、お疲れ様です。ええ、私が神殿預りだった頃、お嬢様はよく辺境伯様に連れられて参拝されていたのです。歳が近いため、私がよく話し相手を任されていました」

へえー。

「さあ！　さっそく行きましょう。下着のあとはお洋服に雑貨屋さんね。食材なんかも見たいわよね。美味《おい》しいスイーツに、夕食も食べて帰りましょう。楽しみだわ」

お嬢様の選ぶお洋服……お値段は大丈夫でしょうか？　し、心配です……でもルイスもいるから大丈夫かしら？

さあ！　気分を変えて出発です。城下町の食べ物も楽しみですね。お料理やお菓子にも流行があり、日々の勉強が大切なのですよ。あ！　本屋さんにも寄りたいですね。

さて、久々の城下町です。仕事でちょこちょこ来てはいるのですが、いつもはリターンアドレスでとんぼ返りなのでゆっくり買い物なんて本当に久しぶりです。

私が修業していた頃と町並みは変わりませんが、お店はすっかり様変わりしていて寂しいですね。ですが城下町は全体的に華やかで賑やかで、町はもちろん行き交う人々までがお洒落《しゃれ》な雰囲気です。やはり若い方が多いからでしょうか、特に若い女性向けのお店が目立ちます。お洋服のお店だけでもたくさんあり目移りしてしまいます。そして目的の下着ですが……もちろん雑貨屋さんにパンツは売っていませんでした。下着類はランジェリーショップとして別にありました。所変われば品変わるということですね。

さあ未知なるランジェリーショップに突撃です！　……なんて勇気もなく尻込みしていた私は、お嬢様にグイグイと手を引かれての入店です。だってショーウィンドウのマネキンが着ている下着ってば……さすがにあれはないですよね？

「支払いは私に任せなさい！」

などといういきなりのお嬢様の宣言で、私はただいま着せ替え人形状態です。ここはランジェリーショップ内の採寸用のお部屋です。

とにかく恥ずかしいです。パンツ一枚の姿で周囲を取り囲まれ、至るところにメジャーを当てられています。穴があったら入り込んで泣きたいくらいです。でもルイスってバカなの？　これについてくるつもりだったの？

もちろんルイスは入口で待ったをかけられ、護衛のお二人と共に別室にて待機中です。当たり前ですよ！

私は今もパンツ一枚のみの姿で、次々に違う生地を当てられています。かなりの時間が経っているのですが、まだ下着の生地を決めているんですよ。生地が肌に合わないと肌が荒れるとか……私にはよくわからないので、お任せしてされるがままです。更にはサンプルの下着を当てられ、着用の仕方まで教わりました。

ようやくパンツ一枚から解放されました。ルイスたちとも合流し、私はお茶をいただきながら休憩しています。

別の大きなテーブルには、何やらたくさんの本が積まれています。その本をああだこうだと捲《めく》りながら、お嬢様とルイスが真剣な顔で討論しています。

お二人の顔だけを見たら真面目に見えますが、話している内容は私の下着類と服についてです。下着のみならず服も仕立てると言われ、既製品で十分だと抗議したのですが……もうどうにでもしてください。

「アリー、必要な下着類と洋服は注文したわよ。サイズはこのカードね。カードは城下町周辺では共通だから、既製品でもこれを見せれば合うサイズを出してくれるの。今回のオーダー分は十日ほどで自宅に届くから、それまではこれを着用してね。一週間分が入っているわ」

お嬢様から袋を受け取ると、中には下着のセットが七組と、シンプルなワンピースが数枚、他にシャツやスカートにショールまで入っています。私の普段着にしてはかなり高価なお品ですが、シンプルながらも素敵なデザインです。

あれ？　別の袋に、パジャマや前掛けが入っています。それからこの可愛い小袋の中の石は、温石でしょうか？

「アリーは食堂ではいつも前掛けをしていますよね。そちらは私からのプレゼントです。パジャマは暖かそうでしたので、これからのシーズンにちょうどいいかと。温石は魔石です。保温の魔法が込められていますから、寝る前にポケットに入れてください。湯たんぽ代わりです。女性は体を冷やしてはいけませんよ」

うわー。モコモコパジャマは気持ち良さそう。確かに夜は冷えるから、湯たんぽ代わりは嬉しいです。色々あるんですね。でも前掛けに付いたフリフリは恥ずかしいかも……

「それから私の名誉のためにも言い訳させてくださいね。いくら私でも、女性が採寸をするお部屋にまではお邪魔はしませんよ。既製品を買うだけなら洋服を着たまま採寸をしてもらえます」

……確かにそうよね。私もつい失礼なことを考えていました。

「お気遣いにプレゼントもありがとう。何かお礼しなくちゃね。それに、失礼なことを考えてごめんなさい。確かにルイスなら、わざわざ私のことを覗《のぞ》かなくても見慣れてるわよね……」

「デートで男性が贈るプレゼントにお礼はいりませんが……はて？　見慣れているとはどういう意味でしょう？　まさかザックがいらぬことを吹き込んだのですか？」

いきなり肩を掴《つか》まれてビックリ。ル、ルイスッ！　い、痛いよ！　肩をガクガク揺すらないでー！　目が回るー！

「うっ……ザックは関係ないよ。だってルイスは綺麗だから、わざわざ覗《のぞ》かなくても自分で見慣れてるのかと……」

「はぁ……アリー？　これはまた妙な方向へいきましたね。私はナルシストではないのです。己《おのれ》の顔や裸体を愛《め》でる趣味はありません。おかしな誤解はしないでくださいね」

ふーん。

「アリー、ルイスは変態ではないから大丈夫よ。傷一つ残してたまるかと、回復魔法の精度を上げまくっていたときは、正直私も疑ったわ。このナルシストが！　ってね。でも確かに覗《のぞ》く必要はなかったわよ。見かける度に裸同然の痴女に服を破かれて、追いかけ回されていたもの。逃げ切ったあとのあの一言！『くそババアは死ねばいいのに！』は忘れられないわー」

「その追い回されるいたいけな少年を、トイレの扉の陰からニヤニヤと覗《のぞ》いていたのはどなたでしたか？　神殿のトイレに車イスは入りましたっけ？　しかも当時はまだ腰かけ式ではなかったはずですよね？　中で言《は》いずったら穴に落ちますよ」

お嬢様とルイスは、とても仲良しさんなのですね。

さて、ランジェリーショップを出て城下町を歩いています。私とお嬢様が並んで歩き、その後ろにルイス、やや離れて、お嬢様の護衛二人が続きます。

「さあ、お次は宝石店へ！　と行きたいところだけど、アリーは絶対に首を横に振るわよね？　無理やり連れていってもつまらないし、ダンジョンでもかなりドロップしたようだから、今回はウィンドウショッピングといきましょう。アリーのお菓子には負けるけど、城下町には美味《おい》しいスイーツ屋さんもたくさんあるの。さあ行くわよ！」

「はい。お嬢様、ありがとうございます。ルイスも色々とありがとう」

「ライラよ。いつもそう呼んでとお願いしているのに……駄目なの？」

「……」

「呼ばないと返事しないんだから！」

「ライラ……ありがとうございます」

「くぅーっ。やっぱりアリーは可愛らしいわね。私には兄弟姉妹がいないから、特にそう感じちゃうのかしら？　本当に食べちゃいたいくらいだわ。ルイスにはあげません！」
ラ、ライラ！　苦しいです。むっ、胸に押し潰されてしまい息が苦しいです……っ。
「こら！」

ぷはー。すぐにルイスが引きはがしてくれて助かりました。

町歩きを再開しましょう。

雑貨屋さんにお花屋さん。どこも品揃《しなぞろ》えが豊富で、あれもこれもと欲しくなってしまいます。城下町の市場は他国の品もたくさん扱っていて、見知らぬ食材の宝庫でした。でも気を付けていないといつの間にか、ライラにあれもこれも買われてしまうのです。

「アリーはもう欲しいものはないのかしら？」

「本当に十分です。これ以上見ていたら、更に買われちゃいそうで怖いです。本当に今日はありがとうございました」

夕食はレストランを予約してくれると言われたのですが、屋台の並ぶ広場で色々と食べまくり、もう入りません。

最後に大きな本屋さんに寄って、私も数冊購入しました。ルイスも両手に本を抱えて戻ってきました。大丈夫かな？　と心配したのですが、マジックバッグに収納しています。そうですよね。ルイスたちは冒険者なのです。マジックバッグ持ちでした。大事なことを忘れてはいけませんね。

「オーダー品が届いたら、ぜひ連絡を頂戴《ちょうだい》ね。また近いうちに会いましょう。ルイスもね」

「私は特に会いたくはありませんね。まあ互いに邪魔にならぬなら、また会いましょう」

ルイスとライラは相変わらずです。

ふとすぐ脇の小道を見ると、手のひらで顔を覆《おお》い座り込んでいる男の子が見えました。具合が悪いのでしょうか？

あ……卵が落ちて割れてしまっています。聞けば、お使いで頼まれた卵を割ってしまったそうです。男の子は、お母さんがホットケーキを焼けないと、悲しそうに割れた卵を見ています。ならばと、私は雷白鳥の卵を取り出しました。

それを手渡そうとすると、少年は、一瞬ですが口角を上げて笑ったのです。見間違いかと確認する間もなく、突如発光した少年に足首を掴《つか》まれ、私もその光に呑み込まれてしまいました。

こ……この引きずり込まれるような感覚は……スキルか魔法かはわかりませんが、たぶん移動系のものでしょう。私はいったいどこに飛ばされてしまうのでしょう。誰か気付いてくれるでしょうか？

あ……お嬢様の護衛のお二人が、驚愕《きょうがく》の表情でこちらを見ています。きっと気付いてもらえたでしょう。声を出そうとするけど、引きずる力に逆らうだけで精一杯です。

私はそのまま光に呑み込まれてしまいました。

＊　＊　＊　＊　＊

「ライラ！　アリーを見ませんでしたか？」

「つい今までルイスと話していたのに、わかるはずがないじゃない！」

「お嬢様！　アリー様がうずくまる少年に話しかけましたら、突如発光し、二人ともに消えました。あっという間の出来事で、痕跡すら残っていません。助けられず申し訳ございません」

「仕方ないわ。見ていてくれてありがとう。しかし瞬間移動なら厄介ね。たぶん父が警戒していたスキル封じの魔術師よ。スキルを封じられてしまったら、アリーの命にも関わるわ。急ぐわよ！」

「あの宝箱の百合ですね。もしやとは思いましたが、スキル封じを警戒していたなら教えてください。あの場に私を同席させたのは、私の気持ちを試すためですか？　それでアリーが連れ去られては意味がありませんよ！」

「仕方ないじゃない。正直あなたはまだ、上層部には信用されていないのよ。己《おのれ》の仕出かしたことを省《かえり》みなさいな。まあ私は信用してあげる。だって聖女から逃げまくったせいで折檻《せっかん》され、独房に入れられても耐えたのに、ご飯抜きになった途端シクシク泣いていた、可愛らしいあなたですもの」

「……周囲に人がいなくなると歩行練習をしていたあなたは、聖女に車イスから投げ出されるとシクシクと泣いていました。あれは完璧な嘘泣きですよね？　そもそも、アリーに言った『死にたくはなかった』というあの言葉、侍女の本心も死のからくりも、あなたは全て知っていたのでしょう？　殺意を向けられなければ、手駒《てごま》として使い続けるおつもりだった。辺境伯様も旦那様もすっかり騙《だま》されているとは……」

「最初は嘘泣きではなかったわ。あなただって同じでしょ？　互いに見て見ぬふりをした時点で同類よ。まあでも、話さなかったのは悪かったわ。スキル封じの魔術師を送り込んできたのは子爵側よ。正確には男爵の手駒《てごま》ね。なんて説明はあとにしましょう。とにかくアリーを探さなきゃ！」

「はぁ……我が家のバカどもですか？　アリーの価値にも気付けないようなマヌケたち。私を利用するのに邪魔だからアリーを殺す？　火に油を注ぐだけなのがわからない単純な者ばかり。気付いて利用する気満々の大神殿側も大概ですが、まあ、殺意がないだけまだマシです。さあ、こうしてはいられませんね。早くアリーを見つけましょう」

＊　＊　＊　＊　＊

うーん。私は気絶していたのでしょうか？　一面、真っ白です。雪山でしょうか。

それよりお尻よ。地面にお尻をついてるからとても冷たいです。ルイスに冷えは禁物だと言われたばかり、慌てて立ち上がろうとすると抱えていた卵がつるりんこ。うわっと！　うっかり落とすところでした。

抱え直して頭上を振り仰《あお》ぐと、見知らぬ青年が私を見下ろしています。

「喋《しゃべ》るな。面倒だ。俺がいなくなるまで立ち上がるな。余計なことをすると、今すぐにあの世行きだ。いい子ならわかるな？」

はあ？　もちろん言葉は理解できていますが、いい子ならってなんなのよ！　私は子供じゃないわよ！

ところであの少年はどこでしょう。無事なのでしょうか？　周囲を見渡しますが見当たりません。

「なんだかずいぶんと不服そうだな。まあいきなりこれでは不満もあるわな。だが文句は天国の神にでもボヤけ。お前はこの世から追放だとよ。死んでお貴族様の役に立てとさ。可哀想にな」

可哀想だと思うなら、私を殺そうとしないでください。

「同情なんていりません。私を元の場所に戻してください。私と一緒にいた少年は無事なのですか？　人をこの世から追放しようという輩《やから》には、話を聞く耳はないでしょうか？　赤の他人を巻き込まないでください。用があるのは私なんですよね？」

「……こ……この……ガキは……」

あ……まずいかな？　お尻の冷たさにイライラして、つい強気なことを……

「まったく可愛げのない女だな！　あの少年は俺だ！　騙《だま》しやすいからと、魔道具で子供に化《ば》けていたんだ。施《ほどこ》しはしないと聞いていたから駄目元だったが、まんまと引っかかりやがって。やはり甘ちゃんだな」

「施《ほどこ》しではありません。お手伝いを頑張っていた、偉い子にあげるお駄賃です！　ろくでなしの誘拐犯だったみたいですけど」

「……本当にくそ生意気な女だな。これのどこがいいんだ？　アイツの趣味は理解に苦しむな。だがなぜ俺が殺人までしなきゃならん。てなわけで、心優しい俺からのサービスだ。頑張ってこのダンジョンから自力で脱出してくれ。俺は手を貸さんし、スキルは封じさせてもらったからな」

私はどこかのダンジョンに連れてこられたのですね。それにしても……

「スキル封じって……」

「スキル封じが不思議か？　なら冥土《めいど》の土産《みやげ》に教えてやるよ。俺はヒーラー（治療士）だ。スキル封じは、患者のスキルが治療の邪魔をする際に使う。魔力を食うから、俺の場合は一日に一度の使用が限界だ。まあお貴族様の犬をやらされてる俺には、宝の持ち腐れでしかないがな……」

ヒーラー？　確か病気治療に特化した治療士だったはず。

ならば瞬間移動は？　ただのヒーラーでは使えないはず。私のリターンアドレスとは、明らかに発動の仕方が違ったけど……

うーん。考えても駄目です。まったく理解ができません。

お貴族様の犬……つまり依頼主は貴族で、この男性は頼まれただけ。私は貴族の誰かに恨まれているか、それとも邪魔なのかしら？　しかし殺すほどのことなの？　少しくらいサービスしてもらっても、スキル封じのせいでチャラにはなりませんし、私の護身術で勝てる相手ではないことくらいはわかります。でも……この世から追放なんて絶対に嫌です！

「個人的な恨みはないが、運命だと思って諦めてくれ。二度目の追放も、運があれば助かるんじゃないか？　まあ頑張ってくれ！　ではな」

……あっという間に消えてしまいました。

町中からダンジョン内へ飛んできたのだから、やはりスキルではなく魔法なのでしょう。瞬間移動の魔道具もあるけど、かなり貴重で、国宝級なはずです。しかも現在は術者が存在せず、新たな瞬間移動の魔道具を作製することはできません。

現存する品は血統の魔道具と呼ばれ、血族の血の誓いで継承されているのです。そんな血族の一員が、一介の貴族の駒《こま》になるとは思えません。

彼は、ホワイトハットでの追放のことを知っていました。それに、アイツというのは誰でしょう？　アイツの趣味と言うからには、アイツというのは男性で、私の知り合いなのでしょう。心当たりなんて……お兄ちゃんズかザックにルイスに……お客様やギルドの人たちくらいです。

それにしても……寒いです。考えていても埒《らち》があきませんので、素早く立ち上がり思考をまとめて行動開始です。

つまりあの少年は、町で困っていた子供ではなくたった今消えた誘拐犯で、現在この場には私だけしかいないのです。

自分の身の安全のみを考えましょう。これが一番大事なことですが、現在の私はスキルがまったく使えないのです。つまりスキルであるインベントリも使用できません。

もちろん抱えたままのこの卵も戻せず、しかもなぜかマジックバッグにすら入らないのです。捨てていくのもなんなので、あとで食べてしまいましょう。いつも持ち歩いている非常袋と本日買ったものを、マジックバッグに入れておいて助かりました。

さあでは先に、寒さをなんとか凌《しの》ぎましょう。ルイスにプレゼントされたモコモコパジャマを重ね着し、温石を使えば、かなり暖かくなりそうです。

次に雪洞《せつどう》を掘ります。現状は吹雪《ふぶ》いてはいませんが、かなり視界が悪いのです。そろそろ夜が近付いているのでしょう、むやみに歩き回らない方が得策です。

とりあえず自然の穴を使用し、横穴を掘ればたくさんは掘らずに済みそうです。穴の中に保温シートを敷き、寝袋を用意すれば完了です。

夕食は携帯ミニコンロで雪を溶かし、干し肉とドライ野菜とお米でリゾットにしましょう。乾パンに栄養補助のナッツバーもお役立ちです。もちろん黒パンにドライフルーツもあります。久々に食べる、本格的な非常食を楽しみましょう。非常袋様々です。

干し肉のスープは体の芯から温まりますし、アレンジが色々とできて美味《おい》しいんです。

最後に魔物対策です。魔物避けはありますが、スキルが使用できないとなると、いざというときの得物《えもの》が必要です。そこでこれです！

オリジナル護身用魔道具、その名も【殺っておしまい棒】です。

お兄ちゃんズと通った道場の師匠の弟さんが、道場の卒業祝いにと作製してくれました。

私の通常の武器は、クナイと手裏剣になります。これらはスキルが封じられても、通常の体術としての威力は保てます。しかしスキルとして使用する場合と比べれば、やはり威力は圧倒的に劣ります。そこで、スキルに依存しない護身用の武器にと、凄腕魔道具職人である弟さんが作ってくれたのです。

ちなみにお兄ちゃんズの卒業祝いの魔道具は、使用魔力減少と魔法威力増大を付加された指輪、【減らして増やす輪】です。それぞれの魔道具のネーミングは師匠なのですが……

お兄ちゃんたちは剣士です。個別に信仰心と魔法のスキルはありましたが、二人とも魔力が少なく、様々な魔法を使用することはできません。それを克服するための魔道具をプレゼントされ、存分に使いこなすことで、二人はSランクにまで上り詰めました。

もちろん魔道具のおかげだけではありません。魔法の詠唱《えいしょう》を高速で複数行うことにより、たくさんの魔法陣を同時展開するという技の習得。二人の連携魔法でより強力な魔法を生み出し、更にはオリジナル魔法まで生み出しているのです。

とにかくすごいの一言に尽きます。

魔法陣の同時展開なんてなかなかできません。魔力の多いルイスでさえ、習得できずに唸《うな》っていましたからね。

さあでは、私もこの魔道具を使いこなしましょう。

見た目は十五センチほどの棒です。手のひらにジャストなサイズで、力を込めて握ると光の刀身が出現します。刀身とはいえ、そのものには切りつけるなどの殺傷能力はありません。

光る刀身はホログラムのようなもので、雷の電撃を纏《まと》わせることで威力を発揮します。光る刀身を突きつければ、相手に五段階のレベルの電流を流し込みます。振れば突かずに相手に電撃を飛ばせますし、また光の刀身を硬化させることも可能で、ダイヤ並みに硬くなるそうです。

つまり硬化させれば、物理的にぶっ叩くことも突き刺すことも可能。しかも雷の最上級レベルは、ドラゴンをも痺《しび》れさせる稲妻《いなずま》級だとか？　さすがにこれは言いすぎでしょうが、かなりヤバい品物かもしれません。

光の刀身の先から、催涙《さいるい》ガスを発射したりもできるそうですが……護身用とはいえ、さすがに怖くて町では使えないです……

さてご登場の【殺っておしまい棒】ですが、必要ないことを願いましょう。まあ無理でしょうがね。

ん？　そろそろ薄暗くなりましたし、寒さが身に染みてきました。寝袋に入りましょうか。ゴソゴソ。あ！　卵を食べるのを忘れていました。雪の上に置いたら冷凍になってしまいますし、お腹の位置にある寝袋のポケットに移しましょう。

ではでは……お休みなさい。


お早うございます。ふぁー。本当によく寝てしまいました。すっきり爽快！　元気溌剌《はつらつ》です。やはりあのまま穴の中で寝たのは正解だったのでしょう。気持ちも落ち着きましたし、寒くもありません。さあ！　無事に戻るため、頑張りましょう。

改めて周囲を見渡すと、お天気が良くポカポカしていますが、視界に入るのは真っ白な雪ばかり。そして、落ち着いて観察すれば、やはりここは……そうです。

どう考えても大神殿裏の聖なるダンジョン、先週訪れたばかりの雪山フィールド。つまり雷白鳥さんたちの生息地もある、あの最深部に違いありません。

しかしあれからすでに一週間になります。さすがにあのときにお兄ちゃんズが残してくれた、目印の色は消えてしまっていますね。でも五人で踏み固めた雪は、うっすらとですがまだ道を示しています。

では今のうちにナッツバーとお水で朝食を済まし、さっさと進めるだけ進みましょう。

あ……この卵はどうしましょう。やはりマジックバッグにも入りません。手が塞がり邪魔になるため、モコモコパジャマのお腹のポケットにしまいます。これは温石を入れるポケットらしいので、一緒に温石も入れてポカポカです。

さすがにこの卵はそろそろ食べなくてはならないので、お昼は玉子雑炊にでもしましょう。

さあ！　脱出に向けてレッツゴー！

テクテクテクテク。一人黙々と歩いていますが、右を見ても左を見ても、変わらぬ銀世界が続いています。

私は雪山フィールドの、どの辺りに置き去りにされたのでしょう。うっすらと残されている道筋を歩いてはいますが、進んでいる方向が最下層のどちらへ向かっているのかも、わからないのです。入り口ならボスと会わずに、最下層を脱出できます。上層には階層ごとのボスはいません。魔物避けもあるので、かなり楽になるでしょう。

逆に出口へ向かっているのなら、ダンジョンボスとの戦闘となります。ボスとの戦闘は一人では少し、いえかなり心配ですが、ここのダンジョンのボスは毎回変化なしのカーバンクルたちです。素早いですが先手必勝でなんとかなるでしょうか？　しかしカーバンクルたちなら、私が瀕死《ひんし》状態になっても、外に放り出してくれるでしょうから安心です。

【殺っておしまい棒】の魔力は満タン。もちろん予備の魔石も用意しています。

きっとみんなが捜してくれている……今はそれを信じて、私はなんとしてでも生き延びます。それだけを考え、信じて進みます。

いけー！　ビリビリ！　よいしょっと。水晶のブレスゲットー。

これでもう何体目でしょうか？　またまたシルバーウルフです。体毛はグレーに近いので、銀世界では遠目でもよく視認できます。

それにしてもかなり魔物が出ますね。初っ端《しょっぱな》から【殺っておしまい棒】がフル回転しています。

しかし、ラスボス戦があったときのためにも、魔力は極力節約しなければなりません。なるべく物理攻撃でいきましょう。

そろそろ歩き始めて一時間は経ちます。どうやら魔物避けが効いているのでしょう。小動物系は出てきません。しかし効果が出ている割には、出現する魔物の数が多いのです。はて？　何もないと良いのですが……

なんて考えていたら！　目の前を、目に見えぬほどの速さで何かが走り抜けました。目を凝《こ》らして見ると、白い細長い生き物たちが、我先にと折り重なるようにどこかへ走ってゆきます。

あれは……たぶんイタチかオコジョでしょう。

いきなりたくさんの小動物が出現してビックリですが、これはまずいかもしれません。この移動の仕方は、きっと何かに追われているのでしょう。

よく見ると、かなり後方ですが、二つの黒い点が見えます。大きさと速度からしてベアー系でしょうが、ダンジョンボス相当の、グリズリー系ではないことを願います。

段々と黒い点が大きくなり、その姿をあらわにしながら近付いてきます。

私も全速力で走りますが、靴は普段ばきなので雪に足を取られ、速度が出ません。しかしこの雪山には、私が姿を隠せる場所もないのです。

気付くと黒い点がいつの間にか二手に分かれています。一匹ならばこのまま逃げ切れるかもしれません。それともこちらへ向かう一匹と対峙《たいじ》すべきでしょうか？

時間的にはそろそろ、出口か入り口に到達してもいい頃です。入り口なら良いのですが、出口ならばボスとの戦闘があります。もしものときのためにも、【殺っておしまい棒】はなるべく温存したいのですが……

どうやら考えている時間はないようで、相手が私に気付いたようです。こちらめがけて突進してきました。仕方がありません。来るなら殺るのみです。

どうやらグレイトベアーのようです。図体の割に素早さが抜きんでている優秀な種ですが、力や狂暴さではグリズリーに劣ります。もちろんこちらも強敵ではありますが、グリズリーでなくひと安心です。

では先手必勝です！　【殺っておしまい棒】、電撃作戦いきます！

私は腰を低く落とし、突進してくるグレイトベアーに棒の先を定めます。

距離が近いほど効果が大きくなるので、獲物はなるべく引きつけなければなりません。出力は対シルバーウルフの倍くらいでしょうか？　しかし高パワーの出力では、反動で自分が後方に吹っ飛びますので、忘れず後方の安全確認をいたしましょう。

もしも一撃で倒せなかったら大変です。必ず反撃には備え、獲物に電撃を喰らわせたら、すぐに獲物の生死を確認しましょう。敵にまだ息があった場合、間を詰められたら大変です。追撃は素早く確実に！

師匠！　スキルなしの状態で大型魔物との戦闘は初めてですが、この【殺っておしまい棒】があれば大丈夫。私でも殺れる気がします。天国のお父さんにお母さん、私はまだそちらへは行きません。私は師匠の教えを貫きます！

殺られる前に殺れ！　です。

アリー、行きまーす！

「いけー！　喰らえ電撃ー！」

よし！　見事に命中しました。

私自身も反動でずいぶんと吹き飛ばされましたが、電撃の効果は抜群のようで、グレイトベアーは頭から大量の血を流し、ピクピクと痙攣《けいれん》しています。

しかし油断は禁物です。獲物が動かなくなるまで、構えたまま待機です。完全に動かなくなったところで、急所に【殺っておしまい棒】を突き刺します。背中を見せた途端に襲われたら大変です。トドメを刺せば安心して進めます。

ドロップ品を回収しておきたいところですが、正直かなり体が冷えてきているため、立ち止まって消失を見守るのがキツいのです。

なんて思う間もなく、トドメと同時に消失してしまいました。真っ白な雪の上に大量に散った真っ赤な鮮血も同時に消えてゆき、本当に不思議な光景ですね。

もう一匹のグレイトベアーは、電撃に驚いて逃げていったようです。

すっかり元の白さを取り戻した雪の上には、色違いの飾り石が柄にはまった短剣が二本。飾り石は水晶ではなく魔石のようです。つまりこれらは魔道具なのでしょう。それではマジックバッグに収納して先に進みましょう。

しかし、吹き飛ばされたおかげで、目印にしていた道は見当たらず、見渡す限り雪の絨毯《じゅうたん》です。残ったバラバラな私の足跡と尻餅の跡、そして獲物を倒した今の場所との位置関係を、しばし考えます。

……きっと方角的には、こちらに向かって歩いていたのでしょう。時間的にはそろそろ扉が見えてもいい頃です。ならばやはり歩くしかないのですが、雪が服や靴に染み始めて体温が下がり、体力的にもキツくなってきました。ダンジョンとはいえやはり雪山です。町歩き向けの服に、モコモコとはいえパジャマだけではどうにもなりません。

扉も見つかりませんし、空も暗くなってきました。吹雪《ふぶ》いてきたりしたら大変ですので、少しでも進みながら休む場所を探しましょう。

数分歩くと、雷白鳥さんたちの生息地にもあったような岩場を発見しました。

もしかしたらと一縷《いちる》の希望を抱きますが、やはりそんなに上手くはいきません。グルリと周囲を見渡しますが、雷白鳥さんたちの姿も扉も、まったく見えません。雷白鳥さんがいれば、ダンジョンボスの部屋もすぐ近くにあったのに……

気を落としてばかりはいられません。とりあえず岩場の陰で休みましょう。

濡れた服を着替えて、冷えてしまった温石を取り替えます。ふぅ。温まってホッとしました。

あれ？　温石を入れた辺りがモゾリと動いた感じがします。まさか虫とか入ってませんよね？

ゴソゴソ……ふぅ、良かった……虫が入っているわけがありませんね。

でも確かに動いて……まさか卵でしょうか？　ポケットから取り出して眺めてみましたが、特に変化はありませんでした。

まさかお腹が鳴って動いていたの？　なんて、一人でふざけている場合ではありません。視界がどんどん悪くなってきていて、このままでは危険です。

岩場に向かい私が一人潜《もぐ》り込めそうな場所を探すと、体育座りをすれば入れそうな岩の隙間を見つけました。周囲の強度を確認しつつ、保温シートとマットでを敷きます。なんだか今回は天候が心配です。守りを強固にしましょう。

さて、では食事を済ませてしまいましょう。吹雪《ふぶ》いたら身動きがとれないかもしれません。今のうちに温かい食べ物をお腹に入れておきましょう。

では簡単クッキング開始です。なんとお鍋一つでできてしまうスパゲティーです。

ミニコンロで雪を溶かし、先週海のフィールドでゲットしたエビと貝柱を乾燥させたもので出汁をとります。もちろんエビと貝柱はそのまま具材にし、乾燥茸を数種加えてショートパスタも入れちゃいます。

麺が柔らかくなったらトマトのピューレを加えて塩胡椒《こしょう》で味を調《ととの》えます。熱々のうちに、特製ブレンドチーズを砕いて乗せたら出来上がり。寒さ対策にチーズを増量しちゃおう。シーフードトマトスープパスタ…

次はホットミルクセーキね。お鍋に卵黄と砂糖を入れてよく混ぜます。牛乳を加えて混ぜながら火にかけ、ほんのり湯気が立つまで温めます。お客様に提供する場合はバニラを加えたりするけど、自宅でならこれだけでも簡単だし美味《おい》しいの。余った卵白を取っておけば、メレンゲクッキーにもできます。

さあようやくあの卵をお料理できます。ポケットから出しておいたものに手を伸ばすと……コロコロコロリン？　あれ？　こら待て！　転がる卵を捕まえると指に激痛が！

「痛ぁーい！　卵が噛んだのー!?　嘘ー」

あまりの痛みに思わず放り投げてしまい、卵は雪の中へ落下してしまいました。

慌てて拾いますが、殻がパックリと割れていて、中身はどこかへ飛び出してしまっていました。

これでは残念ながらホットミルクセーキは中止、ただのホットミルクになりそうです。卵はインベントリにたくさんあるから、市場では購入しなかったのです。

ショックで呆然としたまま、ふと鍋を見るとその後ろに……

な、何あれ⁉　こちらの方に、何か濡れネズミのような黒いものが這《は》いずってきます。まさか本当にネズミなの？

這《は》いずる黒いものを呆けたまましばらく眺めていましたが……あんなに濡れそぼっていては、寒さで凍えて死んでしまいます。それにこれからきっと天候が崩れるでしょう。小さな命が目の前で消えてしまうのは忍びないです。

私は慌てて温タオルと乾いたタオルを用意し、汚れを取るように拭います。しかし汚れはまったくなく、濡れているだけのようです。仕上げに乾燥したタオルで包んで水気を拭き取れば……

鳥さんです！　グレーのちっちゃな羽に白いクチバシの、モコモコとした鳥の雛《ひな》です。この辺にグレーな鳥さんの生息地があるのでしょうか？　それともまさか……

私は割れた卵の殻を眺めます。やはりこの卵から孵《かえ》ったのでしょうか？　なら雷白鳥の赤ちゃんなの？　生息地でグレーな雛《ひな》は見かけなかったけど、羽毛が生え変わるのかもしれません。それにしてもモコモコで可愛いなぁ。

鳥さんはスープスパをじっと見ています。お腹が空いているのでしょうか？　でも雛《ひな》ならば軟らかいものの方がいいでしょう。マジックバッグからクッキーを取り出し、細かく砕いてミルクでふやかします。指で潰せるくらいの軟らかさにし、クチバシの先に寄せてみます。

パクリ。食べてくれて良かった……その後四枚分のクッキーを食べ、ひと安心です。

これらのクッキーは、元気回復、疲労回復、精神安定、体力増強のバフ付きです。鳥さんの力になってくれることを願いましょう。

それではそろそろ私もスープスパとホットミルクを……すっかり冷めています。しかもさすが雪山です。お料理に薄氷が張るなんて！　温め直して食べましょう。温かい食事にホッと一息。残念ながらスープスパゲティーは、スープなしのびのびスパゲティーでした。

なんてワタワタしているうちに、天候は刻々と変化しています。扉はかなり近いと思うのですが、急《せ》いてはことを仕損じます。吹雪《ふぶ》く前にもう一度、岩場に籠《こも》りましょう。一時的な吹雪《ふぶき》なら、夜までに再度扉を探せるでしょう。

お腹がいっぱいになったのかウトウトしている鳥さんを、着ているパジャマの前ポケットに入れ、温石も取り替えます。私は整えておいた岩の隙間に体を滑り込ませ、膝を抱えました。左の肩が岩場に当あたるので少しゴツゴツしますが、かえってしっかりとホールドされていい感じです。

入り口を保温シートで覆《おお》い、岩に挟んで固定します。最後にライトを雪壁に差し込み、ルイスからのプレゼントのショールなどを服の上から巻き付け、毛布にくるまりしばしの休息です。残念ながら寝袋は狭くて入りませんでした。

段々と風の音が強まってきています。入り口に激しく雪が打ち付けられ、遠くで風が唸《うな》る音も鳴り響いてきます。あまり酷《ひど》くなりませんように……

鳥さんは怖くないかな？　ではお休みなさい……

風が唸《うな》る音と、入り口にかけた保温シートに打ち付ける雪の音で目が覚めました。かなり吹雪《ふぶ》いています。この調子では、吹雪《ふぶき》はもう少し続きそうです。すぐに扉探しを再開するのは難しいですね。

前回頼まれたダンジョンの評価レポートでは、かなり難易度を低く見積もってしまいました。このダンジョンが大々的に宣伝される前で良かったです。

前回は快晴でしたから、まさかこんなに天候が変化するとは思いもしませんでした。ダンジョン内部とはいえ雪山、心して挑まなくてはなりません。しっかりとした雪山装備が必要だと、戻ったらギルドに報告しましょう。

しかし、さ、寒い……ルイスにもらった温石が最後の一つになってしまいました。

これは魔力を補充すれば再利用できるのですが、あいにく私には魔力がありません。教会での洗礼でそう測定されました。両親がともに魔力やスキル持ちの場合、その子供が魔力なしなんてありえない！　そう言われ何度も測り直されたそうです。私だって絵本で見た魔法使いになりたかったんです。魔力ほしかったですよ？　しかしないものねだりはできません。

両親は教会で異常だと言われたそうですが、『魔力がなくても私たちの子供であることに変わりはない』と宣言し、泣き出す私を抱き締めてくれたそうです。

ついつい昔のことを思い出してしまいました。現在前ポケットの中に、小さな温もりがあります。

この小さな温もりを道連れにはしたくありません。

私は、最後の温石とぬるくなった温石を取り替えました。鳥さんの温もりと温石の温かさが、ほんのりお腹を温め、もの哀しい気持ちを満たしてくれます。

耳をすませば、吹雪《ふぶき》はかなり収まってきたようですし、きっともう少しの辛抱です。ナッツバーとお水を口にして、もう一眠りしましょう。


つんつん。チクチク。いててて……手の甲が痛いです。何かがチクチクと刺さってきます。

あ！　もしかしなくても鳥さん？

慌てて目を開けると、膝の上にリンゴくらいの毛玉を発見です。正直埃の塊にも見えちゃいます。ごめんね？　このお色は間違いなく鳥さんです。しかしいきなり大きくなりましたね、ビックリです。

ふわもこ毛玉の中から、つぶらな瞳とクチバシがひょっこりと覗《のぞ》きました。私によじ登り、顔をクチバシでつついてきます。可愛いんですけど……地味に痛いです……

「鳥さんはご飯かな？　この中では火が使えないから、クッキーで我慢してね」

今朝と同じように、ふやかして与えます。鳥さんはあっという間に十枚を完食しました。元気そうでひと安心です。

ではそろそろ外の様子を見ましょう。現在はとても静かです。吹雪《ふぶ》いてはいませんね。

入り口を覆《おお》ったシートをはがそうとしますが、かなり雪が積もっているようでびくともしません。隙間から腕を出してみると、肘まで埋まってようやく指先が外気に触れました。積もっている雪をどかしながら、シートをゆっくりとはがしていきます。

おや？　何か音が……どうやら雪を踏み締める音のようです。誰かいるのでしょうか？　助けや冒険者の方々ならいいのですが、誘拐犯が戻ってきたのだとしたら困りものです。

すると、腕の中に鳥さんが飛び込んできました。なぜかプルプルと震えています。雪をかく手を一旦止めて、鳥さんを抱えて身を隠しました。足音はどんどんとこちらに近付いてきます。

「おい！　いたか？」

あ、声が聞こえます。人を捜しているの？　やはり救助に来てくれたのでしょうか。

「いや。見当たらんがこれだけ吹雪《ふぶ》いたんだ。さすがに死ぬだろ？　スキル封じの縛りは一日だからまだあと数時間は使えんし、服装だって軽装だ」

この声は……あの誘拐犯よ！　それならもう一人は依頼主のお貴族様って感じかしら？

「そんなことはすでに聞いたし見ればわかる！　現在の聖女は傀儡《かいらい》で、継承者の魔力もショボい。他の血族に継承できる魔力持ちはいない。つまり今いるやつらが死ねば血統の縛りはなくなるということだ。両親は魔力とスキル持ちだったのに、アリーとやらは魔力なしらしいからな。それが本当ならば傀儡《かいらい》にもできない。こちらに取り込めぬなら、安全のためにも必ず殺せ！　アイツが入れあげているというから上手く使えるかと期待したが、死ねばさすがに女は諦めてこちらに従うだろう、だとよ！」

　教会と同じこと言ってるね。だがないものはない！

「落ち着け。ひとまず戻ろう。あなたにボスと戦闘しろとは言わんが、扉までは歩いてくれよ。昨日の瞬間移動で魔力が完全じゃないんだ。なのにまた瞬間移動を使わせるとは……さすがに魔力不足だ……」

「わかっている。しかし貴様も裏切るなよ。お前の代わりなら妹でも構わないそうだ。お前を殺して妹に継承させる。あの病弱な妹に継承できるかは疑問だが、血筋が途絶えたら新たに相応《ふさわ》しい血統を探すだけだとよ」

「……」

「さすがに何も言えんか？　可哀想だが妹の安否は貴様次第だ。アイツには気を許すなよ。寄り付きたくもないはずの我が家にまで乗り込んできたってことは、まだどこへ連れ去ったかの見当はついていないのだろう。しばらくは様子見だな」

　私が隠れているすぐ近くを、喋《しゃべ》りながら歩いてゆく二人。雪を踏み締める音が徐々に遠ざかり、やがて聞こえなくなりました。

　はぁー行っちゃった……

　うーん。色々と情報はくれたけど、話がかなり難しいです。

　今の二人はやはり、昨日の誘拐犯と依頼主のお貴族様……いえ、話し方からして関係者でしょう。

そしてまたまた出てきた『アイツ』。これが誰かはわからないけど、私を捜してくれている味方でしょう。そして『アイツ』は依頼主の家には寄り付きたくもないのに乗り込んだ。つまり仲違いしているのでしょう。

……駄目……考えすぎて頭が痛いです……

つまり！　今の人たちは魔力のない私を殺したい。現在の聖女への言葉を考えるに、大神殿に対抗している。『アイツ』を取り込み従わせたい。

逆に、大神殿側は私を殺す気はない。だからといって味方とは限らない。ルイスも大神殿については良く言っていないしね。

あれ？　大神殿側の人間でなく、貴族らしい依頼主の家へ乗り込める私の知り合いって……『アイツ』ってもしかしてルイスなの？　確かルイスの実家は貴族よね。でも入れあげているって……？

やはり違うわよね。それに、ザックだって貴族よね……

それと、誘拐の実行犯は、病弱な妹を盾に脅されているようですね。この兄妹は瞬間移動の魔道具を管理する血族の一員で、血筋が途絶えたらと言っていたので、おそらく末裔《まつえい》。魔道具を依頼主に押さえられ、命じられて魔道具を動かしているのでしょう。

しかし血統の魔道具も管理が杜撰《ずさん》ですね。あれらは二度と作れないであろうと言われている貴重な魔道具です。それが持ち出され、更には権力争いに使われているのですから。

それにしてもなぜ私の魔力の有無が、大神殿に関係するのでしょうか？

私の両親は貴族ではありませんでした。もし私が血統の魔道具を管理する血族の末裔《まつえい》の血筋ならば、両親のどちらかは貴族の血筋であるはずなのです。

私の両親は二人とも、実の両親とは死別し、育ての親と暮らしていたそうです。やがて二人は出会い冒険者となり、資金を貯めてころポックル亭を開店させたのです。貴族とは考えにくいですよね？

うーん。一人で考えてもわかりません。とにかく脱出です。

誘拐犯によれば、スキル封じの縛りは一日。あと数時間もすれば使えます。

震えていた鳥さんが、腕の中から這《は》い出し動き始めました。では私も行動開始です。

雪をホリホリして穴を開け、ゆっくりと頭を出します。もしまだ敵さんたちが近くにいたらまずいです。グルリと見渡すと……いました！　真っ白な景色の中に、遠くで動く人影がハッキリと見えます。なるほど……扉はそちらの方角なんですね。しかも足跡がバッチリ残っています。

捜しに来てくれてありがとうー!!

たくさんの情報もありがとうー!!

扉の方向がわかったのは嬉しすぎます。あまりに都合が良すぎて……実は罠《わな》でした！　なんてことだったら嫌ですよ？

扉まではあと少しです。可愛く小さな相棒もできました。さあ頑張って脱出いたしましょう。

ただいま鳥さんと一緒に、ダンジョン最下層のボス部屋の前でご飯の準備中です。ボス部屋の扉はガッチリと閉ざされています。先ほどの二人が戦闘しているのでしょう。

ここのボスのカーバンクルたちは、倒されてから復活までに二時間必要です。スキルが使用できるようになるのは、たぶんそれから一時間ほどでしょう。

スキルが復活するまで待つべきでしょうか。ここは扉横のセーフティゾーンなので魔物に襲われる心配はありませんが、じっとしているとかなり寒いので悩んでしまいます。

しかし考えていても始まりません。先に食事を作ってしまいましょう。火を使用すれば多少は暖かくなりますし、美味《おい》しい食事をすれば心も体も温まります。

またまたミニコンロの出番です。

水で戻した干肉を炒め、更にフライドオニオンとフライドニンニクを加えてさっと炒め合わせます。ここに干肉を戻した出汁を加え胡椒《こしょう》を振り入れ味を調《ととの》えます。干肉の出汁にはかなり塩分が含まれているので、塩はほとんど必要ありません。

厚切りのバゲットを沈めて味を含ませ、器に注いでチーズをのせたら、オニオンスープもどきの出来上がりです。

フライドオニオンを使用しましたが、時短になりますしコクもあってとても美味《おい》しいですよ。

今回使用したチーズは市場で購入したものですが、そのお店はとにかく種類が多くてうっとり。用途にあわせて多種多様にブレンドしてくれるのです。ぜひまた行きたいですね。

別のお鍋にはリンゴの角切りに、水代わりの雪と氷砂糖を加えて煮詰めます。私用に少し取り分けて雪の上で冷やす間に、残りには千切った黒パンを入れ、リンゴと共に軟らかく煮込みます。

私の簡単献立はバゲット入りオニオングラタンスープに、リンゴのシャーベット。飲み物は温めたミルクにチョコレートを溶かしたホットチョコミルクです。

鳥さんの献立は、リンゴと黒パンの甘煮に、バゲットを砕いて入れたオニオンスープです。飲み物は同じくホットチョコミルクです。

干肉や黒パンといった携帯食はまだまだあります。雪を使用したので飲料水もほとんど手付かずです。本当にマジックバッグ様々です。

スキルを過信してはいけませんね。無事に帰宅できたなら、今回の点を反省せねばなりません。定期的なマジックバッグの中身点検は必須です。まずは調味料を増やしましょう。インベントリには多種多様に揃《そろ》えていますが、マジックバッグには塩と胡椒《こしょう》と直前に市場で購入したもののみでした。長期で拘束されたりしたら困りますね。

さあ鳥さん、温かいご飯を食べましょう。

鳥さんはすっかり元気になったようで、全て食べてから、クッキーの催促です。気に入ってくれたようで嬉しいです。

私も一緒にクッキーを齧《かじ》りながら考えます。二時間後に扉が開き次第、ボス戦をすべきか、寒いのを更に一時間我慢しスキルが復活するまで待つべきか……

更なる一時間……つまり今から三時間……辛いですね。

ボスであるカーバンクルたちは物理攻撃のみです。一番の懸念《けねん》は素早さと身のこなしですが、バフ付きのクッキーと【殺っておしまい棒】があれば、スキルなしでも大丈夫な気がします。もしも敗れてカーバンクルたちに外に投げ出されたとしても死にはしません。

ですが……やはり単独では……

どうすべきでしょう？　それにもう一つ重要なことが……

「ぴよ！　ピーピー！」

あら？　元気になった鳥さんはお腹も満足したのかぽてんとした腹部を突き出し、ちっちゃな羽でペシペシと叩いています。可愛いなぁ……非常時なのについつい和《なご》んでしまいます。

「お腹いっぱい？」

ペシペシが激しくなり……違うの？

「ならおかわり？」

今度はペシペシしたまま飛び跳ね出します。うーん？

「まさか一緒に戦闘する？」

鳥さんがまるで自分に任せろとばかりに、キメのポーズをしています。

鳥さん……心配してくれているの？　ありがとう。でも駄目なんだよ……

「鳥さんはたぶん雷白鳥の雛《ひな》だよね。だから仲間のところに戻らなきゃね……」

本当なら連れて帰りたい。でも雷白鳥は絶滅危惧種です。仲間と共に生活し、子孫を残さねばなりません。雷白鳥は仲間を大切にする種ですから、たとえ離れていた仲間でもきっと迎え入れてくれるでしょう。

小さな温もりと離れがたくて、ついつい先延ばしにしていました。でも私の我が儘《まま》で鳥さんを孤独にはできません。私とダンジョンから出てしまえば、鳥さんは雷白鳥としての、仲間との幸せを失ってしまうでしょう。

さあ！　ここで時間が経つのをじっと待つのも寒くて辛いです。鳥さんを仲間たちのいる岩場まで送ってゆきましょう。思い付いたら即実行です。

「ピィー！　ピッピー！　ビー！　ビッピービビィー！　ぴよぴよぴよ!!」

妙に興奮してるけど……やはり嬉しいのかな？　また必ず会いに来るからね。

すっかり大きくなりポケットには入らなくなった鳥さんを胸元に抱え、岩場に向け歩き始めました。

雪を踏み締め進んでゆくと、見覚えのある風景が目に入ります。白い雪原の先に岩場が見え、ポツポツと点在する鳥さんたちのクチバシの色が目立っています。

大きな岩の陰に静かに近寄り、そっと鳥さんを下ろしてお尻を押しました。しかし鳥さんは進まずに、まるで嫌がるように身を捩《よじ》り、こちらへ戻ろうとしてしまいます。

そんな鳥さんの頭を撫でてから、再度お尻を押してみますが、小さな体で踏ん張り少しも進みません。鳥さん頑張って！　鳥さんってば!!

「ピーヒョロロー。また会ったな娘よ」

気付くと目の前に、前回お話をした大きな雷白鳥がいました。確かこの生息地のボスです。

私が驚き固まっていると、優しい声が届きました。

「またもや仲間を助けてくれて感謝する。だかその子は群れへは戻れぬ。良ければ名を付け、ともにいてやってほしい」

しかしそれは残酷な言葉で……

「そんな……どうして戻れないの……」

「そやつは一度死んでいるのだ。たぶん我のように変異種だったのだろう。変異種は弱い。ほとんどが孵《ふ》化《か》できずに死ぬ。なぜか運良く生き返ったが、我らとは道を違《たが》えてしまった。すでに同族ではない故に、群れの中には戻れない。可哀想だが許せ」

「同族ではないって……なら鳥さんは一人なの？　なんで違《たが》えてしまったの……」

悲しくて涙が出そうです。同族がいないなんて、鳥さんはこれからずっと一人なの？

「我もそうだが、仲間より進化した姿なのだ。だか我はまだ雷白鳥の域を超越しとらん。しかしそやつはもはや霊獣に近い。霊獣は長生きだから、短命な我らより人間といた方が良いだろう。徳を積むか魔力を蓄《たくわ》えれば、やがて本物の霊獣や聖獣にもなれる」

鳥さんが私を見上げ、じっと見つめています。

「守護聖獣として子孫を見守っていくこともできるから、寂しくはならないだろう。霊獣では無理だが、聖獣となれば同じ時を生きる伴侶も認められる。そやつを頼む。名を与えてやってくれ」

私が両手を差し出すと、鳥さんはヒョイとのりました。灰色の毛玉にしか見えないふわもこちゃんです。この子がやがて聖獣に……そこまで私は生きていられないと思うけど……

「私と一緒でいいの？」

ふわもこちゃんとしっかりと目を合わせます。

「ぴよ！　ぴよぴよ！　ピッピィー！」

元気なお返事をありがとう。

「よし！　なら鳥さんは今からグレイね。男の子でいいのよね？　なんとなくそう感じるし。私はアリーよ。これからよろしくね」

「ぴよ！」

グレイが一鳴きすると、私とグレイの周囲を柔らかな光が包み込みました。グレイがふるふると身震いをした途端、水色に薄い黄色の交じった小鳥に変化してゆきます。

すごく綺麗な水色の鳥さんに、グレイって名前はどうなのでしょう……しかしグレイは喜んでいるし……今更変更は不可能ですよね？

「ほう。雷白鳥の面影がまったくないな。これならすぐにも霊獣になれるだろう。癒《いや》しに特化しているようだが、育てば雷も操れるようになるだろうな。雷はもちろん雷白鳥由来の属性だ。癒《いや》し特化のきっかけは、最初に食った魔力だな。そやつに何か術をかけたか？」

「私は何も……インベントリから出して、再度しまおうとしたけど入らなくて……マジックバッグにも入らなかったの」

「それらの収納には生き物は入らない。つまり、出す前は死んでいたんだ。しまおうとするまでに何かなかったか？」

「……あ！　あの誘拐犯のヒーラーが私にスキル封じをかけたわ。卵を抱えていたから、そのときに一緒に……」

「それだな。封じの原理は、スキルを使用する際に活性化する細胞を抑え込むことにある。変異種としての細胞を術で封じられ、普通の雷白鳥として息を吹き返したが、その後になぜかまた変異した。その変異はそなたの魔力の力だろうか？」

「私には魔力はありません。もしかしたらこのクッキーかもしれません。魔法のバフが付加されているのです。グレイもたくさん食べました」

「確かにそれもあるかもしれん。しかしそなたには本当に魔力がないのか？　我には、微量だが白色の魔力の漏れを感じるぞ。ヒーラーは確か青だ。きっかけが青で成長が白。故に、癒《いや》し特化の霊獣に近付いたのかと思ったのだが……しかしこやつは本当に運が良い。たくさんある卵の中で、たまたまインベントリから出してもらえた。更にすぐには食用にされず、ちょうどいい術をかけられた。がはは」

変異種で孵化《ふか》できずに、無精卵と勘違いされて雷白鳥たちの墓場に運ばれた卵を私たちがもらい、インベントリにしまった。割れた卵の代わりにあげようと、インベントリから出したあとに術を浴びた。

そうね。たくさんの偶然が重なり、吹き返した命。グレイ、本当に良かったね。

グレイがヒーラーの青でなく水色になった理由や私の魔力についてはわからずじまいでしたが、グレイと私は、たくさんの雷白鳥に見送られてボス部屋の扉に戻りました。

扉を確認するとすでに戦闘は終了していましたが、再度ボスが復活するまで次の挑戦はできません。時間的にはそろそろ復活してもいい時間なのですが……

なんだかガヤガヤと話し声が聞こえてきました。どうしましょう。隠れる場所がありません。もたついているうちに、二人の男性がやってきました。一応、警戒はしておくべきでしょう。

「あれー？　ダンジョン最下層に女の子一人だけー？　魔物より先に俺たちみたいのに食べられちゃうよ。ここは難易度低いけど、さすがにソロは無謀だよ。しかもずいぶん軽装備だね。もしかして置いていかれたの？　…………あれ、君は確か……」

「こんな寒いところで凍えちゃうよ。なんなら俺らと一緒にどう？　君が温めてくれたなら、俺も張り切って頑張っちゃうよ」

「……この子たぶん聖女様の……、……だからまずいって……」

「「……」」

明らかに胡散臭《うさんくさ》いです。話にのらない方がいいですね。

「結構です。自力で出られますから！」

「仲間が下品な言い方してごめんね。俺たちは神殿騎士だから心配しないでほしいな。君はアリーちゃんじゃないの？　ギルド経由で捜索願いが出ているんだ。俺たちはこのダンジョン付近で不審な二人組に職務質問をしたんだけど、まんまと逃走されてしまったから、中まで捜索に来たわけ。君に危害は加えないと約束するよ」

ここまで言われては仕方がありません。話をしているうちに、ダンジョンボスも復活したようです。さっさと終わらせてしまいましょう。

ちょうど人手もあり、スキルなしですが【殺っておしまい棒】が役に立ちました。

「ご一緒していただきありがとうございました。気持ちばかりですがこちらを受け取ってください。では私は失礼いたします」

私はお礼としてクッキーと、雪山でのドロップ品を差し出しました。

「お礼はいらないよ。良ければ大神殿に寄ってよ。不審者の話も聞きたいし、聖女様も大神官様も、君に会いたがっているんだ」

「すみません。心配しているみんなのところに早く戻りたいので……」

「まどろっこしいな！　いつまでも紳士ぶってるんじゃねえ！　ガキなんぞちょいと痛めつければ大人しくなるんだよ。お前は甘いんだよ。おい！　両足押さえろ！」

いきなり突き飛ばされ呆然とする私。あまりに突然のことで、【殺っておしまい棒】を手放してしまいました。一人が私に馬乗りになると、首元の地面にナイフを突き刺し、片手で両手首をしっかりと押さえ込んできます。怒鳴られたもう一人も慌てて、私の両足首を掴《つか》んできました。

「黙って言うことを聞かないからこうなるんだ。どうせ大神殿に入れば遅かれ早かれ痛い目を見るさ！」

首元のナイフを抜かれビクリとする間に、一気にパジャマを切り裂かれてしまいます。もうどうしたらいいのか……こんな体験は初めてで、対処の仕方がわかりません。いくら私でも、この人たちの目的は理解できます。

どうしよう……とにかく落ち着かなきゃ……なんとか時間を稼ごう。そろそろスキルが復活するはずです。

「おい！　下もだ！　早く脱がせろ！」

一気にズボンが下ろされました。身に付けている衣服が少なくなり、かなり心もとないです。

あまりのことに意識が落ちそうになりますが、そんな私を引き止めるように、グレイがつついてくれています。私の意識がしっかりすると、今度は私に馬乗りになる男の顔をものすごい勢いでつつき始めました。

男がわめきながら手で強く顔を払うと、グレイが吹き飛びます。それでもグレイはヨロヨロと私のもとへ……グレイ……ありがとう。あとは私が頑張るよ……ごめんね……

私は自分に覆《おお》い被さる男の目をしっかりと捉え、話しかけます。

「私が大神殿に行きますと言ったら、あなたはその手を止めてくれるのですか？」

「はんっ！　俺がやめてもお前の大神殿での未来は変わらない。なら俺にも楽しませろよ」

「神殿騎士とは、神に仕えているのではないのでしょうか？」

「そんなのは綺麗ごとだな。俺らみたいな親なしの使い捨て要員に未来はない！」

「私にも両親はいませんよ。女性を辱《はずかし》めるのに、それは理由にならないのではないですか？」

「……くっ……くそっ！　うるせえ！」

パアンッ！

思い切り頬に平手打ちを喰らいました。どうやら口の中が切れたようで、鉄の味が口内に広がります。

私は体の力を抜き目を閉じました。男は私が諦めたと感じたのでしょう。ナイフを放り投げると手首の拘束を解き、パジャマの中に着ている服に手をかけました。

大の字に伸ばした左手の先にグレイのクチバシがあたります。私はそっとグレイを掴《つか》み、右手は……

「そうだ。大人しくしていれば痛い目にはあわん。もう諦めろ。いや、さすがに諦めたか？」

とうとう上の下着に手がかかります。もらったばかりの……ヒラヒラな上下セットです。ライラごめんなさい。高かったのに……なんて余裕をかましているわけにはいきません。

ようやく転がっていた【殺っておしまい棒】に手が届きました。出力は最大のままですが、ボス戦もこなしたあとなので、魔石に入っている魔力はかなり減少しているでしょう。私からは見えないので調整はできません。ご愁傷様です！

「へえ……ガキの割に……」

いーやー！【殺っておしまい棒】を振り回し、男がよろめいた隙に立ち上がります。

スキルはまだ使えません。ならば！

「近寄らないで！　この棒の威力はわかっているはず！」

「残念だな。後ろを見ろ」

振り返ると……忘れていました！　もう一人いたんです！

こうなったらもう仕方がありません。人間に使用するのは遠慮したかったのですが、牽制《けんせい》だけでは無理なようです。これは正当防衛なので問題はないでしょう。前後からにじり寄る二人が同時に視界に入る場所にさりげなく逃げ、腰下めがけて【殺っておしまい棒】を水平に放ちます。

「「うわー！　んぎゃぁー！　ふざけんな！」」

ビリビリ放電直撃です。もんどり打って倒れていますがご愁傷様。木々に体をぶつけ痛そうです。

まあ死にはしませんから、大神殿へ戻れば治療してもらえるでしょう。

あら？【殺っておしまい棒】はもう魔力がないの？　残念ながら思ったより威力が低かったみたい。まだのたうち回ってはいますが、しばらくすれば立ち上がれそうな気配です。

ん？　グレイが頬をつついてきます。あ！　もしかして！　出ました！　スキルがようやく復活しました。

「このくそガキがー！」

……あなた方も復活したのですか？　そんなにフラフラしているのに向かってくるほど、怒っているのでしょうか？　怒りたいのは私の方です。でも、グレイ逃げるよ！

「エロ野郎は触るな！　寄るな！　リターンアドレス！　マイルームへゴー！」

視界が暗転すると同時に、自宅のベッドにドテンと転がり落ちました。反動でベッドからもドスン！　ゴロゴロと転がり落ちてしまいます。

アイタタタ……頬も体中も痛いし心も痛い……でも見慣れた天井に安心します。なんとか戻ってこられたのです。

グレイが指先をつついています。痛いけど気持ちがいいね。もしかして治療をしてくれているの？　撫で撫でしてあげたいけれど、今は疲れすぎて指先すらピクリとも動かせません。なんとかベッドまで行きたいけど……どうやらたどり着けそうにありません。

でも……とにかく無事で良かったです……

＊　＊　＊　＊　＊

アリーが街角から姿を消して、もうすぐ丸一日になります。ほんの少し目を離した隙でした。しかしそれは言い訳にしかなりません。

私——ルイスは専属護衛なのです。それは、償《つぐな》うべき、あの追放劇のためだけではありません。私自身がアリーを失いたくないのです。

以前ザックと兄弟子たちに叱咤《しった》されました。

『そのヘタレをなんとかしろ！　好意がないと言うなら、アリーにベタベタくっつくな！　適度な距離感を保て！』

私にはベタベタくっついているという自覚はありませんでしたが、よく考えてみれば、確かに自分から近寄る女性はアリーのみです。

ならばやはり私はアリーが好きなのでしょうか？　……たぶん好きなのでしょう。

実際、私との距離感にあたふたする彼女の反応は可愛らしいの一言です。慌てて赤くなる彼女を見るのが楽しい……初めての感情でした。

今までこんな感情が芽生えたことはありませんでした。女性に近寄ること自体を避けていたのですから。だからこそ私は、重大な過《あやま》ちを犯してしまったのです。恋をしているという現状を楽しんでいたのです。

恋ではなくすでに愛であることに気付けなかった。

アリーにとって、私との出会いは最悪だったでしょう。ホワイトハットでの一年間、そんな素振りも見せなかったのに！　そう言われても仕方がありません。何せ私自身が気付いていなかったのですから！　アリーのことを鈍感だなんて言えません……

しかし今なら周囲からの揶揄《やゆ》も理解できます。あれほどあからさまに好意を示し、まるでマーキングするかのごとく纏《まと》わりつく自分。端から見ていれば、さぞ笑えたことでしょう。自分の仕出かしたアレコレが痛すぎます。

アリーは強いです。確かに、守られなくても大丈夫そうに見えます。しかし町に戻ってそばで暮らし、寝食をともにして気付いてしまいました。

アリーもきっと私と同じで、二度とは手に入らないものを求めているのでしょう。時折感じてしまう空虚感を埋めてくれるもの……。己《おのれ》に欠けている何かを探し求めているのではないのでしょうか？

私は長年その何かが、どういうものであるのか、まったくわかりませんでした。

私は女性を軽視してきました。来るもの拒まず、去るもの追わず。しかし、私は女性と不埒《ふらち》な関係にまで至ったことはありません。私が相手にしないにもかかわらず、女性は勝手に纏《まと》わりつきやがて離れてゆきました。

彼女たちにとっての私は、意思などは必要ない、都合の良いアクセサリーだったのです。アクセサリーは気軽に交換できます。私が何も言わないことで、余計にそう扱われたのでしょう。私というアクセサリーを身に纏《まと》って見せびらかし、やがて飽きると新品に替える。

しかし悪者にされるのは私なのです。彼女たちは私に捨てられた可哀想な女性を演じます。また逆に、頼みもしないのになんだかんだと世話を焼く女性もいました。私が無視しているのにもかかわらず、勝手に話を進めてゆくのです。上手く周囲を丸め込み結婚へと導く。

私はいったい何度婚約し、そして破棄したことになっているのでしょうか？　もちろんその婚約は正式なものではありませんし、私の経歴にキズが付いているわけでもありません。

貴族の令嬢にとっての婚約破棄は、彼女ら自身の価値を急降下させてしまいます。

しかし私との婚約破棄は、女の価値を上げるそうです。誰にも心を許さぬ私に、あと一歩まで迫った女。それが社交界では自慢のステイタスになるとか……まったくアホ臭いとしか言いようがありません。

私をバカにしているとしか思えませんね。何度でも宣言できます。私は誰とも交際なんてした覚えはございませんし、ましてや婚約などありえません。しかし周囲には下半身のゆるい、恋多きキザな男だと思われていたようです。

だからこそ私は、自分からは女性に近寄りたくもなかったのです。

しかしホワイトハットでアリーに出会いました。きっと心の奥底では求めていたのでしょうけれど、私の過去の経験が、それを認めようとしませんでした。認めてしまえば先に進まねばなりませんからね。

ザックにまで気付かれていたのに、自分で気付けず更にはアリーの追放を止めもしなかったのです。情けなさに頭を抱えてしまいます。

「アリー……愛しています。お互いの欠けた部分を、愛で埋め合いましょう。私はもう恋と愛を間違えたりはしません……」


大神殿にいた頃の私は、周囲の人間が勝手に作り上げたルイスです。

あの頃は大神官にも聖女にも、まるで日課のように夜這《よば》いをかけられていました。私の魔力が低ければ、早々に手込めにされていたでしょう。私の知ったことではありませんが、あのお二人は元からそのつもりで私に大金を支払ったのでしょうね。

しかし魔力が高く癒《いや》しの魔法を使用する私は、大神殿にはなくてはならない人材でした。なぜなら本来癒《いや》しを行うべき聖女が無能だったから。その私に無理強いはできなかったのです。いや、私がそうはさせませんでした。

私は祖父母に、もし大神殿から私が逃げ出せば、すぐにでも両親を大神殿への反逆罪で処刑させると脅されていました。

より高い地位には、より強い発言力と力がついてきます。だから私は力を求めました。大神殿に蔓延《はびこ》る、大神官と聖女という悪の二強。その二強に抗《あらが》っても、私の大神殿での地位が揺るがなくなるまで。その二強を食ってしまうことができるまで。そうした地位に上りつめるまで、私は努力を惜しみませんでした。

大神官も聖女も、享楽主義の似非《えせ》聖職者です。それと似たような大神殿の上層部。私は真面目な神官として勤めながら、上層部のお遊びにも付き合いました。とにかくなんでもこなして、上を目指したのです。

神殿上層部の大好きな、くだらぬ社交場にも参加しました。

ブタに従いアバズレのエスコート。思い出すだけで反吐《へど》が出てしまいます。しかし社交に参加し、寄付金を募《つの》るのも大切な仕事だったのです。たとえそのほとんどが悪の二強の懐に入ろうとも、大神殿で過ごす者たちの命の糧《かて》なのです。

そして私は確たる力を手に入れました。ブタどもと同きんせずとも、何も言わせぬだけの力を！

しかしこれが仇《あだ》になるとは思いもしなかったのです……

あるとき突然、私を担ぎ上げ、大神官と聖女を追放しようという派閥が大神殿内部に現れました。更にはそれに対抗した大神官派が、聖女と私を婚姻させて、私を自陣に取り込もうと画策してきたのです。ですがあのアバズレとの婚姻だけは、どうしても生理的に受け付けません。考えただけでも虫酸《むしず》が走ります。

もう一方の派閥もまったく意味がわかりません。私を変に崇《あが》め立てるのです。

『高貴なるルイス様に対する不敬な噂が我々には許せません。社交界での下世話な噂を訂正いたしましょう』と捲《まく》し立て、勝手に噂を振りまく女性たちを、神からの制裁だと排除していたのです。

もちろん私は何も知りませんでしたし、指示もしていません。

『清貧《せいひん》を体現なさる聖職者はルイス様しかおりません。本当に素晴らしいことです』

そう思うなら己《おのれ》で体現すれば良いのでは？　私は特に心がけてなどはいないのだから。

大神殿内の食堂で出される食事を、三食皆と等しく食べ、衣類は聖職者してのものが支給されています。階級が上がり社交などで必要な品があれば、経費で落ちます。しかし、女性のドレスや宝飾品と違い、男性は僧服が礼装も兼ねますからほとんど必要がありません。住居も家具付きで支給されています。

この全てが揃《そろ》った恵まれた環境で、いったいどうしたら更なる贅沢《ぜいたく》ができるのでしょう。

『ルイス様は神にも等しい』

私は人間です。神になどなりたくもありません。

『ルイス様は我々の光。どうぞ導いてください』

私は私です。勝手に偶像化しないでください。私は導く光になどはなれない。正直気持ちが悪すぎます。これが続くとさすがに鬱陶《うっとう》しい……

更には裸の聖女に馬乗りで叫ばれ……

駄目です！　私にはどちらも我慢がなりません！

てなわけで、私は大神殿を出たのです。

もちろん準備は怠《おこた》りませんでした。私は大神殿内部の不正の証拠を片っ端から集めてまとめ、大神官と上層部に突きつけました。

その証拠の中には、人身売買にも劣らぬようなえげつない証文も多数存在していました。私はその場で自身に関わる証文を抜き取り、大神官に証文無効の一筆を書かせ、血判を押させました。

この確たる証拠たちがあれば、大神殿の内部を一掃できるでしょう。しかし私は片方の味方をしたわけではないのです。これくらいの証拠を自分たちで集められず、脆《もろ》い神輿《みこし》で人を担ごうとするな！　そういう嫌味のつもりだったのですが……まったく気付いてもらえなかったようです。

両親のことはさすがに頭によぎりました。彼らは辛くとも耐えていた男爵家を、私の手を取り出ました。

しかし祖父母の追っ手はしつこく、とうとう私だけが連れ戻されたのです。その両親の命を盾に取られ私は今まで……もう、私を自由にしてください。大神殿を出れば、私も一介の庶民となるのです。またいつかあいまみえる日まで……

一応心配なので、両親と私に付き纏《まと》うならと、私の証文の控えを上層部の全てに手渡しました。

『この証文が一番犯罪としてはわかりやすく、そして人身売買を証明できるものです。いざとなれば私はこれを持ち、国王に直訴します。あなた方もご存知でしょうが、私はかなり王族に顔が利きますよ？　これは寄付金を募《つの》るとの大義名分で嫌がる私に無理やり社交をさせたあなた方の、完全なる失態ですね』

私の証文だけでは証拠の一端にしかなりませんが、腐敗を正す突破口にはなるのです。案の定その場にいた者たちの顔は青ざめ歪《ゆが》み、私を射殺さんばかりに殺気を放っていましたよ。

しかし未だに大神殿に変化は見られません。子爵たちの派閥も、結局は偽善者の集まりなのです。やつらに証拠を渡したのは失敗でした。私の嫌味に気付かないばかりか、また私を担ぎ出そうとするとは思いもしませんでした。更にはアリーにまで手を出すとは……甘かった自分が許せませんね。

アリー、あなたは今どこにいるのでしょう。辛い思いはしていませんか？　もしあなたの身に何かあったのなら私は正気でいられませんよ。お願いです……私を止められるのはあなたの笑顔だけなのですから……

ふと気付くと、カーテンの隙間から夕日が射し込んでいます。どうやら私は考え事をしながら、少し寝てしまっていたようですね。微《かす》かに揺れるキャンドルの炎を眺め、チラリと時刻を確かめると、まだこんな時間……いえ、もうこんな時間なのでしょうか？

突然主がいなくなり、静まり返ったころポックル亭の店内を見渡します。

通常ならばお客様の話す声と、美味《おい》しそうな匂いが漂う店内。ご両親との思い出の食堂をようやく開店させ、働くことを何よりも喜び楽しんでいたアリー。その日常をブチ壊したやつら。絶対に許しません。必ずや、死んで償《つぐな》うよりも辛い思いをしていただきましょう。もちろんアリーにはバレないようにしなくてはなりません。知られたら止められてしまいそうです。

現在町中をあげてアリーの捜索をしています。ライラと共にあらゆる伝手を使い、国中はほぼ捜索しました。残るはダンジョン内部や大神殿内部、個々の屋敷や施設の内部です。

今回大神殿側は、後手に回り歯ぎしりをしているようです。

つまりこの件には間違いなく私の実家が関与しているのです。大本はあの子爵でしょうが、アリーを暗殺しようとしているのは私の実家、男爵家の独断でしょう。さすがにあの子爵が、それほどマヌケだとは思いたくないです。

実家からの暗殺者は、ザックと私とで排除しています。そんな余計なお金を使うなら、苦しむ領民のために使えば良いのに！

早朝に、ライラが魔術師と呼んでいたヒーラーと私の次兄が捕らわれました。

二人が大神殿側の者に連れ込まれようとしていたところを、大神殿を見張っていた我々側に確保されたのです。そのうちの一人が私の次兄。そして二人目がヒーラーで、私の友人？　は？　まったく心当たりがございません。病弱な妹を人質に取られての犯行だそうですが、私には関係のないことです。

その二人の供述によると、やはりアリー連れ去りの首謀者は男爵家を継いだ我が家の長男でした。しかし長男は完全に先代である祖父母の傀儡《かいらい》状態で、アリー殺害も祖父母の一声に惑わされ、碌《ろく》に情報を集めもせず実行したようです。

そしてアリーは聖なるダンジョンの最下層にいるとのこと。すでにダンジョンにはアリーの兄弟子たち含め、かなりの人数が捜索に入っています。

私もできるなら捜索に加わりたい。じっと待つ身は辛いのです。

しかし私やライラ、ザックにミリィはアリーの各ホームに分散しています。スキル封じは発動から約一日で効果が切れますが、ヒーラーの話では、アリーはそれを知っていると言うのです。ならばアリーがリターンアドレスを使ってホームのどこかに戻ってくる可能性が高くなります。

しかし待つ身は長くて……これほどの無念を感じたことはありません。明かりの灯らぬキッチンは、心の奥まで寒く感じてしまうのです。

お願いです、アリー……

どうか一刻でも早く元気な姿を見せて……!?

ドサッ。ドドン！　ゴロゴロ……

二階からものすごく大きな物音が聞こえてきました。いてもたってもいられず、慌てて階段を駆け上ります。呻《うめ》き声も聞こえてきました。

まさか！　アリーが戻ってきたのでしょうか？

扉を蹴飛ばし部屋へ飛び込むと、中にはボロ布のように転がるアリー。まさか暴行に……？　私のうちの何かが、グルグルと渦《うず》巻いてゆきます。苛立ちのようなそれを無視し慌てて抱き起こすと、うっすらと瞼《まぶた》を開いたものの、すぐに意識を失ってしまいました。

首元から引き裂かれすでにその役目をなしていないボロボロの洋服。抱き締める腕に力を込めても、アリーの体は微動だにせず、私の呼びかけにもまったく反応しないのです。慌てて心音と呼吸を確認して安心しますが、冷えきった体が心配です。

お願いです！　目を開いてください！　もしかしてこのまま……

生きていることはわかっていても、もし目を開かなかったら？　という不安が心を黒く塗り潰してゆきます。

やがてあふれ出した、私の体内で強く渦《うず》巻くこれは……

まずい！　これは私の魔力です。動揺からついつい活性化させてしまったのでしょう。余分な魔力は体外に放出されますが、これではアリーまで巻き込んでしまいます。

なんとか制御しなくてはと、焦れば焦るほど上手くいきません。とうとう無害とは言えない量が漏れ出しました。体内で暴れ回る魔力を右手に集め、天井に向けて打ち出します。数発打ち出したところで、いきなり何者かの声が聞こえてきました。

「ちょっとーいい加減にしなよ。僕がこれだけ魔力食ってあげてるのに、まだ制御できないの？魔力暴走させてる暇があるのなら、アリーの治療をするとかできないわけ？　お陰で髪色がオソロになっちゃったよ。これなんとかなるかな？　めっちゃイヤだー。もうこれ以上アンタに似たくないから、早く暴走を止めてくれない？」

は？　幼児？　なぜこんなところに？

なんなんだこのくそ生意気な幼児は！　うるさいので魔力の塊をぶつけてやります。……バカな！　受け止めて己《おのれ》に吸収した？

「助けてあげてるのに酷《ひど》いなー。まあ、おかげで霊獣に進化できてラッキーだけど、アリーが起きたら言いつけてやるから！　とにかくもうお腹いっぱいで入らないし、あとは自分で処理してよ。アリーが疲弊《ひへい》してるから、僕の中にあるアリーの魔力を還元するよ。アンタは早く落ち着いて助けを呼んできて。早くしないと大神殿のやつらも来ちゃうよ。誰かさんが天井に大穴あけるほどの、ド派手な花火をバンバン打ち上げたからね。あれ絶対に城下町まで響いたよ？」

「……」

「ちょっとー早くしてー。僕が信用できないの？　でも今はアリーを助けることが一番だよね？　さっさと正気に戻ってキビキビ働け！　あー！　もしかしてアリーの格好を見て良からぬ心配をしているわけ？　うわームッツリー。ハッキリ聞けばいいのに。アリーに失礼だよ！　でもその心配はないから安心して」

「……」

突然現れた幼児はなぜか青年の姿に成長し、アリーの傷を癒《いや》しながらベッドに運んでいきます。パジャマをタンスから出して着替えまでさせていますが、さすがに下着はそのままだったので私は何も言いません。いや、言えませんでした。

「あ、これこれ。このアリーがしてる指輪だけど、合意がなければ最後まではできないの。完璧なる貞操帯なの。でも最後までってのが難点で、ギリギリまではできちゃうからねー」

ギリギリまで……？　ふざけないでください！

「もう邪魔ー！　とにかく行け！　被害者はアリーだよ。そばにいなかったやつがウダウダするな！　この状態のアリーに回復魔法をかけようという考えさえも浮かばないんでしょ？　そんな余裕なしはさっさと動け！　心配なのはわかるけど、少しは役に立ったらどう？」

確かに私はなんの役にも立っていません。すぐにでもライラに連絡をしなくては……フラフラと立ち上がり、破壊されすでに意味をなしていない扉へと向かいます。

何かの気配を感じて振り向くと、青年が純白の翼を広げて眠るアリーを包み込み、自身もともにベッドに潜《もぐ》り込んでいました。

まさか本当に伝説とまで言われる霊獣なのでしょうか？　いいえ！　それよりも！

「アリーと一緒のベッドに入らないでください！　しかもなぜ裸なのですか！　早く何か着なさい！」

「もう本当にうるさいな。心が狭いよね。僕は霊獣で、これは癒《いや》しの翼なの。魔力還元に最適な方法が粘膜接触なのはわかるよね？　でもさすがに粘膜は本人の許可が必要だから、肌から還元してるんだ。皮膚接触で魔力を送り、癒《いや》しの翼から治癒の力を送る。僕が抱っこして眠るのが一石二鳥じゃない。抱き付くのが嫌ならキスにする？　その方が早いよ」

確かにそうですが……正論すぎてムカつきますね。

「霊獣ならば獣姿で寄り添えば良いのではありませんか？　裸の青年が抱き付いていたら、アリーだって驚きますよ」

「えー。せっかく人化できるようになったんだから嫌だよ。それに僕は鳥だから、それだと効率悪すぎ。あ！　ならこれでいいね。ほら早く出てけ！　大神殿からも追っ手が来るってば！　はよ行け！」

霊獣は再び幼児サイズに変化しました。確かに見た目は幾分マシになりましたが、幼児サイズでもムカつきます。しかしアリーが霊獣を……？　いったいいつ、どこで？

「わーい。小さい僕ならアリーの腕の中にすっぽり収まるね。ピタリと張り付いちゃおっと。温かくてプニプニで柔らかーい。やつらが触れた場所は、僕が綺麗に消毒しとくね。舐めていい？」

「やめなさい！」

「痛ーい。ドケチ。……まだいたの？」

しかしやつらとは誰でしょう。必ず探し出し、死ぬよりも辛い目に……

「野蛮人は早く助けを呼びに行け！」

この……しかし、確かに……、とりあえず急ごう……

ギルド経由でライラに連絡をしなければなりません。【未来への道標《みちしるべ》】をこちらが押さえている以上、大神殿からの追っ手の到着には、今少し余裕があるでしょう。

なんだか余計なお邪魔虫か増え、先行きが不安です。しかし……

アリーが無事に帰ってきてくれた歓喜で、今の私の心は満たされているのです。

＊　＊　＊　＊　＊

次に目を開くと見慣れぬ天井が……いえ、これはどう見ても天井ではなく天蓋《てんがい》です。

私の部屋に戻ったはずですが、これはいったいどういうことなのでしょう。まさかリターンアドレスで部屋を指定したことで、居場所がバレたのでしょうか？　再度捕まったのならマヌケすぎます。

しかし捕まったにしては豪華すぎる牢獄です。天蓋《てんがい》付きのフワフワベッドに、暖かいのに軽すぎるお布団。極めつきはこのシルクと思《おぼ》しきパジャマです。サラサラでスベスベで気持ち良すぎですよ。

そうです！　この、ランジェリーショップに飾られていたのと似たようなヒラヒラ感。もしかしてここはライラのお屋敷でしょうか？

……それに、私はなぜ着替えているの？　なんて考えていても無駄ですね。起きて状況を確認しなくてはなりません。グレイのことも心配です。

むにゅう――……背中に当たるこの感触は何？　更には足にも何かが当たります。柔らかくて温かい？　これは人肌なの!?　慌てて掛け布団をはがして振り返ると、背中合わせにスッポンポンの男の子が寝ています。

サラサラとしたグレーを帯びた白髪がシーツに流れています。髪はルイスとほとんど同じ色ですが、瞳は何色なのでしょう。恐る恐る顔を覗《のぞ》き込みますが、まだグッスリと寝ているようなので、このまま寝かしておきましょう。

しかし、布団をかけ直すと瞳が開き、ガバリと起き出してしまいました。

「アリーが起きた！　ライラ！　ルイス！　起きたよ！　早くーー」

吸い込まれそうな空色の瞳の男の子が、大きな声でライラとルイスを呼んでいます。

瞳はグレイの羽と同じ色ですね。そういえばグレイが見当たりませんが、無事なのでしょうか？

いったいどこにいるのでしょう。

ドタドタとこちらへ走ってくる足音が響いてきました。ではやはりここは……

扉が勢い良く開かれます。ルイスが今にも泣きそうな顔をして飛び込んできました。

「アリー！　ようやく目を覚ましたのですね。本当に良かったです。医者は疲労と緊張から寝ているだけで、体には心配はないと診断しました。しかしあんなにボロボロにされてしまっていて、私は心臓が潰れる思いでしたよ。私のせいで本当に申し訳ございません」

ルイスにギュウギュウと抱き締められて苦しい……心配してくれたのは嬉しいけど、苦しくて意識が飛んでしまいそうです。

「ルイス！　アリーが白目むいてるわよ。またベッドへ逆戻りさせるつもりなの？」

私はルイスからライラにバトンタッチされ、起きられるならとソファーに促《うなが》されました。

「アリー。護衛が間に合わなくてごめんなさい。詳しくはあとで話すけど、とりあえずしばらくは我が家に滞在してもらいます。スキルで逃げたのよね？　食堂の方には、大神殿の関係者たちが張り付いているの。ルイスの魔力暴走で、部屋に大穴あけて目立ってしまったしね」

部屋に大穴って？　魔力暴走なんて大丈夫なの？

「アリーをさらった二人はすでに捕縛し、地下牢で拷問中です」

……ピンピンしてるし、ルイスは平気そうね。

「こちらは私の身内なのです。元凶は男爵家を継いでいる長男で、地下牢にいるのは次男です。たかが男爵家のくせに、いらぬ野心を持ちすぎです。まさか血統の魔道具にまで手を出すとは……愚かすぎて己《おのれ》に流れる血まで消し去りたくなります。こちらは私が責任を持って断罪します。本当にすみません」

誘拐犯たちの話に出てきた『アイツ』というのは、やはりルイスのことだったのね。

そして私の死亡を雪山に確認に来ていたのは、依頼主である長男ではなく次男だったと……

「瞬間移動の魔道具で私をさらった人は、病弱な妹さんを盾に脅されていたみたい。私を殺せと言われたみたいだけど、殺しは嫌だから自力で脱出しろと逃がしてくれたの。二度目に見たとき私は隠れていたけれど、今思えば私がそばにいることを知っていたんじゃないのかな？　あのときはラッキーとしか思わなかったけれど、スキル封じの切れるタイミングとか、扉までわかりやすく歩いて行くとか、わざわざ教えてくれていたみたいだった。だって都合良すぎるよね？」

「大丈夫です。もちろんそれも加味しています。私は回復のプロですから、そう簡単には殺しませんよ。死ななければ何度でも治療できます。死ななければね……」

何度でもって……ルイス怖いよ……

「そうだよ。アイツは僕とアリーに気付いていたんだ。僕が顔を出したらバッチリと目が合ったからね。あの姿の僕に気付くなんて意外にすごいやつかもよ。もちろんアリーの姿も見えたはずだから、外に出ないように引き止めたの」

「そういえばあなたは……誰なの？　ルイスと同じ髪の色にグレイの羽と同じ色の瞳……まさか⁉」

「そう！　アリーわかった？　僕は――」

「まさかルイスの子供⁉」

「グレイだよ。えー？　なんでそうくるの？　それを言うなら空色の瞳はアリーと一緒じゃない。僕を産んだのはアリーなの？　それは嬉しいのか微妙だけど、こんなヘタレのパパは嫌だよ」

ぶはぁっ！　私がママって⁉　確かにそう考えることもできるかもしれないけど、絶対にそれだけはないです！　私にこんなに大きな子は絶対に無理です！

「アリー！　いくらなんでも私にこんな大きい子はいません！　私は結婚すらしていません！　酷《ひど》い誤解です！　早く訂正してください！　さあ！　さあ早く！　訂正せぬなら、その口を塞ぎますよ！」

ルッ、ルイス……うぇっ！　首が！　首が痛いっ！　肩を掴《つか》んで揺らすのはやめてー！　グルグル目が回るー。

「ごめんってば！　髪の色が同じだからつい……さすがに子供は言いすぎたわ。でもこんなに大きくない子ならいるかもしれないのね……でも、それならルイスの弟かしら？　……ちょ、ちょっと！　揺らすのやめてってば！　力入れすぎ！　痛いー！」

ふぅ。ようやく止まったよ。く、首が痛い……

「まったく……私には小さい子も大きい子もいませんよ。しかしどう見たらコレが私の息子に見えるのですか……」

「確かに……ルイスの大神殿での黒歴史を知っているなら、そう考えるのも無理ないわよね。更にアリーを見たら、二人の子供だと思われてしまうかもしれないわ」

「ライラ、その噂なら流しても構いませんよ？　虫除けにもなりますし、私も一石二鳥です」

「アリーがいくつのときの子なのよ……ロリコンだと思われるわよ」

「ブッブー！　その噂は僕が嫌でーす。まあ理論的にはそう考えてもおかしくはないんだけど、そうするとあのヒーラーも僕の縁者になってしまうからやめてほしいな。みんなからもらった魔力はあくまでもきっかけだからね。僕はみんなの子供ではないよ」

もしかしてこの子は……

「ようやく気付いてくれた？　僕はグレイ。水色の小鳥にもなれるグレーな鳥さんだよ。ヒーラーの魔力封じをきっかけに、普通の雷白鳥として生き返った。その後、アリーの魔力で再度変異種として進化したんだ。更に、アリーが寝ている間に、暴走したルイスの魔力で霊獣になったんだよ。

瞳の色はヒーラーの青い魔力と、アリーの白い魔力が混じったの。髪の色はルイスの白い魔力が影響している。あんまり似たくなくて抵抗したら、雷白鳥の色が混じってグレーがかったけどね」

やはり私の魔力も？　私にも魔力があるの？

「霊獣になれば人化もできるし喋《しゃべ》ることもできる。ちなみに一緒に寝ていたのは、ルイスの魔力をもらいすぎたから、アリーにもらった魔力を還元していたんだ。幼児の姿だったのはルイスが怒ったからね。僕は大人にもなれるし、肌を接触させるにも大きい方が効率いいじゃない。キスなら一発で還元も譲渡もできるのに、余裕のないルイスはケチンボだよね！　魔力暴走も止めてあげたのにー!!」

この子はグレイで、今は霊獣なのね。それは理解したけれど、ルイスがケチンボ？　話がよくわからないです……

「さあさあ。細かい話はあとにしましょう。アリー、体はどう？　大丈夫そうなら食事にしましょう。湯浴みもできるから、着替えと共に手伝うわ。さあ、男どもは出ていきなさいな」

なんだかまだよくわからないけど、とりあえずここは安全そうで、安心しました。安心したらお腹が鳴り出しています。

「アリー！　早くお風呂に入ろうよ！」

ん？　グレイ？

「霊獣様も外に出ていてくださいね」

「なんでー。僕もお風呂入りたいー」

ラ、ライラ……グレイなら一緒に入っても大丈夫ですが……そんなに頭をポコポコ叩いたらおバカさんになってしまいそうです。でもなんだかお邪魔してはいけない雰囲気なので、私は先にお風呂に入り、ご飯をいただきましょう。お腹がペコペコです。

一夜明け、お茶を飲みながら、今回の事件のあらましを聞いています。

なんと私は二日も寝ていたそうで、ビックリしてしまいました。その間にみんなが調べてくれて、あとは解決するばかりにお膳立てしてくれていたのです。本当に感謝しかありません。

今回の大本の原因は、腐敗した大神殿内部の派閥争いとのことです。私の母の実家である伯爵家を含む大神殿側と、ルイスの実家である男爵家の寄親の子爵家が対立しているそうです。

私に血の繋がった親戚がいるとは初耳です。しかも母は伯爵家の血筋でした。

伯爵家の現当主である母の兄が、私を養女として引き取りたいそうです。血統の魔道具である【癒《いや》しの聖母】の継承者として……

「アリーはどうしたい？　ルイスもだけど、周囲の思惑なんて関係なく、最後は本人の気持ち次第なの。だけど、血の繋がりは切れないわ。ルイスの家族は自業自得だし、伯爵家を含む大神殿側はアリーを道具か手駒《てごま》としか見ていない……それでも、行くなとは私たちには言えないわ」

「伯爵家はアリーのお母様のご実家ですが、お母様には魔道具を継承するだけの魔力がありませんでした。そのため幼い頃から放任され食事も碌《ろく》に与えられず、厨房で残り物をもらっていたそうです。そこで出入りの商家の息子に出会います。この方がアリーのお父様で、二人はやがて駆け落ちしました。当時捜索はされなかったそうです」

……そんなの薄情すぎです。なのに今更……

「現在魔道具は伯爵家の当主が継承しているわ。これは他の血統の魔道具も同様だけど、継承者は血統と魔力量で決まると言われてるの。男女は問わないのだけど、当主の子供たちはことごとく失敗してしまった。そこで駆け落ちをしたお母様を捜し、自身の姪であるアリーに目をつけたわけよ」

「私には魔力はないはずです。でも雷白鳥さんは、私から白い魔力が漏れていると……グレイも私の魔力で育ったと……。私にも魔力があるの？」

ルイスがそっと私の左手に手を添え話し出します。

「この小指の指輪ですが、たぶんこれが魔力を封印しています。料理人で指輪をされるのは珍しいですよね？　何かご両親から聞いてはいませんか？」

「誕生したばかりのときに、お守りとして付けられたとしか……。聖なるダンジョンでドロップした三角ウサギの【幸せの指輪】と同じでどうしても外れないし、成長してもキツくもならないの。きっとこれは魔道具なのね。でもどうして？」

「私も体が弱かったから、成人するまで魔力を封じていたわ。でもアリーは虚弱ではない。ならなぜかしら？　たぶん魔力が多すぎたのね。乳飲み子にとって多大な魔力は毒になるの。そして封じられたまま気付かずに、教会での洗礼で魔力なしと診断された。ご両親はこれ幸いと、多大な魔力を隠蔽したのでしょう。今回のようなことが起きないようにね。しかし大神殿側にバレてしまったみたい」

私にもやはり魔力がある……そして両親は私のために……

「伯爵家は大神殿の傀儡《かいらい》です。現在の大神官はお母様の叔父で、その娘の聖女はお母様の従姉《いとこ》にあたります。【癒《いや》しの聖母】は、聖女の仕事を助けるための魔道具です。しかし今の聖女には継承できなかったので、有事の際には伯爵家当主が影武者をします。つまりは何もできぬお飾りです。しかも継承者が男性のため、姿を晒《さら》さなければならない有事には無理が出てきたのでしょう」

それで慌てて女性の継承者を探し、私にたどり着いたわけですね。でも、それならなぜ私に直接交渉しないのでしょう。もちろん行くつもりはありませんが。

しかし母を虐《しいた》げた伯爵家は、なぜ私がそんな家の養女になると思うのでしょうか？　その思考が不思議でなりません。

「つまり大神殿側は、アリーを聖女として迎えたい。私にもあなたを説得しろと言ってきましたよ。成功したら私も僧籍に復職し、将来は大神官にしてくださるそうです。けっ、反吐《へど》が出ますね。それが嫌で絶縁状を叩きつけたのです。しかも聖女がアリーならまだしも、今の聖女のままなら最悪です！　表向きの聖女は一人のみです。あの醜悪な女が引っ込むはずがないので、きっとアリーを影武者にするつもりですよ」

ルイスがこんなに怒るなんて……僧籍を辞したとは聞いていたけど、きっと色々苦労したのでしょう。

「この大神殿に対抗しているのが子爵家なの。子爵家はルイスの実家の寄親ね。ルイスが僧籍を抜けた原因の一つにあたるんだけど、腐敗した大神官と聖女を追放したいと、当時人気だったルイスを旗頭として掲げようとした家よ。大義名分は素晴らしいんだけど、嫌がる人間を無理やりに担ぎ上げるのは駄目よね。まあルイスの方が上手《うわて》でまんまと逃げられたけど、まだ諦めていなかったみたい。子爵家もアリーを餌に同じような話を持ってきたわ。本人の許可もないのに、敵側の親族の許可でも取り付けたのかしら？」

「私はどちらにも与《くみ》するつもりはございません。しかもアリーを餌扱いの上に、本人の意思は完全に無視ではありませんか！　お話にもなりませんよ。更には我が家のバカどもは碌《ろく》に調べもせず、あなたがいなくなれば私が寄親の言うことを聞くだろうと思ったらしく……アリー、本当に申し訳ありません」

ルイスの顔が怖い……謝られているのになぜでしょう？

はぁ……それにしたって話が壮大すぎ、難しすぎです。でもルイスは大神官になるつもりはなく、私も聖女になるつもりはありません。もちろん影武者なんてするつもりもありませんし、誠意も見えない、母を虐《しいた》げた伯爵家の養女になるつもりもないのです。これが私の気持ちです。

「ところでどうして私がルイスを動かす餌になるの？」

「「……」」

「ルイス哀れだね」

「君に言われたくはないのですが……」

「グレイにさえわかるのに……やはりアリーには乙女心が必要ね」

「ライラ……ぜひ教え込んでください……私は少々自信がなくなって……お邪魔虫も増えましたし……」

ちょっとそこ！　コソコソ話をするな！

「そうだわ、アリー。以前に見せた、ご両親からの宝石箱の中身が完成したの。ちょっと訳ありになってしまったから、それを見ながら考えましょう。今持ってくるわ」

ライラが慌てた様子で部屋から出ていきます。

あ！　ルイスにはお礼を言わなければなりません。

「ルイス、今回は本当に色々とありがとう。プレゼントでもらったパジャマや温石には、今回本当に助かりました。なかったら凍えていたかも……」

あれ？　正面にいたはずのルイスがいない？

「そんなことくらいでしたらいつでも喜んで……」

いつの間にかソファーの背後に回ったルイスに、背後から抱き締められています。サラサラとした髪の毛が私の頬を撫でました。もしかして頭に顎をのせてるの？　かなり腰を曲げているのかしら？　腰痛にならなければいいけど……頬に当たる髪の毛がくすぐったいです。

「温かく過ごせて良かったです。アリーも温かいですね」

「ルッ、ルイス！　人間なら当たり前よ。死人じゃないんだから！」

「もうー！　ルイス！　ルイスってばズルーい。ハグしたー！　なら僕は前からハグするー。ラッキー」

幼児姿のグレイがソファーに座る私の膝にちょこんとまたがり、腰に腕を回してきます。

「みんなで暖かいねー」

そこで戻ってきたライラがあっさりと二人を私から引きはがし、目の前の机に色違いの二つの宝石箱を並べました。

一つは先日のお出かけ前に見せられたものですが、あとの一つは？

「アリーはこの二つの中身を確認していてね」

私は言われた通り、宝石箱の確認を始めました。

……ルイスとグレイがうるさいです。集中できません。まるで掛け合い漫才をしているような勢いで、お互いを罵《ののし》り合っています。

「二人ともうるさい！　騒ぐなら外に出ていなさい！　アリーの気が散るわ！」

「えー。僕はアリーと一緒にいるー。ルイスが出てけ」

「その言い方はなんですか！　霊獣ならばそれに相応《ふさわ》しい威厳を持ちなさい！　少しは言葉を慎《つつし》み

なさい！」

「えー。僕はまだ誕生したばかりだよ。赤ちゃんが胸に顔を埋《うず》めたくらいでケンケン言うルイスこそ、頭を冷やした方がいいんじゃない？　ルイスが出てけば静かになるよ」

やだもう！　二人ともそろそろまずいよ。ライラの眉間《みけん》に深いシワが寄って……これって爆発する前兆なんだから！　普段はニコニコのライラだけど、怒らせると怖いのに……もう知りません！

「二人ともいい加減にしなさい！　ここから先は私だけで大丈夫。ルイスは地下牢の二人を説得してきなさい。グレイは鳥さんの姿で鳥籠《とりかご》に入るなら、いてもいいわよ。嫌ならルイスと行きなさい。ほらさっさと行け！」

「「……」」

ほらもう。さっさとしないと……

あーあ。ルイスはお尻を叩かれていましたが、モタモタしているからついには蹴飛ばされています。ぼやきながらもようやく、お尻を押さえて廊下に出ていきました。

ライラは次に、何かを取り出し、抱えて持ってきました。え……それって……

その新品らしい鳥籠《とりかご》はいったいどこから？　空色の鳥さんのグレイに、ピッタリそうな大きさです。鳥籠《とりかご》を抱えたライラは、幼児姿のグレイにそれを押し付け……

「ほら入れ！　ほら！　ほら！　はよ入れ！」

さすがに幼児姿では入れません。グイグイ押されてとうとう壁ドンです。グレイはようやく観念して鳥さんになり、鳥籠《とりかご》にちょこんと収まりました。

ライラの笑顔が清々《すがすが》しいです。美人さんはどんな顔でも綺麗ですね。

「アリーお待たせ。確認できたかしら？」

はい。しっかりと確認しました。一つは黄色と白の百合がモチーフで、両親からのプレゼントの完成品です。辺境伯様が残りを作ってくれたものが完成したのですね。

前回は気付かなかったのですが、この宝石箱はオルゴールでもありました。蓋《ふた》を開くとブローチと指輪がセットされていて、指輪を外すとオルゴールが鳴り出します。下部の引き出しの中には、ネックレスとイヤリングが並んでいました。

全て宝石箱と同じ、黄色と白の百合のデザインです。なぜか、それと色違いの宝石箱がもう一つあります。

鍵のかかったままの二つ目の宝石箱は、白百合二輪がデザインされ、その中心にはルビーが使用されています。

「なぜ色違いで二つも……」

「不思議に思うだろうけど、どちらもご両親からの贈り物なの。完成した白と黄色の宝石箱を受け取りに行った父が、先に作られていたという白百合の方も預かったそうよ。生前のご両親からの手紙が、白百合の方に入っているそうだから開けてみて。これが白百合の鍵よ」

ライラから受け取った鍵を白百合の宝石箱に差し込みます。すると鍵穴が発光し、自動的に蓋《ふた》が開きました。驚きながらも手紙を取り出し、一緒に収まっているアクセサリーが全て、もう一方の色違いであることも確認します。

「その光は封印魔法が解除された印だから気にしないで。大事な親書や証書などを保管するときにかけるの。色違いを注文に来たご両親から手紙を預かった店主が、血筋の者にしか解除できぬように封印したそうよ」

ライラの言葉に頷き、両親の手紙を読み始めます。

実は二輪の白百合とルビーの宝石箱の方は、私が産まれる前に一括払いで作られていたそうです。ころポックル亭が開店した頃、私を身ごもっていた母は、女の子なら成人のお祝いに、男の子ならいつか出会う伴侶にと、白百合の宝石箱一式を用意しました。そして私が産まれてから約五年後に、両親は再度同じデザインを色違いで注文しています。

手紙が入った白百合の宝石箱を店主に預け、分割にした黄色と白の百合の宝石箱の支払いが済み次第、一緒に引き取る約束をしたそうです。

このとき宝石を変えたことには特に意味はなく、百合の色を変えたことが重要でした。宝石こそはまっていないものの、白と黄色の百合の花は、母の実家の貴族紋だったのです。

辺境伯様とお嬢様は宝石箱を見つけたときに、白と黄色の百合を見てまさかと思ったそうです。それで、辺境伯様は直接宝石店へ向かいました。

辺境伯様が持ち込んだ未完成な宝石箱の残金を支払うことにより、店主は続きを作成することに

了承しました。しかし依頼主については一切口を開きませんでした。

辺境伯様が色々と奔走してくれて、最終的には王家の介入により、店主は白百合の宝石箱の存在を明かしました。全ての情報が揃《そろ》うまで、白百合の宝石箱の存在はライラにも知らされていなかったそうです。

白と黄色の百合のデザインは、貴族御用達の宝石店であれば、注文をした時点で、伯爵家の貴族紋だと知られてしまうでしょう。信用が第一の宝石店、不審なところがあれば伯爵家に連絡を入れ、調べられてしまうかもしれないのです。そのため、母は全てを打ち明けました。

両親は私の将来を心配したのです。

もし自分たちが死亡したら、私は一人きりになってしまう。そのとき伯爵家は助けにはなってくれないでしょう。しかし身元がわかっていれば、良い未来へ繋がるかもしれません。あるいは私自身が己《おのれ》の出自を知りたがるかもしれないと、あえて伯爵家の貴族紋の象徴である白と黄色の百合のデザインを注文したそうです。

それは私の身元の証にもなりますが、悲しみに繋がるかもしれない、諸刃の剣だったのです。

「ご両親はアリーが成人したら事実を話し、どちらかの宝石箱を選ばせるつもりだったそうよ。父が勝手に調べてごめんなさいね。でも今回はさすがにお母様の出自については避けて通れない。キチンとしなければ、アリーはいつまでも狙われるわ。王家も大神殿粛正に本腰を入れているから、ビシバシ働かせましょう」

謝られることなんて何もありません。私も知らなければ、きっと先には進めなかったでしょう。

そして手紙の最後には私への謝罪が……

そばにいてあげられなくてごめんなさい……一緒に過ごせなくてすまない……成長を見守れず……一人残してすまなかった……自分を信じて……そして幸せになってと……

お父さん。お母さん。私こそごめんなさい。あの彼女に嫌だと言えなかったの。二人を死に導く原因を作ってしまいました。許してほしいのは私の方なの。なのにありがとう。私は優しい二人が大好きでした。

だから誰にも惑わされたくはありません。二人の、私への気持ちを信じます。傀儡《かいらい》なんて真っ平ごめんです。私は私。今の私が一番好き。だからこそ伯爵家の養女になんてなりたくもない！　もちろん聖女にもなりませんし、誰の思惑にものりません！

「私は白百合を選びます。二色の百合は不要です」

「そうね。アリーには白百合が似合うわ。こちらは伯爵家へ返却しましょう。ついでに大神殿に、大量の赤い百合でも送りつけましょうか？　どちらにしろお礼参りに行かないとね。このままではころポックル亭にも戻れないわ」

「ライラ、百合の色には何か意味があるのですか？」

「ええ。花言葉からきているの。伯爵家の貴族紋の百合は、白百合と黄色い百合が並んでいるわ。お母様は知らなかったと思うけど、かなり昔は両方白百合だったそうよ。白百合の花言葉は純潔と威厳。二輪の白百合は、聖女とそれを支える【癒《いや》しの聖母】を表していたの」

しかしいつの時代にか、寄り添う白百合の一方が黄色に塗り潰されてしまった。

「黄色い百合の花言葉は偽り。現在黄色の百合は、【癒《いや》しの聖母】の継承者を指し示しているの。時の権力者にとって都合の良い偽の聖女に、本来の聖女が影武者として隠されていることを暗示しているのよ。でもね。血統の魔道具なんてご大層なことを言っているけど、実際は魔力量の問題で、血筋は関係ないらしいのよね……」

たまたま魔道具を手にした一族に魔力量の多い者がいて、発動させてしまう。魔道具を扱える者が何代か続くと、それを独占したい輩《やから》により事実がねじ曲げられてしまう。魔力のある両親からまったく魔力のない私が産まれたと不思議がられたように、魔力量は遺伝しやすいのです。それを利用した一族により、血統の魔道具であるとされてしまった。

母の実家である伯爵家は大神殿内部の権力者。代々伯爵家から大神官が選ばれ、その子供が聖女となる。

代々の聖女たちはたまたま【癒《いや》しの聖母】の継承者となれたが、徐々に魔力量の多い女子が誕生しなくなってしまった。慌てた伯爵家は血眼になって一族から適合者を探し出し、【癒《いや》しの聖母】を継承させて影武者とし、体面を保ってきた。

つまり、本来なら【癒《いや》しの聖母】を扱える者が聖女になるべきなのに、大神官の娘が聖女であるという間違いが常識とされてしまったわけなのね……

「う……ライラ、難しすぎます……。それでは、血統の魔道具と言われている品々は、発動させるための魔力量さえあれば、血の縛りなんて関係なく誰にでも扱えるのですね？」

「そうね。でも誰もそうは思っていない。長年の常識を覆《くつがえ》すのは難しいわ。魔道具は独占されているし、事実を調べるために必要な高魔力を持つ人も少ないの」

ライラが困ったような顔をしています。

血の縛りがないのなら、みんなが協力すれば有事の際に血統の魔道具を利用することもできるようになるのに。

「ともかく、アリーの気持ちはわかったわ。我が辺境伯家はアリーの意志に全面協力します。もちろん父の許可もあるわ。まずは誘拐の実行犯たちを連れて、ルイスの実家に直談判に行きましょう。寄親の子爵も呼んで、ザックリとざまぁしちゃいましょうね。楽しみだわー」

ライラってば……朗《ほが》らかすぎる笑顔ですね……

「お待たせしました。二人は完全に己《おのれ》の非を認めて、こちらに全面的に協力するそうです。なぜわざわざ意向を問うような真似を……」

あ！　ルイスが戻ってきました。ルイスの後ろには、雪山で見た二人がいます。

「アリーが心配しないように、犯罪者にも一応お断りをね。己《おのれ》の罪を体で償《つぐな》うという心意気を買って、お二人を特攻隊長と副隊長に任命いたします。頑張って体を張ってくださいね」

「「……」」

私の顔を見て嫌そうな顔をしていますが……私だって会いたくなんてなかったです。

「アリー、左手を貸してもらえますか？」

ルイスの言葉に、左手を差し出します。するとパチンと何かが弾け飛ぶような音がしました。途端に、まるで血液の循環が良くなったように、体が温かくなっていきます。

「アリーの魔力を解放しました。寝ている間に、体は高魔力に慣らしてあります。どこも辛くはないですよね？」

指先や足先、首を回したりしてみたけれど、特に変わりはありません。

「うん。大丈夫みたい」

「それならば安心です。さて……では余計なことはせずに、黙って【未来への道標《みちしるべ》】をアリーに手渡してください」

私を誘拐した実行犯、ヒーラーの男性が、魔道具らしきものを私に手渡してきます。

「アリー。これが血統の魔道具と言われるうちの一つであり、瞬間移動を発動する【未来への道《みち》標《しるべ》】となります。しっかりと握り締めて、この紙に書かれたことを詠唱《えいしょう》してください。行き先は私の実家である、無法者の男爵家です。呪文に怒りや文句を追加しても構いませんよ。本当のことですし、クズばかりですからイメージは変わりません。間違いなくゲス共の前に到着します」

……ルイスってば！

私に紙を渡しながら、ルイスとライラが私の肩に手を置きました。

「はぁ……呼ばれずとも早くこちらへ来てください。お二人は徒歩で男爵邸まで行かれるのですか？　……は？　なぜアリーに触れるのです？　また地下に戻りますか？　もう手加減はしませんよ」

ブラックルイスが降臨しています……昔の渾名《あだな》だという暗黒微笑の悪魔神官《プリースト》とは、こんな感じなのでしょうか？　目がまったく笑っていません。ブルブル。

「もー！　僕を置いてくつもり？　酷《ひど》いよー！　鳥籠《とりかご》から出してよー！　ルイスの悪魔！　アリーも引いちゃってるじゃない。少しは落ち着けー！　ついでに開けろー！　駄目ならこのまま人化しちゃうぞ。鳥籠《とりかご》粉々だからね！　ついでにイケメンな青年姿でアリーに——」

「はい。ストーップ」

「ライラ……ありがとう」

ライラが鳥籠《とりかご》を開けると、グレイは私の頭にちょこんととまりました。

「ではアリー頑張って」

はい。しかし本当に血族ではない私の魔力で起動するのでしょうか？

心を落ち着かせて紙の内容を詠唱《えいしょう》します。三度目の詠唱《えいしょう》中、視界が暗転しました。この感覚には覚えがあります。

体勢が安定して目を開くと、見知らぬ男性が三人いました。私たちが動く間もなく一人が杖を構えて立ちはだかり、何かの呪文を唱え始めています。他の二人はじっと私たちを……いいえ。私だけを見つめています。

この部屋はたぶん貴族のお屋敷の客間なのでしょう。狭くないとはいえ、なんの魔法を繰り出そうというのでしょう。しかも室内です。

私が身構えてすぐ、ルイスとライラに拘束されていた二人が、突如前に飛び出しました。

それとほぼ同時にたくさんの火の玉が飛来します。飛び出した二人に気を取られていた私は、攻撃に気付くのが遅れてしまいました。火の玉に当たった二人が、悲鳴を上げています。

私は慌てて怪我人二人を含むこちら側に結界を張りました。

「兄貴やめろ！　なぜ攻撃させるんだ！　謝罪するという話を信じて、我々はこんな盾の役を引き受けたんだぞ！　しかも室内で火の玉なんて、自分も危険だろうが！」

ルイスが二人に駆け寄り魔法で治療を始めます。

「これくらいなら初級のヒールで治ります。大丈夫です。勇気あるあなたたちは、私が綺麗に治療して差し上げます。しかしまあ姑息《こそく》ですよね。話し合いの相手に先制攻撃を仕掛けるとは、男爵家はいつから烏合の衆の寄り合い所に成り下がったのでしょう。あなたたちを信じ、交渉の先陣を切ったお二人が哀れすぎます……」

ルイスってば、そんなことは微塵《みじん》も思っていませんよね？　相手の性格を熟知していて、二人を盾役にしたくせに。ブラックルイス節が炸裂しています。

話す間にも火の玉は放たれていますが、結界が全て弾き返しています。やがて結界の外は、自分たちの撃った火の玉から悲鳴を上げて逃げ惑う、混乱状態に陥っていました……

さすがに死人が出てはまずいでしょうし、これでは話し合いにもなりません。

私は相手が騒いでいる隙に高速回転させた風で作ったミニ竜巻で火の玉を消し飛ばし、その風圧で窓を開けて室内に充満した煙を追い払いました。

しかし、これで落ち着くかと思いきや、煙で曇る視界が戻ると、再び火の玉を飛ばしてくるのです。結界に弾かれまったく攻撃の意味をなさず、更には自爆しているのに。少しは物事を考えられないのでしょうか？　まったくため息が出てしまいます。

するとルイスが怒り始めました。

「いい加減にしてはいかがですか？　挨拶もできぬ烏合の衆と、同じテーブルにつくのもバカらしいですね。男爵家先代の犯した罪の証拠は、すでに私が握っています。子爵には私が僧籍を辞する際に、大神殿の不正の証拠を与えたはずです。あれらを使いこなせず、再度私を担ぎ上げるのですか？　それはあまりにも都合が良すぎませんか？」

静まり返る室内。しかしルイスの言葉に黙ったわけではないようで、私にも注目が集まっている様子……

こちらに現れたときに見られていたのは、たぶん血族ではない私が【未来への道標《みちしるべ》】を使用していたからでしょう。ならば今回のは……風の魔法に結界の魔法……特殊スキルの存在に気付いたのでしょうか……

私の両脇にはルイスとライラが座り、グレイは鳥さんのまま私の肩にとまっています。目の前には現男爵家当主であるルイスの長兄と、寄親の子爵が腰を下ろし、盾役をしていた二人はルイスに火傷を治癒され、今は別室で休んでいます。

真っ先に攻撃を仕掛けてきた男性は、臨時に雇われた冒険者とのことで、今の話し合いの場にはいません。

それにしても……空気が重いです……

しばらく沈黙が続き、ようやくライラが口を開きました。

「今回はそちらから謝罪がいただけるとのことでしたが、どうやら話をするつもりもないようですね。ならば時間の無駄ですので、私がこの場を仕切ります。我々はアリーを庇護し、男爵家には貴族議会を通してアリーの拉致と殺害未遂について、相応の罰を与えます。これは辺境伯家の総意です。それと子爵家ですが、言い訳をせねば男爵と同罪になりますよ。あなたはどこまで関与されているのでしょうか？」

子爵が思わずといった様子で立ち上がり、話を聞いてくれと頭を下げます。

「待ってくれ！　私はルイス君に大神官の地位に立ってほしかっただけなんだ。彼ほど実力とカリスマ性を併せ持つ人材はなかなか見つからない。身内から説得してほしいとは頼んだが、彼女を殺してくれとは言っていない。男爵が私に恩を売ろうと手柄を焦ったのだろう」

「子爵様！　うつつを抜かしているこの女がいなくなれば、ルイスも少しは言うことを聞くようになるでしょう。最近は大神殿の連中までこの女を捜していると言うし、まさか大神殿側に与《くみ》しているのか？」

「男爵……無知は罪よね。少し調べればわかることよ。アリーが転移の魔道具を使用してここまで来たのを見たわよね？　つまり血統の魔道具の使用には実のところ血統なんて関係なく、単に魔力量の問題なのよ。まあそれを差し引いてもアリーの価値はあなたが思うほど軽くはないの。アリーは大神殿側派閥の伯爵家の血縁。大神殿を牛耳《ぎゅうじ》る輩《やから》にとっては、喉から手が出るほど欲しい、正当なる聖女にもなれる人間なの。子爵はこのことにあとから気付いたのでしょうが、ルイスの性格も熟知していた。だからアリーを殺さない……いえ、殺せない……下手したら自分が殺されるものね」

子爵様はすっかり項垂《うなだ》れてしまっています。ライラの言ったことは全て図星なのでしょう。しかしルイス？　あなたはどれほど恐れられているのですか？　少し怖いです……

「ならばこの二人が婚姻すればいいだろう。ルイスが大神官でその伴侶が聖女。【癒《いや》しの聖母】も使用できる正当なる聖女が伴侶ならば、大神官の地位も揺るぎない。ルイスは男爵家の人間だ！　二人で男爵家のために尽くせ」

「そんなこと、子爵も大神殿側もとうに考えついているわよ。だからあちらはアリーを拉致して、偽の聖女の影武者として操ろうとしている。それに、アリーを手に入れれば、もれなくルイスもついてくる。ルイスの性格は、あちらも熟知しているからね」

なぜルイスがもれなくついてくるの？　お菓子のおまけじゃないのよ。

「うるさい！　だからどうだというんだ！　お前たちに私を裁く権利はない。辺境伯家とはいえ、お前はすでに嫁に出た身。嫁ぎ先が侯爵家だろうと、嫁ではたいした発言権はあるまい！」

「男爵……もうやめなさい。余計に罪を重ねるだけだ。すまない。私がキチンと教育し直すから、これ以上は許してやってくれないか？」

ライラと男爵のやり取りを見かねた様子の子爵が、間に入ります。

「わかりました。しかし最後に一つ。確かに私の身分は侯爵婦人です。しかし現在は、辺境伯家当主でもあるのです。辺境伯家当主は貴族議会での採決権も所持しております。先日公示されたはずですが、あなたは知らぬようですね。情報は貴族の生命線ですよ」

「バカな！　女が辺境伯家当主になど……」

「男爵……我が国では政略的な結婚を推奨していないし、女性の当主も認めている。まさかそんなことも知らなかったのか……」

「次期当主になるはずだった者がリタイアしたため、先日産まれた私の次男が次期当主となるべく父の養子となりました。つまり私は息子が育ち、辺境伯家を継ぐまでの繋ぎです。しかし国王様に忠誠を誓い、正式に認められています。国に対する発言力は、あなた方より私の方が上です」

私は黙って聞いていました。貴族社会の話は、私にはまったく理解できないのです。

ライラ……任せてしまってごめんなさい。そしてありがとう。人の温かさが心に染み入り本当に嬉しいです。

「ところで男爵家の先代はご存命なのよね？　逃亡しないようにおさえておきなさいな。でないと男爵、あなたの罪が重くなるわよ。何しろ大神殿の人身売買に加担しているのですからね。このことにはすでに貴族議会が調査に入り、国も介入しているわ」

「まさか……先代はルイス君を……」

「さすがに子爵はわかるのね。ルイスは自身の証書は抜いたそうだけど、渡された不正の証拠の中にもたくさんあったはず。神殿預かりなんて格好をつけても、家族側が金銭を受け取ったならば売買とみなされる。なぜかわかるかしら？」

それは……大神殿側は神職だからよね？

「それはもちろん、神に仕える身は清廉《せいれん》潔白でなくてはならないからです。我が国の神殿や教会には、国から多大な運営資金が出ています。更には貴族議会や信者からの寄付もあります。本来神職者の衣食住は全てこれらで賄《まかな》うものです。つまり私財というものを持たない、施《ほどこ》される側の大神殿側が、代価として金銭を支払うなんてありえないのです。しかも公的な金は全てキチンと管理されています。ならば、私の支度金との名目で出され、男爵家が証書に貴族紋を捺印してまで受け取った多額の金はどこから出たのです？　大神殿上層部の輩《やから》が贅沢三昧《ぜいたくざんまい》し、孤児院の経営が厳しいのはなぜですか？　どちらも同じ理由ですよ」

ルイス……

「これだけ説明してもわかりませんか？　裏金ですよ。裏帳簿も証拠として渡したはずですが、なぜ未だに大神殿は腐敗したままなのでしょう。あの多額の支度金はどこへ消えたのでしょう。私は着の身着のままで大神殿に放り込まれ、通常の神官としての生活をしていました。なのに突如、清《せい》廉《れん》潔白な素晴らしい方だと祭り上げられたのです。正直気持ちが悪くてたまりませんでしたよ。同じ修行をし、同じ釜の飯を食べれば、彼らの言う清廉《せいれん》潔白な神官とやらはいくらでも生まれるはずですよ」

ルイスの言葉に悲しみがにじんでいます。まるで苦しいと心が叫んでいるみたい……。もういいよ。ありがとう。私だけが守られているわけにはいきません。私も頑張るからやめて……

私は男爵家の当主と子爵様に向き合い、目を合わせました。

「私は両親との思い出のある町から離れたくありません。もちろん養子の話はお断りしますし、聖女にも影武者にも傀儡《かいらい》にもなりたくありません。ルイスも大神官になりたくはない。私たちの意見は一致していると思います。大神殿の刷新を望むのであれば、一個人にではなく国に頼むべきだと思います」

私の言葉に対して男爵は、それでは魔力の持ち腐れだの、聖女として使うことが正しき姿だの、魔力を持つ貴族としての義務を果たすべきだのと、色々と食い下がってきます。しかし私は貴族ではありませんし、私の力は私のものです。

「この魔力があるから貴族としての役目を果たせと言うのなら、封印してもらっても構いません。そもそも私はここに来る前まで、魔力なしとして生活してきました」

「ならば風の魔法や結界は……」

「子爵は知らないのかしら？　魔力なんてなくても、アリーは特殊スキルを駆使して、十分世の中の役に立ってくれているわ。努力もせず棚からぼた餅狙いの男爵とは違うのよ。しかし男爵はなぜ祖父母の言いなりになっているの？　実の両親や婿養子に出た弟たちを顧《かえり》みないの？　貴族としての義務すら放棄して遊び暮らす祖父母に、なぜ従う必要があるのかしら？　更には庶民として暮らしてきたアリーには貴族の義務を果たせと脅し、大神殿へやったルイスを再び家に縛り付けようとする。それなのにあなたは何もしないの？」

とうとう男爵も子爵も黙り込んでしまいました。私が頑張るなんて言いながら、やはりみんなに助けられてしまっています。もうひと踏ん張りしなくちゃ……

「ルイスにライラ、色々とありがとう。もうこれ以上のお話は必要ありません。この件についてはすでに動き出しています。大神殿にもじきに手が入るでしょう。私は貴殿方からの謝罪は受け取りません。心のない謝罪は無意味です。全て貴族議会と国に任せます。ライラ、お手数をおかけしますが、あとをよろしくお願いいたします」

ライラがしっかりと頷いてくれます。私は俯《うつむ》いたままのルイスの手を取り、席を立つのを促《うなが》しました。

「くっ……この生意気な！」

「だ、男爵！　もうやめなさい！」

「はい。ストーップ！」

「うっ、うわー！　なんだこれは！」

私の肩に大人しくとまっていたグレイが、突如人型になりテーブルの上に飛び降りました。それに驚いた男爵が、こちらへ乗り出していた体をのけぞらせます。

「黙って見てれば調子にのりすぎ。大の大人が癇癪《かんしゃく》起こして、アリーを殴るつもりなの？　それならただじゃ済まないからね。すぐにでもあの世に逝けるように、黒こげになるくらいの電撃を喰らわせてあげるよ」

グレイの言葉に、子爵が慌てて男爵の腕を掴《つか》みました。

「アリーもう帰ろうよ。あとはコイツら次第だよ」

「おい待て！　特殊スキルをバラされてもいいのか？　うっ……うわぁー」

頭を押さえてもんどり打っている男爵を、グレイが振り返ります。

「あっ！　忘れてた。今のは神様からの制約魔法ね。今日この場で話したことには、全て制約がかかってるから。神様からの直接の枷《かせ》だからかなり厳しいよ。話していいことかどうかくらい、大人なんだから自分で判断してよ。悪いこと考えなきゃ普段の生活に支障はないから、アリーはそんな顔しないで。ルイスもいい加減に顔を上げなよ。恥ずかしくて上げられないの？　それともその手を放したくないだけ？」

　ホワイトハットのメンバーにかけられた、魔法の制約と似たもののようです。制約に触れると、口が利けなくなったり、頭痛に襲われます。

　ルイスがようやく顔を上げて　一件落着でしょうか？

「では帰ろう。あ！　そうだ忘れてた。本当は嫌だけど、神様に頼まれたから仕方ないな……」

　突如グレイの背中に白い翼が出現しました。それがフワリと羽ばたくと、優しい爽やかな風が室内に広がって……

「はい。これにて終了ー。では帰ろう。さっさと帰ろう。こんな辛気臭い部屋からはさっさと出よう。酸味の効いたスイーツが食べたいな。戻ったらアリーのおやつー」

　子爵様に軽く頭を下げ、リターンアドレスを唱えます。行き先はライラのお屋敷です。

　結局男爵家とは和解できませんでした。ルイスは精神的にかなり辛いでしょう。今晩はルイスの好物を、たくさん作ってあげましょう。

＊　＊　＊　＊　＊

　突如聞き慣れぬ声がした。我々、男爵の私と寄親の子爵様の前に座る、生意気なアリーとかいう娘。その肩にとまっていた水色の小鳥。

なぜ鳥がこの場にと疑問はあったが、話し合いそのものには関係がないと、見て見ぬふりをしていた。だが最後の悪足掻《わるあが》きをしようとした私の目の前に、その小鳥が人語を話しながら人型となり飛び降りた。

鳥が人語を喋《しゃべ》り人型になる？　まさか魔物か？　人型に近い姿で言葉を理解する魔物は確かに存在する。しかしこれは違うと、見ただけで我々と違う何かを感じさせる存在感。人間とは一線を画するオーラ……まさか幻の存在として伝承されている霊獣なのか？

ルイスたちがいなくなり、ふと子爵様へ目を向けると、火の玉による火傷の痕が綺麗になくなっていた。私の火傷痕も同じようで、子爵様の顔には驚愕《きょうがく》の色が浮かんでいる。ということはやはりあの鳥は……

まさか、そんなことありえない。なぜあんな小娘のそばに霊獣がいるんだ。しかしそれならばどうしようもない、もう男爵家はおしまいだと、ついつい吐き捨てる。

そんな私の恨み言に返ってきたのは、胸を抉《えぐ》り取られるような激痛だった。苦しい……息ができない……冷や汗がどっとあふれ出し、痛みで意識が途切れそうになる。頼む……誰か助けてくれ……

「男爵！　男爵！　大丈夫か？　聞こえるか？」

これがあの鳥の言っていた制約魔法……

子爵様の声になんとか目を開くと、コップを手渡された。ありがたく受け取り一気に飲み干す。

鼻に抜ける爽やかな香りに、いくばくか気持ちも落ち着いた。これはハーブ水だろうか？　コップをテーブルに置くと、子爵様と目が合う。

「そのハーブ水には鎮静作用があるそうだ。アリーさんが、焼きたてだという焼き菓子の詰め合わせと共に、帰り際に置いていったよ。手土産《てみやげ》として持ってきてくれたそうだ。出会い頭に攻撃を仕掛けたのでは、確かに手土産《てみやげ》を渡す余裕もないだろう。止めなかった私も同罪だ。それにその焼き菓子は……さすがに男爵も知っているよな？　どう転んでも我々の完敗だよ」

私はもう項垂《うなだ》れるしかできなかった。室内に沈黙が降り、私と子爵様のため息だけが広がる。

私たちは今後の話し合いをしなければならない。

「今回の件、私たちは沙汰を待つことしかできない。頼むからもう何もしないでほしい。私では男爵家を庇《かば》えなくなる。さすがに君は大丈夫だろうが、心配なのは先代夫婦だ。絶対にアリーさんとルイス君には接触させるな。まあ王家も介入しているようだから、近付けば即座に捕縛され牢屋行きだろうがな……」

貴族議会が庇護している、特殊スキルを複数扱う女性の存在は知っていた。しかも女性の両親はその特殊スキル絡みで殺害されたため、情報の規制が厳しく、また彼女を害するものには容赦をしないとも。

しかしまさかあの娘だったとは……。子爵様も、まったく知らなかったそうだ。それだけ厳重に情報が秘匿《ひとく》されているということなのだろう。

貴族議会は伯爵以上の爵位を持つ家の当主とその嫡子のみが参加を許されており、採決の際の投票権はその当主にのみ与えられる。彼女はその貴族議会を後ろ盾として、特殊スキルを各方面で役立てていた。

その一つがあの焼き菓子だ。さすがにあれは私も知っていた。巷《ちまた》で大人気だという、特別な魔法のバフが付くというお菓子。冒険者の必需品とまで言われ、国の魔物の討伐隊にも卸されているという品。

少し前には辺境の討伐隊で在庫が切れ、以降は絶対に切れぬようにとダンジョンに潜《もぐ》りまくり、部隊ごとにマジックバッグを入手したとかしないとか……あのクッキーをまさか彼女が……私は少しばかり料理の上手い、普通の食堂の娘だとばかり思っていたのだ。

「私もルイス君に頼るのは諦めたよ。なぜ頑《かたく》なに我々の誘いを断るのか不思議だったが、彼の話が本当ならば理解ができる。アリーさんとルイス君は似た者同士なんだろうな」

どちらも権力に執着せず、己《おのれ》の自由を求めている。本当の正義のためならば、きっと力を貸してくれる。しかし、我々の誘いには打算と欲望が混じっている。だから固辞されるのだと、子爵様は肩を落とし力なく呟いた。

「男爵家はもう終わりなのか……」

「私からも上にフォローはしておく。しかしアリーさんの殺害未遂はまずいな。良くて当主交代だろう。嫡男を我が家へ勉強に出しなさい。スパルタで教育しよう」

アリーさんを殺していたなら、男爵家は間違いなくお取り潰しになっていただろう。そう言われて身がすくんでしまう。

私の祖父母である先代夫婦は、ルイスを大神殿に渡した際に、かなりの金額を受け取っていたという。我が国での人身売買は死刑または国外追放だ。貧民の身売りも同様で、見つかればその両親は死刑となる。

そのような事態にならぬようにするのが、領主たる我々貴族の役目なのだ。祖父母はそれを放棄し、更には身売りを奨励していたそうで、なんと仲介料まで取っていたという。証文があるなら死刑も免れない。

子爵様がそのことに気付いた頃にちょうど当主が私に代わったため、私が祖父母を窘《たしな》め、領地の改革をしていると思われていたそうだ。

しかしそんな事実はなかった。祖父母は私が優秀だから、まだ早いが当主の座を譲ると言ったのだ。そして自分たちが、私に良い嫁を見つけるため社交の場に出たり、良い所を盗むため各地を視察したりすると……

きっと全てが嘘だった。悪事が露見しそうになったため私を当主とし、隠れ蓑《みの》にしたのだろう。

「まあ年寄りに死刑はないだろうが、良くて幽閉か……この機に男爵は祖父母からの呪縛を解くべきだ。若い頃はご両親と共に領民に慕《した》われていたし、勉学も優秀で農作物の研究もしていた。だからつい私も安心していたんだ。これは寄親である私の判断ミスだろう。男爵にも謝罪せねばならん。

お詫びと言ってはなんだが、領地の立て直しには全面的に協力しよう」

私は沙汰が下るまで大人しくしていると、子爵様に約束をした。その間は謹慎処分中だと思い、自分の力で色々なことを調べてみよう。

「そういえばあの鳥は……」

「あの水色の鳥は間違いなく霊獣だろうな。白の一対の翼を持つ霊獣はかなりの高位、神に近い存在と言われている。神に謀《はかりごと》は通じないぞ」

「幻と言われる霊獣がなぜあの娘に……」

「さあな。霊獣は主人に、そして神にのみ忠実だという。我々が自業自得で負った傷を、神からの慈悲として、厭《いと》いながらも治癒してくれた。きっとこれが最終警告なのだろう。今日の話は全て心のうちにとどめなさい。そして全てが落ち着いた頃に、改めてこちらから謝罪に赴《おもむ》こう。謝罪をするからと呼びつけるなど、最初から我々は間違えていたのだ」

子爵様は何度も私に念を押し、屋敷をあとにされた。

そうだ。私は間違えていた。おかしいと感じながらも先代の言いなりになってしまった。

幼い頃はその日の食事にさえ事欠き、父と母は領民に交じって領地の改革や開墾を試《こころ》みていた。

そんな男爵とは名ばかりの貧しい領地を、私は少しでも豊かにしたかったんだ。

あの頃は確かに良き領主になりたいと努力していた。

そんな両親に対して祖父母は、貴族たるもの、領民に肩入れをするなと叱咤《しった》した。女児を出産しない母をいじめ、それを庇《かば》う私たちも、躾《しつけ》と称し鞭《むち》で折檻《せっかん》された。

やがて両親は、当時三歳だったルイスだけを連れて家を出た。そのとき祖父母は血眼になってルイスを捜したそうだ。

私は知らなかった。まさか祖父母が大神殿にルイスを売り渡そうとしていたなんて！　その企《くわだ》てを聞いてしまった両親が、ルイスを連れて逃げ出したなんて！　私は両親に捨てられたと思っていたし、祖父母からもそう言われていた。

両親のいなくなった後の祖父母は、手のひらを返したように私に優しかった。

私はその偽りの優しさにすがってしまったのだろうか？　苦しんでいたのは私だけではなかった。ルイスも他の兄弟たちも苦しかっただろう。それなのに私は、祖父母の言うことをただ鵜呑《うの》みにし、のうのうと暮らしていた……

新たな事実はわらわらと出てきた。私は本当にバカだとしか言えない。死んで償《つぐな》えるものではない。まずは両親と弟たちに詫びよう。そしていつの日にか叶うことなら、ルイスとアリーさんに心からの謝罪を伝えたい。そのためにも……私はできることから始めなくてはならない。

男爵家の嫡男としての私と、スペアで補佐役としての次男は男爵家に残された。

三男と四男は田舎の成金の商家に婿に出されたのだが、肩書きを欲した相手側から持ちかけられた結婚だ。弟たちは婿殿ともてはやされ、待遇も良いと聞いていた。しかし、実際にはどちらの弟も、婚家から早々に逃亡していたのだ。

二人の妻は、私たちの母親よりも年上だった。遠く田舎のため大変だからと、結婚式を挙げなかったので気付けなかった……。確かに待遇は悪くなかったそうだが、毎晩妻に迫られ子供を催促される。二人は精神的にかなり追い詰められていたという。

祖父母は双方の商家から、かなりの額を支度金として受け取ったそうだ。しかし弟たちはほとんど身一つだったという。たぶんこの金もルイスのときのように、祖父母の借金の返済にあてられていたのだろう……

数年前に辺境伯家の仲裁で離婚が成立し、現在二人は隣の騎士爵領で冒険者をしているらしい。両親が弟たちと同じく騎士爵領に住んでいることも判明した。魔物討伐の遠征の際に使用される騎士団の宿舎で、住み込みの管理人をしているそうだ。

数年前、騎士団の討伐補助に冒険者として参加していた弟たちと再会し、現在は定期的に交流していると、調査書に記載されていた。

辺境伯領はたくさんの強い魔物が生息するという魔の森に隣接し、専門的な討伐隊を常駐させ常時魔物を間引いている。定期的に国中の討伐隊の宿舎を見回り、討伐に参加する若者の育成や支援を行っていた。

まさか離婚の相談にものってくれていたとは……もし離婚が成立していなければ、弟たちは未だに隠れ住んでいなければならなかっただろう。

ルイスの事情についても、私は無知だった。ルイスは高い才能を買われ、大神殿に引き取られたと聞いていた。大神殿は羽振りが良く、ルイスはその恩恵を散々その身に受けてきたのだと。

それなのに、上に立つのが嫌だからと、大神殿内部の腐敗を正そうとしている子爵様を振り切り還俗《げんぞく》とは無責任すぎる！　ルイスが僧籍を抜けたと聞いたとき、私の頭の中は怒りで爆発していた。

しかしそうではなかった。ルイスは甘い汁を享受する側ではなかったのだ。

それでも大神殿側の不正の証拠を集め、自分を祭り上げようとする子爵様たちにそれを託した。だが子爵様たちはその証拠を扱いきれずに手放していた。それらは王家に渡り、近々大神殿には大がかりな捜査が入るそうだ。

私は全てを自分の都合の良い方へ考えてしまっていた。子爵様はルイスを大神官にと請《こ》われた。ルイスをその気にさせれば、男爵家も恩恵に与《あずか》れるだろう。大神殿を牛耳《ぎゅうじ》る伯爵家は権勢凄まじく羽振りも良い。ルイスが大神官の座に就けば、次に権力を握るのは我々……

そんな邪《よこしま》な考えしかできないとは、私はなんて欲深い人間なのだろう。

しかもたまたま訪ねてきた【未来への道標《みちしるべ》】を持つヒーラーだというルイスの友人を、体の弱い妹を盾に取り巻き込んだ。アリーさんが死ななかったことについては、本当に彼に感謝せねばならない。私は最大の過《あやま》ちを犯さずに済んだのだから。

『ゆくゆくは大神官にと期待されていた僧籍を辞し、くだらぬ女にうつつを抜かすようなルイスはどうしようもないな。だが、その女が消えれば目を覚ますのではないか？　一介の庶民くらい、虫を一匹雇えばすぐだろう』

『そうですよ。ルイスはモテるのですから、何も一人の女に惑わされることなどないのです。現在の聖女様も大神官様も、ルイスを婿にしたいと未だに話していらっしゃいます。なんなら大切な食堂とやらに火を放ちなさい』

子爵様がルイスを説得してくれないかとやって来たときの、祖父母の言葉だ。

私はこの言葉にのせられ、取り返しのつかないことを仕出かしたのだ。しかし火を放つには食堂周辺のガードがキツすぎた。虫も、並の虫ではことごとく払われてしまう。ここでこの異様な警備の理由に気付けていれば……

などと、後悔ばかりが身を苛《さいな》む。もう昔には戻れないだろう。私たち家族が一番幸せだったあの頃。それはきっとルイスの洗礼に家族と連れ立って出かけたときだ。帰宅後ささやかながらも洗礼のお祝いをし、地元の画家を訪れ家族の肖像画を描かせた。

母に抱かれたルイス。その母の肩を抱く父。その前には手を繋ぐ私と次男が並び、一列目には膝に手をのせイスに座る弟が二人。今は飾られていない、我が家に唯一ある家族の思い出のようなもの。

両親が去ったあと、祖父母により大広間から下ろされ、埃を被ったままの絵画。家族が幸せだった頃に描かれた、忘れられていた家族の肖像画を、またいつか飾れる日がくるのだろうか……

◆本編4・To the shining future

ライラのお屋敷で行う本日のお食事会のテーマは、ほっこり家庭の味。

ライラとルイス、ザックとお兄ちゃんズに加えて、私の知らないお客様もいるので緊張してしまいます。ころポックル亭で提供しているような、家庭的な食事をご希望とのことなので、緊張なんてしていられません。

それではぜひとも皆様に、ころポックル亭のお味を堪能《たんのう》していただきましょう。

オーブンには、メインの白ころ茸《だけ》のグラタンをセットしてあります。多種多様な串焼きにミニサイズのフライ類、オードブルにサラダとスープの用意も完璧です。

最後はデザートですね。さあ作りましょう。

室温で柔らかくしたバターに、砂糖とアーモンドプードルをふるいながら混ぜ合わせます。よーく混ざったら全卵二つを加えて更に混ぜ合わせます。仕上げに砕いたアーモンドをサックリと混ぜて、中身の生地は出来上がりです。

プレーンなアーモンド味。更に木の実を加えたナッツ味。ドライフルーツを加えた果実味。今日はこの三種類です。

寝かしておいたパイ生地を伸ばし、パイ皿に広げます。中央部分に先ほど作った中身用の生地をのせ、蓋《ふた》をするのですが、その前にちょこっと細工をしちゃいます。これはみんなには内緒です。サプライズですからね。

中身を隠すようにもう一枚のパイ生地で覆《おお》い、水で湿らせておいた下のパイ生地と上のパイ生地の縁同士をピッタリと張り付けます。その縁にフォークを押し付けグルリと模様を付けました。

別の容器に全卵一つと小さじ一程度のミルクを混ぜ、表面に塗って三十分ほど冷蔵庫で寝かせます。この際に残りのパイ生地で、表面に飾りをつけたりしても素敵です。

冷蔵庫から取り出し表面に模様を追加したら、残りの卵液を再度表面に塗ってオーブンへ。まず二百四十度くらいで十分ほど焼いて一度取り出し、百八十度に下げて更に二十分ほど焼けば完成です。

三種のお花モチーフのパイが出来上がりました。

ガレットデロワです。デザートにお楽しみいただきます。

今回は私も一緒に食事をします。しかしとても静かな食卓です。詳しい自己紹介は食後にということですが、先に済ませた方が良さそうな気もします。

私が初見の方は三人います。ルイスの知り合いだという品の良さそうなご夫婦と、ライラと同年くらいのきらびやかな服装の男性が一人。三人はニコニコとお食事をされているので変な心配はしていませんが、ルイスの眉間《みけん》のシワが気になります。

そんな中、ライラが口を開きました。

「やはりアリーのお料理は美味《おい》しいわね。出張料理はもちろんだけど、私は普段の素朴な家庭料理が特に好きだわ。町の皆さんもころポックル亭の再開を待ちわびている。無理は禁物だけど、早くスッキリさせたいわね」

「ライラ……みんなも、今回は本当にありがとう。私一人では何もできなかった。まだ伯爵家や大神殿のことが片付いてないけど、嫌なものは嫌なの。私は言いなりになんてなりたくない……」

大神殿へは、明日話し合いに赴《おもむ》くこととなりました。伯爵家当主も参加するとのこと。

ライラは手土産《てみやげ》にと、大量の赤い百合の花を注文したそうです。ルイスはそれを聞いて、意味深な含み笑いをしていました。

「今回は私たちも護衛につきます。ルイス君は当事者に含まれますし、ザック君だけではまだまだ心配ですからね」

ザックには悪いけど、お兄ちゃんズが護衛なら安心です。

「おい！　あれほど毎日朝から晩までしごかれても、まだまだかよ！　せめてまだを一つにしてくれ……」

両手で頭を抱えるザック。最近はお師匠様が食堂に住み込んで、ならず者を退治してくれているの。だからお兄ちゃんたちだけでなく、お師匠様にもしごかれているのでしょう。

明日の私の同行者は今いる五人。対する大神殿側は、大神官と聖女に、母の兄にあたる伯爵家当主。

今回の一番の不安要素は、話し合いの場が大神殿の中であること。相手は仮にも大神官と聖女、私たちは敵陣に乗り込むことになります。

前回の男爵家でのことをふまえ、こちら側は大神殿の外での話し合いを提案しました。しかし大神官の体調が思わしくなく、簡単には出歩けないそうで……

「なら大神官が回復してからではまずいの？　悪化して騒がれたら嫌よね」

「アリー、心配するだけ無駄です。大神官と聖女は、贅沢《ぜいたく》病という不治の病です。もしかしたら大神殿から出られないのかもしれませんね。正直私はあのゴミどもを、二度と視界には入れたくないのです。大神殿という腐敗したゴミ箱に、腐れ落ちるまで突っ込んでおけば良いのです」

突っ込んだままでは何も解決しないのですが……

「ルイス、あなたは還俗《げんぞく》してから見ていないわよね？　更に酷《ひど》くなっているわよ。私の結婚式でのあの姿は、もう人間ではないわね。完璧に人を捨てているとしか思えないわ。伯爵家以上の家は結婚式を大神殿で行わなければならないとはいえ、あれの前で婚姻の誓いを立てるのはおぞましかったわ。もう自力では歩けないのではないのかしら？」

大神殿内部の腐敗は根深い。本来実力主義であった大神官と聖女の地位。いつの間にか世襲制とされた過《あやま》ちを正さなくては、先へは進めない。

みんなも協力してくれているのです。私も頑張らなくてはなりません。

「ほぅー。このコロコロとした茸は旨いな。コクのあるホワイトソースとの絡みがたまらん。マカロニとチーズを絡めると更に絶品だな。ドリアでもぜひとも食してみたいものだな」

せっかくお客様が褒めてくれたけど、自己紹介がまだだからお返事がしにくいです。

あ！　ルイスの眉間《みけん》のシワが増えた！　ルイスはこのきらびやかな方が苦手なのでしょうか？

「白ころ茸《だけ》のグラタンは、アリーのご両親の頃からの名物だもの。その味を引き継いだんだから、美味《おい》しいのは当然じゃない。聖なるダンジョン産の白ころ茸《だけ》は、大きいのに味が濃厚で香りも最高ね。このサラダもパイも、ルイスの考案なのよね？」

ライラの言葉に頷きます。

「白ころ茸《だけ》は小さくてコロコロしているのでそのままの形で使用し、食感を楽しむのが普通です。そのためビッグ白ころ茸《だけ》には驚きましたが、ルイスの発想に助けられました。今回はメインがホワイトソースのグラタンですので、こちらは中をデミソース味にし、更にパイ生地を被せて丸ごとグラタンパイにしてみました。ルイス、本当にありがとう」

「わっ、私は何も……」

私がお礼を言うと、ルイスの表情が一瞬だけ緩みました。

「なるほど！　ルイスめ……そういうことだったのか！　借りてきた猫のようだから、何事かと思ったぞ。かなり残念だが今回はそなたに譲ろう。好みにドンピシャで、つい手を出そうかと考えていたのだが……さすがに横取りはいかんな。つぅー痛っ！　おっ、おい止めろ！　暴力反対だ！

ライラよせ！」

「デザートを食べずに帰りますか？　あなたはなんのために来たのですか？　ここでルイスの眉間《みけん》のシワを更に増やして、どうしたいの？」

「すまん。照れたルイスが珍しくてつい弄《いじ》りたくなったのだ。大人しくするから退出は許してくれ」

ラ、ライラの拳骨《げんこつ》の威力はすごそうです。でも身分の高そうな方ですが大丈夫なのでしょうか？

ルイスの眉間《みけん》にはますますシワが……

「ルイスも大概にしなさいな。大人げないわよ。なんなら私がその眉間《みけん》のシワを、グイグイッと伸ばして差し上げましょうか？　せっかくの綺麗な顔が台なしじゃない。食事美味《おい》しかったわよね？

アリーがルイスのためにと、好物ばかりを盛り込んでくれたのよ。私たちもご相伴《しょうばん》に与《あずか》れて幸運だったわ。またぜひ頼みたいわ」

「うむ。真に幸運だった。またと言わずに毎日でも食したい。なんなら私の嫁に……い……痛ったいわー！　つぅぅ……」

「あなたはいい加減にしなさい！　ルイスもそろそろ落ち着きなさい！　案外度量が狭いのね。そろそろお茶にして本題に入りましょう」

ルイスとライラにこのきらびやかな男性の三人は、とても仲が良いようです。ご夫婦はここまで、三人のやり取りに入ってくる様子はありません。

みんなで隣室へ移動します。仲間内の話し合いのため、お茶のサーブは私が請《う》け負《お》います。

「本日のメインのお菓子はガレットデロワになります。こちらはアーモンドベースのパイです。三種ありますので、私が切り分けてお皿に盛り付けます。パイを盛り付けたらそのお皿を配りますので、空いたスペースにお好きな品を取り分けてください。本日のおすすめは、ダンジョンで採れたフルーツの果汁をふんだんに使用した、ミニレアチーズケーキです。ぜひ色々なお味を楽しんでくださいね」

デザートはお話をしながらとのことだったので、メインのガレットデロワ以外はビュッフェ式にして楽しめるようにしました。

みんなの前にお皿と飲み物が揃《そろ》うと、ライラが自己紹介を促します。ライラから始まり、私、ルイス、ザックと、そしてお兄ちゃんズ。最後にゲスト三人の番です。

「私はこの国の第二王子で、ライラの従兄《いとこ》にあたる。ルイスとは、ライラと共に大神殿で会っている。まさか忘れているとは言わせないぞ。前科があるようだから心配でたまらんわ」

おっ、王子様ですか⁉　だからキラキラなのですか？

「さすがに覚えていますよ。私は王子だとか偉そうに言うので、ならばあの腐れ坊主と聖女をなんとかしろと言いました。結局なんともしてくれませんでしたけど……ね」

ルイス……

「それは仕方なかろう。あの年ではさすがに、私に発言権などないわ。それでも従妹《いとこ》のライラとルイスのためにと、内部を調べて父上に進言はしていたんだ。お前が集めた不正の証拠も、持て余した子爵らにどこかへ流される前に、私がキチンと押さえておいたぞ。大神官と聖女はもう終わりだ。王家の名にかけて、大神殿の腐敗は必ず一掃する。本当に苦労をかけたな。父上に代わり謝罪する」

「……王族の方が頭を下げてはなりません。私も子供でした。王子もまた子供でした。なのについあなたの王子という肩書きに、頼ろうとしてしまいました。今まで私の言葉を覚えていてくれた上に、証拠を無駄にせずテコ入れまでしてくださっただけで嬉しいです。本当にありがとうございます」

嘘ー。ルイスのデレだよ。微笑んでるよ。黒くない微笑みだよ？　皆ポカンと口が開いちゃってますよー。おーい。

「ルイス……微笑みの貴公子様の、真実の微笑みをご馳走様です。いつもの微笑みは綺麗だけど、デレているときの微笑みは可愛くて年相応に見えるね。普段からもっと笑おうよ。でも偽の貴公子様の笑いではなくて、本物の微笑みの方でお願いします」

ついつい言葉にしてしまいました。私が言い終えると同時に、王子様が驚いた様子でルイスの顔を覗《のぞ》き込みます。

「うおぅっ！　ルイスが茹《ゆ》でたタコのように赤くなったぞ！　耳まで真っ赤ではないか！　ほう。なかなか可愛いところもあるんだな。会う度に、役にも立たぬ似非《えせ》王子と罵《ののし》られていた頃が懐かしいわ」

「……」

「ほらほら、いい加減に弄《いじ》るのはそれくらいにしてあげて。でないとルイスがいたたまれなくて、さすがに復活できないわ。まだ先があるんだから、ルイスも少しはシャンとしてよ」

ライラの声で落ち着きを取り戻した室内。

残りの二人は……大神殿の関係者だろうけど、伯爵家か男爵家の先代にしては若すぎるわよね？

お二人が、ルイスと目を合わせて話し出します。まさか……

「ルイス……立派になったわね……苦労をかけてごめんなさい。守りきれなくて、本当にごめんなさい……」

女性が声を振り絞るように謝罪をしながら泣き崩れます。隣の男性がそんな女性の肩を抱いて支えました。

「ルイス。私たちを許せとは言わない。いや、言う権利などないからな。恨んで当たり前だ。だが、話だけは聞いてほしい。頼む」

やはりこのお二人はルイスのご両親なのね。お二人の言葉が、私の両親が宝石店の店主に託した手紙と被ります。どちらもきっと同じ気持ちだったのでしょう。

お二人は長年隣の騎士爵領で、住み込みで騎士団宿舎の管理人をしていたそうです。そして神の悪戯《いたずら》なのでしょうか？　婚家から逃亡し冒険者をしていた息子たちと再会しました。やがてルイスが大神殿を出て冒険者をしていると知り、四人で捜していたそうです。

「ルイス……見つけてあげられなくて……」

　私がハンカチを取り出して手渡そうとすると、ルイスに手で制されました。

　代わりに、ルイスが自分のハンカチを女性に差し出します。差し出された手に驚きながらもハンカチを受け取り、目頭を押さえて嗚咽を漏らす女性。その肩をさすり宥《なだ》める実直そうな男性。二人の気持ちはきっとルイスに伝わっていると思いたい……

「私はお二人を恨んではいません。皆が被害者なのですから……」

　そうだよね。腐りきった全ての元凶を、取り除かなくては駄目なのです。たった一つの腐った果実が、やがて全てを腐敗させるのです。その根本を潰さなくては、不幸の連鎖は続くばかりです。ちなみにガレットデロワはルイスのお母さんの得意料理で、幼いルイスたちにねだられよく焼いてもらっていたそうです。その思い出のパイの中に、当たりとして小さな人形を仕込んでほしいとライラに頼まれました。そして当たりをルイスに渡したのも私です。

　しかしルイスへサプライズを仕掛ける場に、ご両親も参加されるとは知りませんでした。更なるサプライズとして、後《のち》ほどライラからプレゼントがあるそうですよ。

　ライラのお屋敷でのお茶会から数日。ただいま、大神殿での説法会に参加しています。大神官たちとの話し合いはこのあとからで、今回の参加は下準備のための潜入捜査なのです。

　説法会は月に一度あり、普段は一般に解放されていない、奥殿の高位神殿にて行われます。通常ならば一般庶民には見ることも叶わない高位神殿で礼拝することができ、参加者には神官見習いになる道も開《ひら》けます。神殿関係は食いっぱぐれのない職であるため、特に孤児院などは積極的に子供たちを参加させているそうです。また男性神官の伴侶というのも人気で、説法会で知り合った神官と婚姻する女性も多いとのことです。

また、運が良ければ神託が下り聖女になれますが、今までに神の神託を受けた聖女は誕生していません。

私は変装のためのネックレス型魔道具を首にかけ、髪の色を変えて丈が短い少し幼めなワンピースを着用しています。隣の席に着席している『お姉ちゃん』は、清楚なロングワンピースに同じく魔道具のネックレスをしています。

お姉ちゃんは先ほどから、周囲の視線を集めまくっています。あっまた！　祭壇に向かう神官さんが振り向きました！　真っ赤な顔をして見つめています。

「ねぇ。ねぇ。お姉ちゃんってばモテモテー」

「……」

「違和感ないから大丈夫です！　美女すぎて私なんて霞《かす》んじゃっているし、女の私としては複雑だけど、事実なので仕方がありません！」

「……」

「……ごめんなさいー。だって私も知らなかったの！　ライラはサプライズだと言ったの。絶対に喜ぶからって！」

「……」

「ねぇ！　お願いだから無視しないで！　なんなら私が他の当たりを別に用意します！　だからお願いだから無言はやめてー。お願い！　ルイスってばー」

「……」

もぅ……本当に綺麗なんだから、そんなにムクれなくてもいいじゃない。私もまさかこんなに嫌がるとは思いませんでした。看板娘コンテストに出そうと思っていたなんて知られたら怖いな。絶対にバレないようにしなくてはなりません。

「はぁ……アリー、その膨《ふく》らんだ頬では、まだいらぬことを考えていますよね？　女装は本当にライラの独断なのですね？　まあ内情を知る私が立ち回るのが、一番良い方法なのは理解できます。ですが私には女装趣味などは一切なく、綺麗だと言われてもまったく嬉しくありません。先日も伝えたはずですが、決してナルシストではないのです！」

「でも……本当に美人さんで、女性にしか見えないよ？」

「……なるほど……アリーの考えはよく理解できました。ならば当たりの分は、一緒にお風呂に入ってもらいましょうか？　美人なお姉さんとなら構いませんよね？」

「駄目ー！　それは絶対に無理です！　綺麗だけど本物の女性じゃないもの。綺麗だから褒めただけ。だってみんなが赤くなって眺めてるよ？　綺麗なのは罪なの！　バカ！　エッチ！」

「ほぅ？　この減らず口はまだ喋《しゃべ》り足りないのですね。私が男性だということは理解されているようですので、これくらいはもらっても良いでしょう。ガレットの当たりの分ですよ……」

旋毛《つむじ》に柔らかい何かが触れました。続いて頬に瞼《まぶた》にそして額へと……つい閉じてしまっていた目を慌てて開くと、目の前にはルイスの満面の笑みが！

「残念です。目を開けてしまいましたね。ではこれで我慢します。次回は目を開かないでくださいね」

鼻の頭にルイスの唇が触れました。驚きすぎて言葉が出ない私の唇を、人差し指でちょこんと押さえてささやきます。

「キスのときは目を閉じるんです」

……胡散臭《うさんくさ》すぎます。どうしていきなりこうなったのでしょう。私は美人なお姉さんではないのです。相手を間違えています。ルイスを見る目が、ついついジト目になるのは許してほしいです。

「おや？　中断はご不満でしたか？　唇に欲しいなら目を閉じてくださいね？」

私はカッと目を見開き、ブンブンと頭を振ります。

「違うから！　ルイスこそ、その胡散臭《うさんくさ》い笑顔を止めてよ」

右手でしっかり口をガードすれば、悲鳴が漏れそうになるのも抑えられて一石二鳥です。なんて考えている場合ではありません。もう説法が始まっているしみんなは静かに聞いているのに、私たちはいったい何をしているのでしょう。

「ルイスの変態……」

「胡散臭《うさんくさ》くなんてありませんし、私は変態ではありません。己《おのれ》の心に正直な笑顔と気持ちです。私は男性ですから、好きな女性には邪《よこしま》な感情も芽生えます。アリーも少しは警戒しないと、狼にパクりと食べられてしまいますよ。お願いですから、二度と心配させないでくださいね」

なんて言いながら、再度私の鼻の頭を舐めました。私が口を隠していたからでしょうが、変なところを舐めないでください。もう恥ずかしすぎて顔が上げられません。

「さぁ。そろそろありがたくもない説法が終わりますね。アリーは私たちと合流するまで、絶対に危険なことはしないでくださいね。大人しくしてるんですよ」

ルイスのアホ！　動揺して的確な返事が出てきません。

こら！　顔が近すぎ！　覗《のぞ》き込まないで！　さりげなく腰に回されている腕を、グイグイと押し返してみます。

「ふっ……」

その含み笑いはめっちゃ嫌な感じです。腹黒ルイス爆誕ですか？

「アリー、もしかして照れてます？　少しは意識してくれましたか？　私に照れてくれるとは嬉しい――」

「ルイスのバカ！　女同士でのキスはノーカウントです！　ほらやはり美女は呼ばれてるよ！　早く行け！」

まったく変にしつこいです。なぜ食い下がるのでしょう。

「では行ってきます。午後の話し合いで会いましょう。念を押しますが、暴れずに救出まで待機ですからね」

はーい。

ルイスは聖女の素質ありの神託を得たとのことで、他の女性五人と共に別室へ連れられていきます。

残った女性陣もいくつかの部屋に振り分けられました。私の入った部屋にはなぜか甘ったるい音楽が流れています。すでに女性と同数ほどの男性神官がおり、女性たちはお茶をいただきながら先ほどの説法の内容について聞きます。しかしベタベタくっついてきてウザいし、下世話な話ばかりです。

やはり男性神官側による、好みの女性探しなのでしょう。神職でも妻帯は可能だから、それだけなら問題はありません。

しかしこのお茶菓子には問題がありますよね。香料が強すぎて、素材の持ち味を消しています。焼き菓子にこんなに香料を使う必要はないはずです。絶対に、何かが入っているのを香りで誤魔化《ごまか》していています。料理人の嗅覚を甘く見ないでほしいですね。

ではでは鑑定オン。

……やはり睡眠薬入りです。私は食べたふりをして様子を見ましょう。このあとの大まかな流れは聞いていますが、気を引き締めなくてはなりません。

男性神官に伴われ、女性が徐々に減ってゆきます。きっとカップル成立なのでしょう。

しかし睡眠薬入りのお菓子を食べていますが大丈夫でしょうか？　王子様が部下の方を潜入させているとのことですが、それでも心配です。たぶん眠らせて……

この説法会、聖女の神託が下される人物を探すというのは建前で、つまりはお見合いみたいなもの。しかし女性たちはそんなことを知らずに参加しています。なのにここ一年近く、説法会に参加した適齢期の女性ほぼ全てが聖職者と婚姻しているのです。また婚姻はしなくとも、大神殿に住み込んで働く人も多いです。

もちろん本人たちが了解しているならば構いませんし、幸せならとても良いことです。しかし恋人や家族を捨ててまで大神殿に駆け込んでしまうなど、女性たちの言動があまりにもおかしいと、巷《ちまた》で噂になり始めているのです。

神殿で働くことを選んだ方についても、いつの間にか僻地《へきち》の教会へ異動したりと所在を転々と移し、行方不明になっていることが判明しています。

内部告発もあり調べてみると、大神殿の中では女性の人権がないことが判明したのです。それを全て明るみに出し、大神殿を一掃しようと、私たちは潜入したのです。

ルイスがいた頃にも説法会はあり、お見合い的な役割をしていたそうです。しかし今のような噂は立ちませんでしたし、婚姻成立も少なかったのです。それがなぜ急に変化してしまったのでしょう。

それは、大神官が想いを増幅する魔道具【祈りの乙女】を手に入れてしまったことから始まりました。

本来の継承者とその家族を亡き者にし、血の縛りをなくして自分の息子に継承させたのです。使用者は血族でなくても、魔力量が多ければ構わない。このことを知らないばかりに起きた悲劇。血統の魔道具による悲劇も、もうこれ以上連鎖させてはならないのです。

この魔道具の力は計り知れません。人の気持ちの一部を増幅するのです。恋愛ごとによく使用されるそうですが、戦場での士気を高めたり、憎しみや悲しみを膨《ふく》らませる……そのようなことに使用することもできるのです。

説法会で使用する目的は、女性に自分の気持ちを勘違いさせるためです。優しくされることで生じる、神官を好ましく思う感情を、愛しているのだというところまで増幅させてしまうの。

つまり女性は増幅された偽の愛と、睡眠薬を使用して作られた既成事実で婚姻まで進んでしまうのよ。しかし相手は将来性のある聖職者。一生真実を知らずに過ごしたなら、それも幸せなのかもしれません。

更にこれだけではないのです。説法会の後で神託が下らず連れ出されなかった女性たち。私を含むこのグループは、昼過ぎには隷属の腕輪をはめられ、大神殿でお偉いさんの接待や独身神官の話し相手として働かされるのです。しかも大神殿の共有財産とみなされるとか……

隷属の腕輪をはめてまでする、接待とお話し相手の仕事って何よ！　どんな仕事をさせられるかなんて、私にだってわかります。しかも財産だなんて、私たちはものではありません。女性をバカにしないで!!

きっと婚姻せず神殿で働いていたのに消えていく女性たちは、このグループから生まれるのでしょう。

ルイスが大神殿を出る際に使用した不正の証拠、ルイスの実家と私の母の実家の騒動、長年にわたり証拠固めをしていた王家の諜報《ちょうほう》たち……そして今日、これから第二王子様が乗り込み悪事の現場を押さえる。

確たる証拠を手土産《てみやげ》に、私たちは大神殿側との話し合いに臨《のぞ》むのです。

残る女性たちもテーブルに突っ伏し始めました。神官が肩を貸し、疲れで居眠りをしたからと別室へ連れてゆきます。

そろそろ私もまずいですね。私は隠し持っていた即効性の睡眠薬を一舐めして、連れ去られる女性に交じる準備をしました。この薬は、一舐めしたら効果は十分間ほどとのことです。

睡魔に襲われ薄れゆく意識の中、神官が近付いてくるのを感じます。しばしお休みなさい……むにゃむにゃ。

そういえば、ライラからルイスへのサプライズプレゼント。まさかそれが女装セットだとは、私はまったく知らなかったのです。

ライラ、ルイスはめっちゃ怒っています。なので頭がハイテンションになっていたのでしょう。ルイスの沸いた脳内の処理をお願いします。あの状態のまま、唇にキスをされたら困ります。ルイスは私が好きだからキスがしたいの？　それとも誰でもいいの？　来るもの拒まずはやめたとは聞きました。しかし気持ちがハッキリしないのに、キスなんてできません！

でももしハッキリ伝えてくれたのなら……私はどうするのでしょう……。ぐぅ……


うーん……むにゃむにゃ……なんだか悪い夢を見ていたような……っていうか！　何これイヤー！　気持ち悪いー！　私を横抱きした神官が、私の首筋を舐めながらどこかへ向かって歩いているのです。宙ぶらりんでぶらつく自分の右足に、思い切り力を込めて蹴り上げます。

「うぎゃぁー！　このくそガキが！　うがぁ……うぅ……」

あら？　見事に決まりました。うわっと。原因は私だけど、投げ飛ばさなくてもいいじゃない。でものたうち回っていますね。大丈夫でしょうか？

「このくそガキが！　大人しくしていれば俺が面倒を見てやったのに！　俺の番が来たら覚悟しとけよ。この痛みは必ず返すからな！」

私は近くの部屋へと突き飛ばされ、バタンと扉を閉められてしまいました。神官が怒鳴りながら去ってゆきます。

すすり泣く声に気付いて周囲を見回すと、薄暗い部屋の中にはたくさんの女性が閉じ込められていました。

よいしょっと。立ち上がり、とりあえずドアノブを動かしてみます。当たり前ですが開きません。

グルリと見渡すと、部屋の奥にはかなり大きな掃き出し窓があるようです。これは、もしかするとバルコニーがあるかもしれません。カーテンを半分引くと、大きなバルコニーがありました。

なら案外簡単に脱出できるかもしれませんね。なんて考えはやはり甘すぎたようです。

外へはあっさりと出られたものの、バルコニーのある部屋はここのみ。しかも地上が見えぬくらいの高層階なのです。

私だけならリターンアドレスで脱出できますが、ここにいる全員を脱出させるには無理があります。またあまりに女性が減れば不審に思われますし、最悪バレてしまうと、潜入した意味もなくなってしまいます。

部屋の空気を入れ替えるためにも窓を開けたまま中に戻り、まだ眠っている人を起こしてゆきます。インベントリから鎮静作用のあるハーブティーを用意して、飲める方々に勧めました。落ち着きを取り戻した頃に、必ず助けが来ることを伝えます。

閉じ込められた女性の中には、未成年や持病の薬が必要な方もいました。興奮が収まらずどうしても助けが待てない方々と一緒に、リターンアドレスで王宮の一室に送ります。その部屋は今回の対策基地のようなものなので、あとは常駐している警備の方にお任せしました。

大神殿の部屋に戻ると、バルコニーにスイスイッと、水色の小鳥が飛んできました。グレイです。

パチリと目が合います。アイコンタクトだね。水色の小鳥が再び大空に飛び立ちました。グレイよろしくね。

室内に残った女性たちは、先ほどより落ち着いているようです。

気になるのは、神官が時々、わざわざ鍵を開けて部屋を覗《のぞ》いていくことでしょう。しかし助けが来ると知っているからか、女性たちは声をかけられても断っています。

こんな風に神官が来るなんて聞いていませんでした。大丈夫でしょうか？

あ！　また違う神官が来たみたいです。あれ？　今までの神官とは異なる神官服を着ています。

観察していたらバッチリと目が合ってしまいました。うわぁ。ニヤリとした顔がもろゲスいです。

「おい！　そこのガキ！　お前だよ！　俺様に見惚《みと》れてるのか？　ならこちらへ来い！」

俺様って何様よ。しかも自意識過剰すぎです。

「嫌です！　それに見惚《みと》れてなんていません！」

「俺様が面倒を見てやるって言ってんだよ！　黙って来い！」

うーん。これは予定外です。どうしましょう。この部屋にいれば、第二王子様たちが助けに突入してくるのです。なので私は大人しく待つばかり、のはずだったのですが……

今頃ルイスお姉ちゃんは大神官と面談中でしょう。絶世の美女だから、聖女様は確定ですね。聞いたら本人は不貞腐《ふてくさ》れてしまうでしょうが、一番勝算があるのはルイスなので仕方がないのです。

そういえば最初の部屋で流れていたあの甘ったるい妙なメロディーが、【祈りの乙女】の調べなです。

のでしょう。しかし充填《じゅうてん》されている魔力が不足していて、発揮できる効果はかなり小さかったよう

「おい無視するな！　考え事をしているなんて、妙に肝が据わっているじゃないか。気の強い女を手なずけるのも一興だ。やはり貴様は俺様と来い！」

「うるさい！　寄るな！　部屋に入るな！　ゲスい顔を近付けないで！」

「貴様！　俺様は次期大神官だぞ！」

「へー、現在の大神官の子供は聖女とその兄だけのはず。兄が【祈りの乙女】を継承しているのでしょうけど、あなたは兄にしては若すぎるわよね？」

つい言い返してしまったけれど、魔道具の話はまずかったかもしれません。

近くに座る女性に、私がいなくなっても助けが来るまで動かないでと伝えます。そして第二王子様に渡してほしいと、髪に留めていた真珠のヘアピンを預けました。昨日の食事の際に、ルイスとみんなからもらったと話をしたので、私のものだとわかってくれるでしょう。

「うるさい！　母が違うだけだ！　兄貴と聖女なんて、魔力がほとんどないんだ！　魔道具の継承者は俺様だ！　あのルイスの足下にも及ばないやつらが、俺様の敵になるはずがないだろう！」

……ここでルイスが出てきました。なんで？　もしかしてこの俺様とも知り合いなの？　でも年齢的に時期が被っていた可能性はあるのね。これは知り合いだとバレない方が良さそうです。ルイスの分まで八つ当たりされてはたまりません。

子爵側は再度ルイスを大神官にしようとしました。大神殿側も再度取り込もうとしています。還《げん》俗《ぞく》して何年も経つのに、よほど優秀だったんですね。

「とにかく貴様は俺様と来い！　知りたいなら別室で教えてやる」

「あーなるほどね。大神官は再婚はしていないけど、奥さんはたくさんいるんだね。でも重婚は犯罪です！　それとも手当たり次第なの？　大神官として恥ずべき行為ね。人としてもおかしいと思いませんか？」

俺様神官がいきなり部屋に、ドカドカと入り込んできます。さすがに言いすぎたでしょうか？

胸元を押され壁ドンされ、口に指を突っ込まれました。

うぇ……甘い……あ……これってさっき舐めた睡眠薬……です。もう……駄目です……眠気に勝てません……あーあ。またみんなに怒られてしまいそうです。ごめんなさい……

私は目を閉じ、抗えぬ眠気に身を任せることにします……

なんだろう。なんだかほわほわと気持ちが良いの。何かを繰り返しささやかれている。これはもしかして愛の言葉なの？　あなたが私を愛してくれるの？　それなら嬉しい……

私は本当はいつも寂しかったの。周囲の大人は優しかったけど、同年代のお友達が欲しかった。ルイスたちが護衛として来て、最初は面倒だと感じたの。でも今は毎日が楽しくて、こんな日々が続いたらいいなと思う。

でも一年間の約束だから、別れるときが来てしまう。楽しい日々が続けば、別れが来るのを恐れてしまうようになる。だから私は深入りしたくない。両親だっていきなりいなくなってしまったのだから……

彼らがいなくなっても私は大丈夫。以前のように頑張るだけ。他人に寄りかかっていては駄目なの……

それなのに、私は楽な方へ流されている。

『アリー愛している。本当に好きなんだ。他には誰もいらない。こんな言葉で良いのなら、二人だけの世界でいくらでもささやこう。愛しているのは君だけだ。アリーが愛しているのも……』

繰り返される私への愛の言葉。あなたは突然私の前からいなくなったりはしないの？　絶対に私を一人にはしない？

『一人になんてするわけがない。ずっと一緒だ。二人で暮らそう。愛しているんだ。アリー結婚してくれ』

あなたは誰なの？　素敵な言葉をありがとう……

ずっと一緒にいてね。私に不安を与えないで。お願い……愛しているわ……フォード……

「う……うぅん……」

なんだか体がだるいです。体調が悪いのかしら？

「アリー、体は大丈夫か？　目が覚めたならひと安心だ。とりあえず水を飲め。急に倒れてビックリしたぞ」

「ありがとう。心配させてごめんなさい。私は倒れたの？」

「ああ。まだ魔力が体に馴染《なじ》みきらないのだろうな。婚姻準備の疲労もあるのだろう。でももう大丈夫だから心配するな。俺様がしっかりと馴染《なじ》ませてやる」

抱き締められて顔が近付き、思わず腕で胸板を押し返してしまいます。どうして？　フォードは私の婚約者で愛する人。もうすぐ婚姻するのに……なんだか頭に霧がかかっているみたいに、思考がフワフワとしています。

「病み上がりに悪い。キスはしばらくお預けか？　元気になったらまたアリーからしてくれ。アリー、愛してるよ」

「フォード……私も……」

「アリーは相変わらずの照れ屋さんだな。たまにはアリーからも愛をささやいてくれよ。朝晩のキス以外は、俺からばかりで寂しいぞ」

そうね。私はフォードが好き。朝晩のキスは欠かさないじゃない。もちろん愛しているはずです。そうよね。言葉にしなくては伝わりませんね。

「私もフォードが好きよ。愛しているわ」

「よし！　では出陣だ！　まずはドレスだ」

今からドレスアップなんて、いったいどこに行くのでしょう。

＊　＊　＊　＊　＊

アリーが神官に連れ去られた数分後、大神殿内部では第二王子の指揮の下、大粛正が始まっていた。

眠る女性に無体を働こうとする神官たちを次々と拘束し、被害者たちを保護してゆく。中には保護を拒否する女性もいたが、明らかに皆様子がおかしい。

アリーの入れられていた部屋では、嫌がる女性が隷属の腕輪を無理やり装着されそうになっていた。そのタイミングでの突入では、さすがに誰も言い逃れはできなかった。

しかしどこを見てもアリーがいない。全ての女性の無事を確認して保護したはずだが、いったいどこに穴があったのだろう。指揮を取っている王子の端整な顔が歪《ゆが》んだ。

「王子！　やはりこの方々で最後になります。アリーさんの姿はありません！」

「いったいどこへ……」

「王子こちらへ！　この女性が、同じ部屋にいた女性からこのヘアピンを預かったそうです。若い幹部の一人とやり合っていたそうで、どうやら眠らされて別室へ連れ去られたようです」

「このヘアピンはアリーのもので間違いないな。ならば幹部の個室に踏み込め！　扉など破って構わん！　急げ！　この上の階だ！」

　王子の掛け声に皆が一斉に動き出す。

「ザックだったな。もうすぐにでも話し合いが始まってしまう。お前はライラたちに、なんとか上手く進めておいてくれと伝えてくれ」

「わかりました！」

　駆け出そうとするザックに待ったがかかる。

「ちょっと待ってよ。アリーは無事だから慌てないで」

　水色の小鳥の姿のグレイが、王子のそばに飛び込んできてクルリと人型になった。

「でもお人形さんになってるの。これはアリーの変装に気付いた大神官の息子の独断だよ。アリーを連れて話し合いの場に乗り込むみたい。本妻の兄の方じゃなくて庶子の弟であるフォードの方で、大神官と聖女に下克上するんだって。アリーにくっついてベタベタしててめっちゃムカつくー」

（これが霊獣か。聞いてはいたが、まさか人型にまでなれるとは……こうなると本当にアリーの価値は計り知れなくなる。父王は兄上の正妃にと望むかも……）

「なるほどな。【祈りの乙女】か。アリーさんの深層心理に付け入り、奥深くにある孤独感を身近な愛情にすり替えたのだろう。こうなるともう洗脳だが、大丈夫なのか？」

「それは大丈夫。継承者のフォードの魔力は、普通よりは多いけどそれほどじゃない。魔力の供給量がせこいから、洗脳効果も小さいんだよ。愛していると言わせるまでに二時間かかっているから、崩すのも簡単だと思う。いざというときは僕が助けるけど、ここはルイスに頑張ってもらうよ。フォードはルイスに敵意丸出しで、アリーはとばっちりなの。自分で尻拭いができないなら、アリーは僕がもらうから」

「「……」」

「ルイスも哀れだな」

グレイの言葉に、第二王子がザックをチラリと見やる。それを無視して、グレイは怒ったような口調で続けた。

「たとえ洗脳のためとはいえ、フォードはアリーを優しく抱き締めて愛しているとささやき続けていた。だからアリーはほだされた。愛を伝えてくれるのは私のことが好きだから。私のそばからは絶対にいなくならないと……ずっとそばにいてくれると……両親がいなくなったときのように寂しくはないと……だから私からも愛を伝えて応えないと……とね」

「それは……だがルイスだって……」

「ザックはルイスに甘すぎだよ。ルイスはアリーの反応を楽しんでるよね？　アリーに恋の駆け引きは通用しないんだ。可愛いからってからかいすぎて、アリーが不審に思うくらいの何かをしたんじゃないの？　ルイスからの好意は感じるけど、それが何かまではわからない。ルイスもさすがにそれには気付いたみたいだったから様子見してたのに！　告白できないなら過度なスキンシップはするな！　ヘタレルイスめ！」

（霊獣ってすごいな……人の心まで丸見えなのか？）

「うん。丸見えだからね。だから王子、アリーを正妃にするなんてやめてよ。王様にはキチンと進言しといて。でないと、ルイスが聖呪文ぶっぱなして国がなくなる前に、僕が天変地異で世界を壊すからね。本気だよ」

（霊獣……恐ろしい……）


大神殿内の大部屋では、ルイスとライラにアリーの兄弟子の二人、大神官と聖女や他の神官たちが待機していた。

やがてザックが話し合いの場に到着し、ライラに全てを伝える。ならばと、ライラは先に大神官と聖女を拘束するように指示を出した。

しかしそれは間に合わなかった。ライラが動くのとほぼ同時に、フォードに手を取られたアリーが現れたのだ。

突然の闖入者《ちんにゅうしゃ》に固まる室内。

フォードに腰を抱かれて微笑むアリー。室内の空気が見事に凍りつき、沈黙に包まれた。その空気をフォードの声が突き破る。

「これは皆さんお揃《そろ》いで……ご苦労様です。親父様と姉上様は断罪されるのでしょうか。当たり前のことですね。悪事に手を染めたお二人は、罪を償《つぐな》わねばなりません。あぁ。その後の大神殿は、大神官たる俺様と、正当な聖女たるアリーにお任せください。私たちは婚姻いたします。伯爵家はアリーの後見人となりなさい」

服装からフォードを大神官側の人間と判断していた一同は、突然の下克上にどういうことかと思案顔だ。

「フォード、貴様！　父と姉を裏切るのか！　しかもその女がアリーだと？　髪色も何も違うではないか！　いや、アリーだと言うならこちら側に取り込めば良い。伴侶は貴様でも構わん。しかし大神官と聖女の立場は譲らん！　貴様は庶子だぞ！」

「うるさいこの俗物が！　どれほどの女性を苦しめたんだ！　俺の母を死ぬまで監禁し解放しなかった貴様に、神に仕える資格などはない！」

大神官とフォードの激しい罵《のの》り合いが続き、周囲は唖然とするばかり。そんな中、聖女がアリーとフォードに向かって鬼の形相で掴《つか》みかかった。

「あぁ。アリーが怯《おび》えてしまっています。近寄らないでもらえますか？」

フォードが片手で結界を張り、アリーを背中に庇《かば》う。

「ほら。ルイスの顔をご覧ください。この方がアリーである証拠です。おいルイス！　貴様にならできるはずだよな。アリーの魔道具を無効にしろ。【祈りの乙女】はこちらの手にあるんだ、逆らうとアリーが壊れるぞ。だが負け犬はアリーに必要以上に触れるなよ」

ライラが微動だにしないルイスを揺すり、耳打ちする。苦虫を噛み潰したような顔をしたルイス

が、ノロノロと腰を上げてアリーに近付き、胸元のネックレスに手を翳《かざ》した。するとネックレスが発光し、髪と瞳の色彩が本来のアリーのものに戻る。

「なんと！　やはりアリーか！　フォードでかした！　ならばお前を私の後継者にしてやる。結界を張れるようになるとは、聖呪文も習得したのか？　これはぜひ披露《ひろう》せねばならん。私が退位するまでは影武者をすれば良い。聖呪文があれば、私への信仰も更に篤《あつ》くなるであろう」

自分の都合の良いようにしか考えられない大神官に、室内の人々はもはや呆れている。

「何度も言うようだがそれは無理だ。貴様らは牢獄行きの犯罪者。処刑は免れないのでは？　証拠も挙がっているし、説法会のカラクリもバレてる。王家まで出張ってるんだ。大神殿は俺様とアリーに任せ、大人しくした方が得策だぞ」

フォードの言葉に、ザックと共に到着し、陰で様子を見ていた第二王子が続ける。

「そうだな。抵抗は見苦しいぞ大神官よ。いや、元大神官だな。貴様の罪状は明白だ。本日の説法会のカラクリは全て明かされ、先ほど神官たちは現行犯で捕縛したぞ。女性の奴隷化に私物化。更に他国へ人間を貢《みつ》いでいる。聖女も男性を同様に扱っていた。言い逃れはもはやできまい」

「なぜここに王子が！　私は知らんぞ！　私が関わっているという証拠はあるのか？　他の者が勝手にやったのだろう！」

ルイスが立ち上がり、首元のネックレスを作動させる。そして纏《まと》っていたローブを外すと、その姿は説法会での美女に早変わりしていた。

「私が生き証人ですよ。先ほど私を正妻にしてくださると言われましたよね？　今晩からおそばに侍り、子ができたならゆくゆくは大神官や聖女にしてくださるとか。はっ、反吐《へど》が出ますね。一緒に呼び出された他の女性たちも、全て救出済みです。皆に同じことを言い、いったい何人囲うおつもりで？　もちろんこちらも犯罪です」

さすがの大神官も勢いをなくし項垂《うなだ》れてしまった。

すると今度は、隣に座っていた聖女が立ち上がる。

「私は私に頭を下げ愛を乞い、私の存在がなければ死んでしまうという、哀れな男性の面倒を見ただけよ。たいした罪ではないわ」

「あなたは経営には関わっていないようですが、他は大神官とほぼ同じ罪状です。いったい何人囲っていらっしゃるのですか？　しかも飽きたら解放もせず奴隷落ち。我が国では奴隷売買は死罪です。ちなみに十五才の私をはめようと、裸で馬乗りになったのも犯罪です」

「……」

聖女が黙ると、フォードが満足げな様子で口を開いた。

「さて、断罪ご苦労さん。ちなみに俺様は罪など犯していない、アリーだけを愛している。アリーは伯爵家を後見として、俺様と婚姻し聖女になるという。大神官となる俺様を支えてくれるそうだ。大神殿内部は徹底的に綺麗にしてくれ。俺様は不正もしないし、伴侶は一人だけでいい。これにて大団円だな！　皆の者、ご苦労だった。俺様たち二人の輝ける門出とこれからの幸せを、ぜひとも皆で祝ってくれよ」

「ふざけないでください！　まったくアリーの意志がないではありませんか！」

「ルイス……。アリー？　あなたはそれでいいの？　本当にその人が好きなの？　私たちはあなたの本当の気持ちを知っているつもりよ。だから信じられないの。あなたは精神操作をされている。私たちの心配と、この言葉は伝わらないのかしら？」

ライラの呼びかけにも、アリーは沈黙を保っている。普段のアリーならば絶対に選ばないような、真っ赤で大胆なドレスに派手なお化粧。フォードは皆を嘲笑《あざわら》うかのように、アリーを引き寄せ抱き締めた。

「くっ……」

ルイスの握るこぶしから血が滴《したた》り落ちた。

「アリー愛している」

「フォード……私も……」

「照れ屋さんのアリー。やはり好きだと言うのは恥ずかしいのか？　ならば、朝晩のキスを今くれないか？」

「そうね。言わなきゃわからないし、伝わらないわ。たくさん愛をささやいてくれてありがとう。フォード愛してる……でもキスは恥ずかしいの」

「恥ずかしくなんてないぞ。俺様は愛しているからこそ、アリーとキスをしたいんだ」

フォードの腕がアリーをしっかりと抱え込む。身じろぎして見上げるアリーの額に、軽く唇が落とされた。続けて瞼《まぶた》に頬に鼻の頭にと、啄《ついば》むようなキスの雨が降らされてゆく。

「目を閉じて。アリー」

アリーが静かに目を閉じると、フォードが唇を寄せた。それは段々と深く重なり合ってゆく……

＊　＊　＊　＊　＊

あなたは誰なの？　フォードなの？

『目を開けてしまいましたね。ではこれで我慢します』

『次回は目を開かないでくださいね』

『……』

『キスのときは目を閉じるんです』

苦しい……息ができないの。これはキスしているからなの？　違う。胸が張り裂けるように苦しい……私はフォードを愛しているのに！　いつもはキスをすると幸せを感じるのに！　なぜこんなに切なくなるの？

「アリー、愛しているよ」

耳元でフォードがささやいてきます。そうよ。気持ちは伝えなくては伝わらないのだから……

「私も愛してるわ……」

一度離れた唇が再度重なります。

嬉しいはずなのに涙があふれてきます。止めたいのに止まりません。

「アリー、そんなに嬉しいの？　お願いだから泣かないで」

フォードのキスが止まりません。私の涙も流れ続けるばかり……。目を開きフォードを見上げますが、変わらず寄せられる唇に、違和感を覚えます。

「キスのときは目を閉じるのよね？　涙があふれて目が閉じられないわ。開けていてもキスをするの？　我慢しないの？」

「え……愛し合っているなら、我慢の必要なんてないよ。アリーとはお互い一目で恋に落ちた。最初から我慢なんてしなかったじゃないか。キスのときに目を開けていても大丈夫だ。その綺麗な瞳に俺様を映してくれ。なんなら見つめ合いながらする？」

そうなの？　なんだか噛み合いません。なら我慢したのは誰？　キスのときは目を閉じると、教えてくれたのはフォードではないの？

駄目……頭が割れるように痛い……

涙が止まりません。とめどなく流れるこの涙を誰か止めて。お願い……

「フォード！　茶番はいい加減にしてください！　その薄汚い手をさっさと離しなさい！」

突然の声に驚き、フォードが私を支えていた腕を離します。

支えを失い膝から崩れ落ちそうになる私を、誰かが抱きとめてくれました。涙で霞《かす》む視界に映る人影は……抱きとめてくれたのは……誰……なの？

「アリー。情けない私を許してください。目を閉じると言ったのも、我慢したのも私です。アリーにはキチンと言葉にしなくては伝わらないと反省したはずでした。なのに可愛らしいからと、ついつい反応を楽しんでしまい……」

今私を抱き締めているのは……

「お願いです……思い出してください……。伝えたら答えを待つ自信がなかったのです。惑わせてすみません。もう二度と間違えたりはしません。どうか私にやり直しのチャンスを……」

見上げると、絡み合う澄んだ紫色の瞳から、私の頬に一粒のしずくが落ちます。この瞳は……

「ルイス？　なぜ泣いているの？」

「アリー!!」

くっ、苦しいです。ルイスはいったいどうしたのでしょう？

キョトンとする私のもとに、水色の小鳥姿のグレイが飛んできました。私のそばで幼児姿となり、私をソファーに促《うなが》してくれます。ありがとう。グレイは紳士だね。

「ルイスはナイスキャッチ。フォードはアウトね。愛してると言うなら、しっかりと抱き締めて離さないでよ。一目惚れは認めるけど、替えがきく愛だよね？　ルイスに当て付けるための、インスタントな愛は却下です。僕は許しません！」

グレイ……今の姿でその内容はちぐはぐすぎます。

「ルイスはあと一押しが足りない。やり直すってどこから？　最初からとか言わないで、せめて告白からにしてくれる？　そもそもスキンシップしすぎ！」

ルイス……私をからかってたの？　でも告白って……やはり説法会でのアレコレは……

「アリーにまた変な誤解をされる前に、キチンと白黒つけなよ。ベタベタいちゃいちゃしたいなら、先に本人の許可を取りなさい！　同意なきいちゃいちゃは、僕は許しません！」

項垂《うなだ》れるルイスとフォード。

この場はグレイの恋愛相談室なの？　それなら私も相談したいです。

「説法会に参加した女性の洗脳は全て解除したよ。大神殿全体に癒《いや》しの風を送ったから、監禁されていた人々も、体の方は少し休めば大丈夫。精神的なものはゆっくり治療しよう。だからもう【祈りの乙女】は無意味だ。フォードはここで退《ひ》いて。悪いことにはならないよ」

グレイが指を鳴らすと、三種の血統の魔道具が現れました。今回の騒動に関わった、【未来への道標《みちしるべ》】、【癒《いや》しの聖母】、【祈りの乙女】の三種です。

「この他に【まやかしの人形】、【聖なる鎮魂歌】があるはずだよ。五種全てを国預りにして管理しなよ。一度に魔力を充填《じゅうてん》できないのなら、コツコツと溜めればいいんだよ。アリーの兄弟子たちならわかるよね？」

グレイの言葉に、護衛として扉の両脇に待機していたお兄ちゃんズが頷きます。二人のネックレスと同じ原理だよね。

「その他は王家の筋書き通りで構わないよ。わかってると思うけど、大神官と聖女の後釜はルイスとアリー以外ね。大神官はフォードでも大丈夫だと神様が言ってた。意外に信心深くて真面目らしいよ。血筋的にも揉《も》めないだろうし、これから実力も伴うようになるみたい。だけどマザコンで僻《ひが》みやすいから、精神を鍛えろとの言伝だよ」

グレイの言葉に王子様が頷きます。

「そうだな。後釜については王にお伺いを立てる。元々断罪後に、相応《ふさわ》しい者を探す予定だったのだ。しかしマザコンか……伯爵と共に魔の森にでも行くか？　三月《みつき》ほど頑張れば、一度くらいはアリーの賄《まかな》いを付けてやろう」

「おい！　俺様はマザコンではないぞ！　言いたい放題言いやがって！　貴様は霊獣か？　獣風情に何がわかると言うんだ！」

獣風情って……グレイは獣ではありませんよ！　可愛いモコモコの鳥さんにはなりますけど。

「わかりたくなくても見えるし感じるの。僕だって汚れた心なんて見たくないんだ。できるなら綺麗なアリーと二人で、どこかに閉じ籠《こも》りたいよ。でも叱られちゃうからね。神様も霊獣使いが荒いよ」

グレイ……確かに人の気持ちがわかるのは辛いよね。

「フォード、産みの母親は死んでしまったけど、育ての母親はまだやり直せるよ。病んだ女性たちの心は、可能な限り僕が癒《いや》すよ。正気になってからのケアが大切だから、しっかりと見てあげなね。心配なのに、大神官の手前、近寄れなくてウダウダしてたんでしょ？　これがマザコンと言った根拠」

「……ち……違う……」

「えー否定しちゃうの？　ならアリーのどこに一目惚れしたの？　そのドレスってもろ母親の——」

「母親を心配するのは普通だろ！」

そういえば何よこのドレス！　スケスケヒラヒラの切り込み入り。足の脇なんてパンツまで見えちゃう。背中は丸出しだし、胸元だって開きすぎよ！

「こ……このドレスって、その人の趣味なの？」

「その人なんて他人行儀だな、アリー。フォードと呼んでくれ」

「フォードの変態！　こんな丸見えのドレス着せないでよ！　着替えは誰がしたの？　男性だったらシバキます！」

さすがに着替えは女性がしてくれたそうでひと安心です。

そうして大神殿は一掃されました。大神官と聖女は不正にまみれた他の幹部たちと共に処刑台へ。大神殿内部で監禁され隷属させられていた人々は、解放されて元の生活へ戻りました。

行き場のない人々は、孤児院横に建設された屋敷に移り住みました。孤児院や大神殿内部でキチンとした仕事をし、孤児院にいた魔力の少ない神官の子供たちと共に、助け合いながら心を癒《いや》していったのです。

「ルイスにはあふれ出る才能があったのに、それを呆気なく捨て去った。俺様はそれが許せなかった。毎日少しずつ正気をなくしてゆく育ての母親を医者に見せたくとも、大神官の前ではできない。逃げ出したくとも逃げられない。ならば上を狙おうと努力をしても報われない。どんなに己《おのれ》に鞭《むち》を打っても、最後の聖呪文が習得できなかったんだ……完全なる八つ当たりだな。ルイス……すまん」

動機は違っても、フォードもルイスと同じく大神官を目指していたのね。ぜひとも二人には和解してほしいです。

「俺様は大神官になりたかった。アリーすまん。君を利用してでもな。今更だが、一目惚れは本当だぞ。俺様は説法会の女性に手を出したことはない。たまたま覗《のぞ》いたらアリーと目が合い、つい魔が差したんだ。あのときはまさか君がアリーだとは思いもしなかったんだ」

手を出してはいない……ルイスも同じようなことを言っていましたね。

「魔道具を見破りアリーだと気付いたことには敬意を払いますが……どさくさに紛れて口説《くど》かないでください！　それより、聖呪文を習得できたのですね？」

「昨年ようやくな。だからこそ下克上を画策していたんだが、国が大神殿内に諜報員《ちょうほういん》を潜入させているのにも気付いていた。だから難しくて実行できずにいたんだ。俺様まで大神官たちに巻き込まれるのはごめんだからな。こればかりは霊獣に感謝する」

フォードは約三ヶ月間を魔の森で過ごした後、懺悔《ざんげ》と祈祷《きとう》のためにしばし山奥の神殿に籠《こも》りました。そして大神殿に帰還し、神にも認められたとして、国王と国民の前で聖呪文を成功させ、新たなる大神官に就任したのです。

その横には聖女の象徴である聖なる羽衣を身に纏《まと》う、新聖女が立っていました。彼女は【未来への道標《みちしるべ》】を使用していたヒーラー（治療士）の妹です。兄は聖女の護衛として、神官に復帰しました。

兄は病気治療特化のヒーラーで、妹は怪我や穢《けが》れなどを癒《いや》すケアラーでした。体が弱かったのは、無理やりに魔力を解放されたため。血統の魔道具を継承する血族としての、悪しき慣習によるものだったのです。

血族の魔力を高めるため、高魔力同士の血族婚を奨励する。または、体が魔力に慣れぬうちから高い魔力を取り込ませ、元々の魔力量を底上げする。彼女はその実験体とされていたのです。

日に日に弱る妹を見かねて、兄は血統の魔道具と共に妹を連れ出し逃走しました。

その後妹は一度魔力を全て封印し、徐々に解放してゆくことで、体に魔力を馴染《なじ》ませてゆきました。

大神殿での聖女の役割とは、一人で【癒《いや》しの聖母】を使うことではないのです。神を信じ敬う民衆に、寄り添い心を尽くすこと。目に見える形で癒《いや》しの力を使うことができ、慈愛の心を忘れなければ、聖女の鑑《かがみ》になれるでしょう。しかし……
ごめんなさい。私には絶対に無理です。お断りできて安心しました。人には適材適所があると思うのです。私は万人に愛されるような人にはなれません。唯一の人に愛される自信も、まだまだありませんからね。

さて、大々的に粛正された大神殿内部ですが、王家も介入するほどの徹底ぶりです。大神官と聖女の断罪を筆頭に、大神殿内部の人員は、ほぼ総入れ換えとなりました。

大神官と聖女の代替わりは今後、原点に立ち返って実力主義となり、神殿内部での審査と投票、王家による面接と試験が義務付けられるそうです。

私の母の実家である伯爵家は、領地の一部返還と罰金刑となりました。刑が軽いように思われますが、諸悪の根源は大神官。大神官は現伯爵家当主の兄でしたが、大神官になるにあたって、伯爵家の籍からは抜けています。大神官と伯爵家は形式的には繋がりはありません。

現当主は私を養子にと望みはしましたが、特に害は与えられていないのです。この点が考慮されました。

ただし現当主は妹である私の母への行いや自分の兄を戒《いまし》められなかったことを反省し、自身も魔の森での討伐参加を願い出ました。毎日ヘロヘロになりながらも奮闘しているとか。

ルイスの兄が当主をしている男爵家は、先代が元凶と判断されました。先代は年齢を考慮され、死刑と国外追放は免れました。

しかしルイスを大神殿へ売り渡した確たる証拠もあり、僻地《へきち》の教会へ身一つでの幽閉となったそうです。同じ教会内ではありますが男女別となり、死ぬまで質素倹約を誓い神に仕える身となったのです。幼いルイスへの行いを省《かえり》みることができますように。

男爵は寄親の子爵からの懇願《こんがん》もあり、後継が相応《ふさわ》しく育つまで当主を続けることとなりました。しかしもちろんですが、魔の森への討伐参加は必須とのことです。

寄親の子爵も反省を込め、自ら討伐に参加しているそうです。王家からの刑罰は、厳重注意のみにとどまりました。寄子を管理できなかったこと。そして大神殿の腐敗を憂えるのは良いが、無理やりにルイスを大神官として掲げようとしたこと。正義の剣を振りかざすには、乱暴すぎたことによるお叱りでした。

その他もろもろ……フォードを含め、私の誘拐や殺害に関わった者たちも魔の森での討伐へ……自主的に参加を希望する者も多く、実践向きでない方々への対応にはかなりてこずったそうです。

「まったくもぅ……我が領の魔の森は、犯罪者の更生施設ではなくてよ。指導しなくちゃ役に立たぬ者まで押し付けないでほしいわ」

そんなライラのため息が、しばらく止まらなかったそうです。

血統の魔道具は五つ全てが王家預かりとなりました。有事の際にのみ、王家の管理の下で使用するのです。

現在お兄ちゃんズの使用しているネックレス型魔道具を、血統の魔道具の分だけ作製してもらえないかと交渉したそうです。しかし師匠の弟さんは頑固だからなぁ……

「そんなことしたら、誰にでも使用できるようになる！　そんな危険極まりないもん作るかこのボケ！」

と、案の定一蹴されたそう。しかし第二王子様とお兄ちゃんズが管理の方法などをしっかりと説明したら、以前から仲間と構想していたという人工魔石と、それを利用した魔道具を開発してくれたのです。

通常の魔道具は、セットした魔石に溜まっている魔力を動力として作動しています。

魔石とは鉱山や河川等で、自然界にある魔力が集まり固まったものです。魔物の核も魔物の魔力が固まったものなので、魔石と同じように使用できます。

しかしこういった魔石や魔物の核は使い捨てで、魔力がなくなると割れてしまいます。割れる前に補充できるほど魔力に余裕のある人は少なく、現在これらはほぼ使い捨てとなっているのです。

魔石のように魔力を溜めることができる器が、人工的に作れないか？　繰り返し魔力を補充し、再利用できればなお良いのでは？

その研究がとうとう実を結び、魔力を何度も補充できる人工魔石ができたのです。

その名も【リサイくりんクリン】、また妙なネーミングです。

この【リサイくりんクリン】ですが、使用したのはかなり希少な素材。何か良い素材がないかと王家に相談し、宝物庫から掘り出したもの。たぶん二度と入手不可能とのことで、代替素材が発見されることを皆が願っているのです。

その素材というのが、プリズムスライムの亜種の体液と表皮、それとドラゴンの鱗を錬金した物だとか。

まず我が国には錬金術師がいません。そもそもドラゴンの鱗自体、入手不可能ではありませんが、手に入れるにはかなりの危険が伴うのです。

それに、プリズムスライムでもなかなかお目にかかれないのに、亜種となると更にレア度が急上昇してしまうスライム。ちなみにプリズムスライムは我が国には生息していません。古《いにしえ》の他国からの貢《みつ》ぎものだったらしいのです。

てなわけで世紀の大発明は、残念ながら今回だけの品となりそうで残念です。

そしてそんな人工魔石を内蔵した魔道具が完成しました。

その名も【挟んであげちゃう抱っコアラー】。

別名魔力の貯金箱。一回分の魔力が満タンにならないと、血統の魔道具が作動しない仕組みです。魔力を必要分溜めてから使えやコラ！　と、中途半端な使用や効果を防いでくれるそうですが、長いしまた奇妙なネーミングセンスです。

師匠の弟さんは、これを各血統の魔道具の数だけ用意してくれました。起動に必要な膨大な魔力は、みんなで時間をかけて溜めましょう。

この魔道具が開発される間に、魔の森へ行っていた大神殿関係者たちも帰ってきました。

ちなみに形状はコアラーという魔物がモデルだそうです。【抱っコアラー】は、魔力を満タンにしたら、それぞれの魔道具の持ち手部分を両手両足で挟むように固定します。普段は木にしがみついている魔物だそうで、見た目はなかなか可愛いのです。

魔力満タンになったコアラーが、魔道具に抱き付き魔力をあげちゃう……これが名前の由来とのことです。ぜひいつか、本物のコアラーに会ってみたいですね。

「そういえば、大神殿と孤児院が和解してから、アリーの料理教室やバザーも共同で開催してるよな？　それに毎回、大神官のフォード自ら参加しているぞ。あれは間違いなくアリー目当てだよな？　まあ、妹も参加しているみたいだが……」

言いながらヒーラーがこちらを見てきますが、私に同意を求めないでください。ルイスのジト目が怖すぎます。私は知りませんよー。

「貴重な情報に感謝しますよ。ちなみに妹さんはフォードに惚れています。シスコンならそれらしく、しっかりと妹を見ていなさい」

「マジで？」

「マジです。バレバレですよ」

「ショックだわ……」

絶望した様子のヒーラーを横目に、ルイスが私の手を取ります。

「では私はフォードをしばいてきます。アリーも行きましょう。あ……僧籍復帰おめでとう。頑張ってください。また会いましょう」

「ああ頑張るわ。またな」

「では失礼します。あ……」

「なんだ？　まだ何かあるのか？」

ルイス？　どうしたの？　忘れ物？　部屋を見渡しますが、それらしきものはありません。

「すみません。あのですね……」

なんでしょう？

「なんだよ。早く言えよ」

「……お名前を聞いても？」

ルイス……それはいくらなんでも……

「おい……マジかよ。大神殿で一緒に修行しただろ！　少しも覚えてないか？　これっぽっちも思い出せないのか？　無関心すぎるだろうが！」

「……」

「そのマジですまなそうな顔が、余計に腹立つわ！　ザイルだ！　必ず覚えておけよ！　忘れるなよ！」

「一度聞いたら忘れませんので心配は不要です。ザイルですね。ちなみに私はルイス、彼女はアリーです。ではまた……」

ルイスが扉を閉めて出ていってしまいました。あの？　私をお忘れですよ？

「ふざけやがって！　昔は名前で呼び合ってたじゃないか！　完璧に忘れ去っていたくせに、何が一度聞いたらだ！　しかも貴様が名乗る必要もないわ！　知ってるわ！」

めっちゃ怒ってます。ルイスってば、あとでフォードにこっそり聞けば良かったのに……どうしよう。退室しにくいです。オロオロとしていたら、ザイルと目が合ってしまいます。

「あ……バカかアイツは……一番大事なの忘れてやがる。ああ、怖がらせて悪かったな。ルイスを変えてくれてありがとう。昔のルイスは周囲に無関心だったが、ずいぶん人間らしくなった。俺も頑張るよ。今回は本当に申し訳なかった。いつか妹と、ころポックル亭に食べに行くわ」

「はい。ぜひ食べに来てください」

私は差し出された手をしっかりと握り返しました。

……途端に、握った手が手刀で立ち切られます。

コラ！　ルーイースー!!

グイグイと引きずられながらも、笑って手を振るザイルに、なんとか手を振り返しました。

「ルイスー！　焼きもちなんて可愛いやつだなー。俺はザイルだぞ。二度と忘れさせないからなー」

「大声を出さないでください。うるさいです！　二度と忘れられませんよ！　このシスコンザイルが！」

「それは嬉しいわ。ヤンデレルイスくん。アリーまたな！」

「「……」」

痛いっ！　痛いです！　ルイスってば引っ張るなー。

このあと……キチンと言わなきゃ理解しない私だからと、フォードや居合わせた第二王子様含む新大神殿上層部の面々の前で、いったいいつ用意したのか大きな白百合の花束を差し出され愛の告白をされてしまいました。

愛しているとしつこいくらいささやかれ、今すぐにでも大神殿で結婚式を挙げようと迫られて……

恥ずかしすぎて気を失ってしまったのです。

さあ、ころポックル亭の本日の営業も終了しました。みんなで夕食の賄《まかな》いを食べて、解散します。

ザックとルイスは隣家へ。お兄ちゃんズはいつの間にかこの町に住んでいたらしく、裏のお家があいた途端に引っ越してきました。庭を囲んで繋がっているので、みんなで鍛練をしたりと便利です。

また私の道場での師匠も、一時的に食堂の一階に住んでくれています。私が大神殿とワタワタしてる間、師匠が家の管理をしてくれていました。そのまま用心棒もどきをしてくれています。それに、ザックとルイスの専属護衛の期間はあと半年ほどですが、集中して稽古もしてくれているのです。

二階の私の向かいのお部屋には、猫みみ族のミリィちゃん。ミリィちゃんは、私の弟子として食堂で働いてくれています。辛い過去を乗り越え奮闘中で、本当に努力家で真面目な、元気で可愛い女の子。そこにいるだけで、ホンワカと優しい雰囲気になります。

そんな感じで毎日ワイワイ楽しい日々を過ごしています。この楽しさに慣れてしまうと、みんなと離れるときが寂しいですね。

なんて考えてはいけません！　未来はこれからです。私にもいつか素敵な家族ができるかもしれません。友達だってたくさん欲しいです。たとえ離れても友達は友達です。寂しくなったら押しかけちゃうぞ。

……？

は？　それ聞いちゃいます？　ルイスとはどうなったのか、ですか……

はい。キチンと覚えてます。フォードに操られていた間のことも、頭がしっかりとしたら、全てを思い出してしまいました。正直、忘れていたかったです。

「うっ。私のファーストキスがフォードに！　バカー！」

しかしファーストキスの真実は……

ルイスのバカ！　アホ！　アンポンタン！　本当にバカタレー!!　死んじゃえー！

魔力封じのリングを外すためには高魔力に慣らす必要がありました。

私が雪山ダンジョンからリターンアドレスで自室に戻ったあと、ルイスが何度もキスを繰り返したそうです。そうすることで今まで魔力なしとして過ごしてきた私の体が魔力に慣れた……とのことですが、私は気絶中でまったく気付かず。

ルイスは魔力暴走後で気が高ぶっていたらしいです。部屋に大穴あけてくれたし……ある程度のタイミングでグレイが止めてくれたらしいけど……ある程度って？　もっと早く止めてよ！

でもね？　グレイがファーストキスかな？　鳥さんのときに、クチバシでチョンチョンとキスしたよねー。

そう！　フォードもルイスも事故ですから！

あ！　ルイスはお友達ですよ。

あうっ……背中に刺さる視線が痛い……

はい。ごめんなさい。嘘をつきました。友達以上、恋人未満です。大神殿の事件のあと、衆人環視の中でキチンと告白されました。間違いなく覚えてますってば！

大勢の人の前で恥ずかしげもなく……しかもどデカい白百合の花束のプレゼント付きです。妙に花束が似合うルイス。もらう私よりルイスの方がよっぽど似合ってました。

でも正直、私にはまだ恋愛がよくわからないのです。フォードとのキスはすごく嫌でした。今でも思い出すと悲しくなります。ではルイスなら？　恥ずかしいけど嫌ではなかったのです。

しばらくこの気持ちを育ててみたいと思います。ルイスも、専属護衛が終了するまで、返事を待つと言ってくれました。

周囲のみんなも応援してくれると言います。本当に甘えっぱなしで申し訳ないのですが……私も恋愛面を少し頑張ってみます！　だってルイスと歩いてると、ルイスが美人すぎていたたまれない……顔が近付くと、綺麗すぎて恥ずかしいのです。

これらは全て私の女子力がないからとのこと。隣に並んで恥ずかしくないくらいになるのは難しいかもしれません。でもね。私もそんなことを気にしないで、ルイスの隣を歩きたいのです。ルイスにも恥ずかしい思いをさせたくないしね。

女子力向上頑張ります！　でもこれって、どこかで教えてくれるのでしょうか？

とにかく、自分磨きを頑張ります。なんて、全てライラとミリィちゃんの受け売りですけど。

後片付けに明日の大量仕込みも終了です。明日は魔の森での討伐隊に合流します。

大神殿の方々が魔の森へ籠《こも》っていた期間は終了しましたが、その後も第二王子様の管理の下、定期的な討伐参加が行われているのです。

頑張っている皆様に、第二王子様からの陣中見舞いをお届けいたします。

ライラがお隣で玉ねぎを刻んでいます。ミリィちゃんには白ころ茸《だけ》のクリーム煮の大鍋をお任せしています。楽しそうにふんふん鼻歌を歌いながら、アク取りをしているようです。

「アリー、今日はありがとう。王子が、アリーの賄《まかな》いも付けると言ったのよね。私もまた食べたくなっちゃったし、ラッキーだからお願いしちゃった」

そんなライラに呼ばれて、本日はバリバリ体を使う皆さんのペコペコなお腹のためにと、揚げ物やバーベキューなどのガッツリなメニューを考えていたのですが……

「少しメニューを変えた方が良さそうですよね？　バーベキューをするのもキツそうだし、あれでは胃もたれもしそうです……」

「そうね。でもそれは日頃の鍛練不足と行いのせいだからね。アリーは気にしなくていいわ」

「はい。でも考えてみます」

さてさてどうしましょう。本日予定していた献立はこれです！

■コーン入り玉子スープ。
■ダンジョン産シーフードのフライ。
■白ころ茸《だけ》のクリーム煮。（バターライス又はバゲット添え）
■自家製燻製《くんせい》ソーセージやハム各種に焼きコーン。
■バーベキュー。（肉や魚介に野菜の串焼き）
■ホットフルーツのシナモンアイス添え。

どれもこれもしっかり味が付いていますし、やはりあれだけヘロヘロでは食べづらいでしょう。

ならば！

「ミリィちゃん！　少しいいかな？　クリーム煮のスープと、最後に加えるミルクの分量を、このくらい増やしてください」

「アリー師匠！　了解なのです。人数が増えるのですか？」

「違うの。あれを見てみて。皆ヘロヘロでしょ？　急だから大幅な変更は無理だけど、メニューを少しだけあっさりめにします」

「それは素晴らしい考えなのです！　あれくらいでヘタるなんて、アリー師匠に勝てるはずがありません」

ミリィちゃん？　なぜ私に勝つ必要があるの？

「あいつも！　あの二人も！　許可なくアリー師匠に触れたのです！　なのに情けないのです。口《く》説《ど》く女性より弱いとは！　みみ族ならばフンドシ一丁で町内一周なのです！」

フォードと神殿騎士の二人組……あの二人は確か軽い罰で済んでいたはずです。討伐に参加したんですね。でもなんでミリィちゃんが知っているのでしょう。

「そうです！　アリー師匠がフンドシを知らないと言うので持ってきたのです！　フンドシは男の中の男が、力を見せつけるために締めるのです。今日の討伐数の一番少ないやつに付けさせ、男の中の男を目指して、乾布摩擦《かんぷまさつ》をさせたら良いのです」
ミ、ミリィちゃん……
「あ！　ライラさんー！　素晴らしい考えがあるのですー。聞いてくださいー」

フンドシ……きっと罰ゲームみたいなものなのでしょう。男性陣に合掌《がっしょう》です。止められなくてごめんなさい。

気を取り直してお料理しましょう。新しいメニューはこれです！
■シーフードパエリア。
■白ころ茸《だけ》のクリームスープ。
■燻製《くんせい》ハムやチーズのホットバゲットサンド。
■バッファとゴロゴロ野菜のエール煮。
■丸どりのロースト。
■ホイル焼き。（魚、ウインナー）
■ポップコーン。（キャラメル、塩、カレー味）
シーフードのフライを中止し、炊き込み風の具だくさんなパエリアにしました。食前にレモンを搾《しぼ》れば、サッパリと美味《おい》しくいただけます。

白ころ茸《だけ》のクリーム煮は、伸ばしてクリームスープに。

バゲットは長いまま数ヶ所切り込みを入れ、切れ目にマスタードを塗って燻製《くんせい》ハムやチーズを挟みます。これをホイルでくるくるっと包み、バーベキューの網へのせてしまいます。

燻製《くんせい》ウインナーやお魚なども、ハーブや調味料を加えてホイルでくるみます。網に並べて置けば、中身は何かな？　との楽しみもありますね。

ついでにパインやリンゴ、オレンジやキウイフルーツも、適当にカットしホイルに包んでおきます。あとから網にのせて焼き、冷たいアイスを添えて楽しみましょう。

バーベキュー用に用意していたバッファのお肉は厚くカットして粉をはたき、粗くカットした野菜と一緒に、数個の蓋《ふた》付き鍋に入れます。ざっと炒めて火を通したら、エール（お酒）と調味料を加えてコトコト煮込みます。鍋は六個くらいで足りるでしょう。

次はとりの丸焼きですが、今回は火喰い鳥を使います。

この鳥は魔物ですが、特に人間に害は与えません。ですが体内の魔石が、かなり強い火の力を持つのです。火属性の魔道具にセットすれば、通常の魔石の十倍の威力を発揮します。そのため魔石を取るために大量に狩られ、お肉は安価で市場に出回っているのです。

こちらもバーベキューの串に使用する予定でしたが、大きさもちょうどいいので、丸焼きにしてしまいます。

丸どりはすでに綺麗に処理されています。お腹の中に塩と胡椒《こしょう》をすり込み、皮をむいた丸ごとニンニクやカットした野菜を詰めます。串でお腹を閉じたら野菜を敷き詰めた鍋の中に入れ、更に野菜を詰めてローズマリーなどのハーブも入れます。最後にオリーブオイルと塩を振り、これもバーベキューの網の上にのせておきます。

三台の巨大なバーベキュー用のコンロには、特注の焼き網を固定してあります。それぞれの網に、バッファのエール煮の鍋と丸どりの鍋を二個ずつ、その周囲にはホイル包みを並べて焼きます。

隙間には丸ごとコーンをのせて焼いてしまいましょう。

このコーンはとある地方で豊作すぎて値崩れを起こしてしまったからと、お安く購入したのです。しかも倉庫を空にするため、倉庫二つ分の在庫を根こそぎです。

私のインベントリには、黄色いコーンがてんこ盛りです。ポタージュにサラダにと、しばらくは大活躍しそうです。このプリプリで大粒なコーンならば、たっぷり粒を混ぜたクリームコロッケも美味《おい》しそうです。

てなわけで、デザートにも使ってしまいます。風の魔法でたくさんの乾燥コーンを作りました。これに油を絡めしっかり蓋《ふた》をして、網の上へ。ポンポンと弾けてポップコーンになりました。お塩を振りオーソドックスに。カレー粉を振りスパイシーに。生クリームを加えたキャラメルソースに絡め、こちらは甘みを楽しみましょう。

お料理は全て完成しました。飲み物類はセルフで、おかわりできるように用意してあります。あとは美味《おい》しく食べていただけたなら嬉しいです。

皆さん次々といらっしゃいます。男爵家の元当主であるルイスの長兄と、寄親の子爵様。もう一人の若い方は、次期当主予定の、ルイスの甥に当たる方でしょう。あ！　伯爵家の当主もいます。こちらも息子さんを連れています。

少し遅れて登場したのが、ルイスの兄三人です。次男、三男、四男ですね。三男と四男は冒険者としてたまたま討伐に参加していたそうですが、辺境伯様の計らいでご一緒しているそうです。

お次はフォードとザイルに、神殿騎士のお二人。何やらザイル以外の三人はライラとミリィちゃんに詰め寄られています。まさかフンドシの話でしょうか？　あ！　三人が、バラバラに逃走しました。

最後にお兄ちゃんズとザック、ルイス、そして師匠がやってきました。

実はこの魔の森の合同宿舎には、ホワイトハットのリーダーと魔法使いがいるのです。しかし今はまだ会えません。私たちはギルドのあの部屋での再会を約束したのです。お師匠様たちは討伐に参加しながら、二人の様子をこっそりと見てきたそうです。

「リーダーとやらはもう大丈夫だろう。一本芯の通った顔をしとったわ。魔法使いとやらはまだまだだが、かなり頑張っとった。どうやら男関係で酷《ひど》い目にあったらしいぞ。それがバネになったようだ」

お師匠様の言葉にホッとします。続いて、ルイスが口を開きました。

「お弁当と差し入れは、辺境伯様からの厚意として渡してきました。宿舎のおばちゃんたちにもお渡ししましたので、心配しないでください。皆さんはアリーの焼き菓子だとすぐに気付き、またぜひ会いたいから、遊びに来てほしいと言っていましたよ」

おばちゃんたち……ありがとう……

「まあ魔法使いがいるうちは我慢だな。あ……なら次は結婚式じゃね？　みんなをまとめて呼べば一石二鳥だ。ルイスが我慢できなくてウズウズ鬱陶《うっとう》しいんだよ。頼むからこのムッツリと、さっさと結婚してやってくれよ」

「ザック！　あなたはまた余計なことを！　なら自分はどうなのですか？」

「「……」」

「アリー！　このお肉ホロホロと崩れちゃうよ。丸どりは皮がパリパリしてて美味《おい》しいし、ポップコーンもポンポン楽しいね。ねぇ。うるさいやつらはほっといて、早く食べよう。冷めちゃうよ！」

はーい。グレイお待たせー。もう。ザックもバカですね。さすがに結婚なんて、まだまだ先のお話です。今はまだ気持ちを育てている最中ですよ。

皆さんおかわりをしてくれて、私はミリィちゃんと共にホイル焼きを包み、追加を網にのせてゆきます。

疲労困憊《こんぱい》でヘロヘロだった方々も落ち着いてきたようで、焼けたホイル焼きの中身を確認し、次々と食べています。

しかし丸ごとコーンは食べにくそうにしていたので、風のカッターで身を削いでしまい、ベーコンとバターと一緒にホイル焼きに追加です。ついでに、洗った皮つきジャガイモとバターも包んでしまいます。青菜に卵を落としてココット風もいいですね。

どうやらメニューの変更は成功だったようです。やはり普段体をあまり動かさない方々にはキツいのでしょう。パエリアもお肉類も、しつこくなく食べやすかったそうです。特に焼いたバゲットサンドが大人気で、更に追加しました。

ラストは疲労回復に元気増量バフ付きスムージーをどうぞ。三種のポップコーンと共に、焼き菓子類もお部屋のテーブルにセットしています。バーベキューのあとは、室内でゆっくりとおくつろぎくださいませ。

ちなみにおすすめは、オリジナルブレンドの焼きチーズケーキです。

ライラたちとのお買い物で購入した、あの雪山でも活躍したチーズを使っています。ふんわりスフレにベイクドタルト。別々にブレンドしてもらったためか、どちらも今までより格段にチーズの味が向上しました。まだまだ在庫はありますが、ぜひこれからもお取り引きをお願いしたいブレンドチーズ屋さんです。

慰労《いろう》を兼ねたお食事会は、料理も綺麗になくなり無事に終了しました。このあとは討伐に参加した皆さんで裸のお付き合いとのことでしたので、私たちは先に失礼します。

ちなみに、どうやら例の三人はミリィちゃんとライラから無事逃げ延びたようで、ミリィちゃんが悔しがっていました。

私たちはソファーで休みながら、ルイスから男爵家のその後について聞きます。

「へー。ルイスのご両親が男爵家の当主に戻ったんだね」

「はい。兄の子供が成人し、当主になるまでの繋ぎです。当主だった兄はお城の役人試験を受けました。無事合格したようで、下級官吏から頑張るそうです。将来は、自分の息子の補佐をしたいそうですよ」

「ルイスの家系は文官派が多いの？　なら魔の森は大変だったんじゃない？」

「長兄は死に物狂いだったみたいです。しかし二人の兄は冒険者をしていましたから、程々に剣も使えたようです。この二人も長兄と共に、これからは下級官吏になります。次男は長兄にほぼ軟禁されていましたが、どうやら魔法の才能があるようで、そこを見込まれ子爵家の分家から養子にと望まれました。本人も乗り気のようです」

ルイスの実家も落ち着いてひと安心です。

「そういえばアリー。まだフォードと会っているのですね」

「え？　孤児院のバザーで偶然会うくらいよ？　子供たちも大神官と聖女様が遊んでくれると喜んでいるよ」

「はあ……フォードにも一応釘を刺しておきましたが、危険物にはなるべく近寄らないでください」

はい？　最初のため息は何よ……月にたったの一度だけだし、私にちょっかいかけたのは、ルイスに対抗していたからだと言うじゃない。なら私は被害者ですー。

「いひゃいー。頬っぺ引っ張るなー！」

「フォードは茶化してますが本気ですよ。隙さえあれば婚姻に持ち込まれます。事実、されかけたんですよ！　二人きりでお茶したりもしているそうですね。皆も心配しています。本当に気を付けてください」

えー。ルイスならモテモテだからわかるけど、なんで私？

「ほう？　アリーを好きになるのが、そんなに不思議なことなのですか？　ならば私はどうなのでしょう。アリーはよく、私がモテモテだと言いますよね。ならばその私に愛されているアリーはどうなのですか？　アリーも可愛らしいとモテモテなんですよ。少しは自覚してください」

いやー。いきなりソファーにドンはやめてー！　顔近いっ！　近すぎるってばー！

「アリー愛してます。あなたの全てが欲しい。あなたの心が手に入らぬのなら……」

「……」

マジ？　ルイス？　いやー。どうしよう。動けないよ……やめて……ルイ……ス……

「泣かないでください。泣かせたいわけじゃないんです。アリーにも少しは危機感を抱いてほしいのです。アリーは可愛らしくて素敵な女性です。私の唯一愛する女性なのです。だからこそ、自分を大切にしてほしいのです」

固まる私の唇に、何かが軽く触れる……

「はいはいそこまでー。アリーもそろそろ自覚しないとね。男は狼なんだよ。ダンジョンでも襲われたよね？　ルイスはそれを心配してるんだ。もちろん僕たちもだよ。だからルイスのキスは、心配かけた分で相殺してあげて。ルイスも色々と頑張ってるからね」

グレイ……ありがとう。

「ルイスってば、やだなー。そんなに胡散臭《うさんくさ》そうな顔しないでくれる？　僕はアリーの霊獣なの。アリーのためになることは認めてる。闇雲に邪魔してるわけじゃないよ。だからアリーも安心して。アリーの意に添わないことはさせないよ。神様の力を使ってでもね」

グレイはいつも優しいね。

あれ？　なんだかグレイとルイスの顔が怖いよ？　もしかして、また何かあったの？

「ルイスも大人げないです。グレイをいじめたら駄目ですよ」

「アリー……どう見たら私がいじめているように見えるのですか？　私がいじめられているのです……」

はいはい。わかりました。

大神殿は一掃されました。お母さんの出自も知りました。私は周囲のみんなに支えられ、なんとか乗り越えたのです。私は毎日忙しく、そして楽しく過ごしています。これからもこんな日々が続くことを願うのみです。

天国のお父さんにお母さん。私は元気です。心配しないでください。でもね。お母さんの驚きの経歴を知り、ちょっと疑問も出てきたの。お父さんの遠い祖国はどこなのでしょう。

お父さんの背中には矢を受けたような傷がありました。冒険中にミスをしたと、お風呂で背中を流す私に言いました。それに時々作ってくれた知らないお料理たち。幼い私に時々話してくれた、魔物のいない国の物語。

王様が殺され国を追われた幼い王子様たち。仲間は次々と敵の手にかかり、最後の一人は救助の船に王子を託して海に沈んでしまう……。眠る前に時折聞かせてくれた、あのお話は途中のまま……最後まで聞きたかったな……

仕方がありません。毎日忙しくて、二人はいつも寝るのが遅かったから。なのにその合間に時間を作っては、私のそばに来てくれたのです。

私は私、お父さんとお母さんの娘です。二人の出自なんて関係ありません。二人は私の目標で、素敵な自慢の両親です。胸を張って誇れます。

ホワイトハットに追放されたことも、メンバー全員で乗り越えられたらいいな。私はもう平気です。幸せを掴《つか》みたい。みんなの気持ちも同じだと信じたい……

お父さんとお母さんは、最後まで私を守ってくれました。私も誰かを守れる人になりたいのです。

周囲のみんなを信じて進みます。アリー頑張ります！


久しぶりのギルドの一室です。

ダンジョンの最下層に一人置き去りにされたあの日、私は脱力感でいっぱいでした。無意味とすら思えた専属料理人としての一年間。自分の料理の腕ではメンバーを納得させられなかったのだと、全ては己《おのれ》の不甲斐なさのせいだと責めたのです。でもそれは少しの間のことでした。

過ぎ去ったことは仕方がないし、ちょうど良かったのです。これで心置きなく両親の食堂を再建することができるのですから。

しかしどれもこれも、己《おのれ》が生還できるという確信があったからこそです。私がもしも特殊スキルを得ていなかったら……こんなにも簡単に思考の変換はできなかったと思います。

「確実にダンジョンを脱出することができて、なおかつ危険な目にあうことはない。その余裕があったからこそ、あのときは強気でいられたのです。私だって死にたくありません。だからこそ過剰防衛もしますし、もちろんやられたらやり返しますよ」

「「本当に反省しました！」」

「本当にすみませんでした」

「本当に申し訳なかった」

ホワイトハットの四人で頭を下げてくれます。私にはそれが一番嬉しいのです。

「謝罪を受け取ります。私だって皆さんと同じなんです。己《おのれ》の力不足を嘆きました。たまたま特殊スキルで生還できましたが、それがなければ泣き叫び、連れて帰ってとすがりついていたはずです。私にも落ち度がありました。たとえ一年という契約で、それも無理やりであっても、私もメンバーの一員だったのです。契約以上のことをさせられても仕方がない、文句を言っても無駄だろう。一年我慢すればいいのだからと、私は皆さんに心を閉ざしていたのですから」

「しかしそれは我々が……」

「ルイス？　私も間違いは謝らなきゃ駄目。私は料理人として満足してもらえなかった。私からも色々話をしていれば、不平や不満も言い合えるくらいの関係を築けたかもしれない。そうすれば商業ギルドの損害もなかったかもしれないわ。本当にごめんなさい」

「いや。あなたに謝罪されたら我々の立場がない。契約違反をし、更にはあなたを置き去りにしたのは我々だよ。しかも一部は私の独断で、有罪案件だ。それに料理人としてのあなたには満足していた。それ以上を求めた私が間違っていたんだ」

リーダー……すごく成長したよね。私がこんなことを言えた義理じゃないけれど、一年前ならだんまりだったよね。

「でも私から心を開いて仲良くしていたら、少しは変わっていたでしょ？　コミュニケーションが取れていれば無茶ぶりも減ったはずです。この一年で私もかなり勉強させてもらいました。ルイスとザックに感謝します。皆さん、本当にありがとうございました」

「ルイスにはお礼なんて必要ないんじゃね？　この棚からぼた餅野郎が」

「ザック？　あなたは私に恨みでもあるのですか？　なんなら受けて立ちますよ？」

またザックとルイスが騒いでいます。本当に仲が良いですね。

「おい。揉《も》めてるならやめろ。あとは俺が進行する」

謝罪合戦とならぬようにか、ギルマスが私たちの話を止めに入りました。

「「……」」

「おい。ほらっ。早く……」

「でも……やっぱり……」

「なんだ？　まだ何かあるのか？」

リーダーが何やら魔法使いをせっついています。そんな魔法使いを訝《いぶか》しげに見るギルマスに、リーダーが何かを耳打ちしました。

「本当にごめんなさい。これ……」

魔法使いが席を立ち、私に何かを手渡してきます。小花の刺繍《ししゅう》されたグリーンの巾着袋？　中には何かゴツゴツしたものが入っているようです。

「私に？　開けても良いの？」

魔法使いが頷きます。私は巾着の紐を解き、中身を出しました。

袋に入っていたものは……

白いハンカチに包まれた……クッキー？　クッキーの大きさや形はマチマチだけど、オートミールやレーズンを混ぜたクッキーです。私はクッキーをじっと眺めました。もしかして手作りなのでしょうか？

「私が作ったの。なんとかそれだけ、おばちゃんたちに合格点をもらったの。ハンカチと巾着も私が刺繍《ししゅう》して作ったんだけど、どうしても刺繍《ししゅう》が上手くできなくて……」

指先の絆創膏。頑張ってくれたのがよくわかります。その気持ちがとても嬉しい……

「おばちゃんたちの査定は厳しいからね。合格点をもらえたなんてすごいじゃない。でもまだ彼にはあげてないの？　私が一番では悪いわ。話が終わったら、みんなで食べましょう。ハーブティーを淹《い》れるわよ。小花の刺繍《ししゅう》も可愛い。本当に嬉しい。ありがとう」

「これ花か？」

「花でしょうね」

「可愛らしい小花よ」

「葉っぱしかない……」

「リーダーのバカ！　それは葉っぱじゃないの！　蝶々よ！　てんとう虫もいるじゃない。よく見てよ！」

「「「……」」」

「なんだか一年前に同じような言い合いがあったよな」

「はい。確か調理スキルが……」

「剣士も賢者もうるさい！」

魔法使いの言葉に、リーダーが苦笑いで付け加えます。

「ぜひ皆で食べてやってほしい。すまないが私は味見がたくさん部屋に届いたから……これでも少しは成長したんだ。食えるだけマシと言うか……あまり言わないでやってほしい……」

少しだけなの？　確かにクッキーの形はイビツだけど、カケラをひと口……うぅ……固くて苦いっ……

魔法使いは頑張ったのです。それは、宿舎に遊びに行ったときに聞いたおばちゃんたちの話からも明らかでした。しかし調理レベルは二までにしかならなかったのです。なぜでしょう？　調理はやればやるだけ力になると思うのですが……

「魔法使いは、味オンチなのではないのですか？　料理に文句はつけますが、どんなものを食べても味に文句は言いませんよね？」

あっ！　きっとそれです！　そう言えば！

「たぶんそれですよ！　辛いものや味の濃いものが好きよね？　いつも食べる前に必ず何かしら調味料を振りかけているわ。料理の味見はしていますか？　勝手に指定の量を変えていませんか？あとは見た目を気にかけることと、人に振る舞うことね。振る舞うことはリーダーにできるし、見た目はたくさんの料理を見て覚えていきましょう」

色々な料理を食べてみて、舌で味を覚えるのです。それは味覚の基準にもなりますし、盛り付けの参考にもなるのです。調味料を目分量で加えるのは、舌が味をしっかりと覚えてからのことなのです。

「確かに味は気にしてないかも。どうせ食べる前に何かをかけるから。見た目もソースをかけたら変わらないし……私が料理するとなぜか調味料が余るから、他の料理に足してみたりもしてる……」

「だからか！　いつも味が薄いし、妙な味がするときもある。下手なアレンジはよせ！」

ザック……少し言葉を選びなさい。

「あとは手際かな。慣れないうちはしっかりと段取りを頭に入れ、調味料も全て計量してから料理を始めます。手際が悪ければ余計な手間がかかるから、茹《ゆ》ですぎて食感が悪くなったり、煮詰まって味が変わったりするの。完成したら、まずは何もかけずに料理を食べてみて。お店で提供される味は、すでに完成形で万人向けよ。リーダーと二人でデートがてら食べ歩きでもしたら、きっと楽しく上達できるわ」

なぜか話の後半部分で、室内のみんなの視線が一斉に私に集まりました。そんなに驚かれる話ではないと思うけど？　特にリーダーの顔が……

「あなたからそういう話が出るのが意外でビックリしたよ。変な顔をしていたならすまない。しかし女性は一年で変わるものだな」

えー？　そういう話って何よ！

「リーダー、アリーは何に驚かれているのかを、まったく理解してないぞ。乙女心とはなんたるかを、ようやく最近知ったばかりだからな。しかし後でもっと面白いものが見られる！　俺が保証しよう！　ただし驚きすぎて死ぬなよ。魔法使いもだ！」

ザック？　意味がまったくわかりません！

ルイスがザックを殴っています。またまた仲良きことは美しきかなです。しかしギルマスがジタバタしている二人を制し、話の続きを促《うなが》しました。

ホワイトハットは現在、休止扱いになっています。ランクも保留のままAランクです。もし活動を再開するならば、ギルドでの簡単なテストと手続きが必要となります。

ギルマスが、まずはリーダーに話をするように促しました。

「私は魔の森でたくさんのことを学び、己《おのれ》の根性の甘さと判断力のなさに気付かされたよ。まだまだ力不足かもしれないが、この一年、私なりにかなり頑張ったつもりだ。もちろん初心を忘れず、これからも頑張り続けたいし、ホワイトハットも残したい。しかし魔法使いとの結婚を考えているから、今までのような活動はできないと思う。私はみんなの気持ちを知りたい」

リーダーすごいです。グッと男前になりました。格好いいです！　思わず立ち上がり、拍手してしまいました。魔法使いは横で真っ赤になっています。

「リーダーは、魔の森でかなり鍛えられたようだな。一皮むけたはずだと、皆も太鼓判を押していた。辺境伯が、このまま討伐隊に残ってほしいとまで言っていたぞ。頑張ったな」

魔法使いは、リーダーがプロポーズしてくれるなら、それに従うと言います。

冒険者はいつでもできます。もちろん冒険者をしながら家庭を築くのもいいし、他で働きながら家庭を守るのでもいい。とにかく温かい家庭を作りたいと言います。

「魔法使いはな……手先が不器用なんだよな。だから魔法にも繊細さが欠ける。おばちゃんたちもかなり頑張ってくれたんだが……まあ料理以外は大丈夫だそうだ。甘え癖もなくなった。結婚しても大丈夫だろう」

リーダーと魔法使いの視線が絡みます。照れ臭そうに笑う二人が素敵です。

「俺はみんなに任せるぜ。現在はミリィと、結婚を前提に付き合っている。ミリィの料理の腕が確かになったら、ゆくゆくは故郷で食堂を開く予定だ。俺も家族のために、領地を豊かにする手伝いがしたいからな」

それまでザックは、資金を貯めるためにもガンガン働くつもりだと言います。ホワイトハットが解散するならば、ソロで冒険者をするつもりとのことです。

ギルマスが思案顔で何かを悩んでいます。

「そうか。そうなるともし再開しても、今までのような活動はできないな。そこで提案があるんだが、どうだ？」

ギルマスの提案はこうです。

ホワイトハットは復活させるが、活動は今までのようにミッチリではなく、ゆとりを持って行う。ザックもリーダーも、ソロでもAランクでいけるそうですが、都合が合えばホワイトハットとして依頼をこなすようにします。ソロより依頼の範囲も広がるし、何しろ報酬が格段に良いのです。リーダーも長期の依頼でなければ、結婚して定住しても大丈夫だろうとのことです。

つまり、みんなの都合の合うときにパーティーとして活動する感じですね。

もちろん、ソロでも安心で割のいいクエストもあります。ならばパーティーとソロを組み合わせて稼げばいいのです。

「この辺りのダンジョンには、アリーが全て潜《もぐ》っている。だから瞬時に移動できるぞ。アリーもホワイトハットに入ったらいい。どうせ週に一度は採取で潜《もぐ》るんだ。ダンジョンに一日潜《もぐ》ればかなり稼げる。今のアリーならAランクでの戦闘も可能だ。料理しかしないから追放だとは、さすがに言えないぞ。ガハハハハ！」

ギルマスってば……

「それはホワイトハットとしては嬉しいし、正直助かります。ホワイトハットの拠点は処分して皆に分配し、私と魔法使いはその資金でこの町に定住するつもりです」

「俺はいずれ故郷に戻る予定だから、今は住めればどこでも構わない。金はいらねえから、二人の結婚祝いとして使えよ。合わせれば新築は無理でも家くらい買えるだろ？」

「そうですね。私もいりません」

「「……」」

「お前たちの気持ちは理解した。あとはギルドに任せろ。商業ギルドと相談して、明日には良い話にまとめてやろう。二人とも、今晩はアリーの家に世話になれ。なんならザックたちの家でもいいぞ。今はザックしかおらんからな」

「賢者は？」

「そうよ。賢者はどうするの？」

ルイスに一斉に視線が集まります。

もう！　自分だけ理由を話さないから、余計な注目を浴びてるじゃない。

「私はアリーと住んでますから」

「「はあ？」」

ルイスのバカたれ！　どうしてまたそんな言い方を！

「違うの！　少し前に師匠が道場に戻ったから、警備員代わりに住んでいるの！　私はミリィちゃんと二階で、ルイスは一階だから！」

アタフタと慌てる私を見て、ニヤニヤと笑うザック。なんでしょう。嫌な予感しかしません……

「これがようやく知った乙女心ってやつだ。しかしアレにコレだからな。生暖かい目で見てやってくれ。ちなみに俺とミリィは相思相愛だ！　いつでも結婚ＯＫだからな！」

いきなりの爆弾発言に、リーダーと魔法使いは固まったままです。二人がなんとか復活したところで、本日は解散。私たちは明日の午前中に、再度この場に集まることとなりました。

確かに驚くわよね。

さあ。夕飯は奮発して良いお肉を用意しましょう。ホワイトハットの皆さんは肉好きのはずです。それから甘いスイーツも。魔法使いは大のスイーツ好きでしたから。

よく食べよく眠った私たちは、翌朝、再度冒険者ギルドを訪れています。しかし今回は人が増えています。昨日はメンバー四人と私に、冒険者ギルドのギルマスでした。本日はそれに加え、ミリィちゃんと商業ギルドのギルマスに、お兄ちゃんズが同席しています。

今日もやはり謝罪から始まりました。商業ギルドに対する、ホワイトハットからの謝罪です。謝罪が済むと、冒険者ギルドのギルマスが話を始めます。

「では勝手ながら冒険者ギルドからの提案を伝える。これは未来ある若者たちへの、大人からの提案だ。もちろん、我々ギルド側にも利はある。一つの候補として考えてみてほしい」

ギルマス二人が、私たちに書類を見せながら説明を始めます。

まずはリーダーとザックのこれからの職業について。普段はお兄ちゃんズ二人に付き、国の討伐依頼やクエストを請《う》け負《お》います。泊まり掛けも多少はありますが、定期的に仕事も入るし収入も安定します。お兄ちゃんズがサポートし、しっかりと鍛え上げてくれるそうです。

「ザックは開業資金を貯めるのに良いだろう」

「リーダーも同様だ。結婚資金を貯め、己《おのれ》を更に鍛える。Sランク試験のためにもなるし、貢献次第では騎士団にも入団できる」

それはなかなかの出世です。ギルマスは、本当にみんなのことを考えてくれています。

「ホワイトハットとしての活動は、その合間にすればいい。国の依頼も毎日あるわけじゃないからな」

そうだよね。お兄ちゃんズもその合間に、私の採取時の護衛をしてくれていたのです。一緒にギルドのクエストをこなしたりもしました。

「次は魔法使いだが、やはり結婚するのに味オンチではまずいだろう。近々アリーの食堂のテイクアウト専門店を城下町に出店する。そこの売り子をしたらどうだ？」

これは前々から商業ギルドに請《こ》われていた案件です。しかし日保ちしない生菓子やお弁当も置いてほしいと相談されていたため、お店を任せられる人を探していたのです。

「生菓子と弁当の運搬で、アリーはほぼ毎朝そちらの店に飛ぶ。それに便乗すれば移動も楽だ。見習い中のミリィと交互に働いたらいい。二人には将来の経営のためにと、商業ギルドが帳簿のつけ方から教えてくれるそうだ」

城下町のお店は、商業ギルドの管轄《かんかつ》となります。私はお菓子や料理を卸すだけです。

ミリィちゃんと魔法使いは、シフトを組んで食堂とお店で働く形になるわけです。つまり食堂で調理やお料理を習い、店舗でお金の扱いや経営について学びます。お給料はまとめて商業ギルドから支払われます。

私は賄《まかな》い付きで弟子兼店員さんを、商業ギルドから派遣してもらう形になるわけです。将来二人が独立してからも、若者育成のため、同じように私にはお弟子さんを取ってほしいそうです。

「ルイスは……まあ自分で決めろ。どうせすでに手回し済みだろう」

「まあ程々にですよ？」

程々って何？　怖いんですけど。

「まったく食えないやつだな」

「食われたくもないですから」

こっ、怖すぎます……

「お次は住む場所だ。ルイスとミリィは今まで通り。ザックはアリーの兄弟子たちのところを間借りしたらいい。ミリィのそばにいられるし、仕事も楽だろう。もちろん家賃は取るぞ。まあ食事はほぼ食堂で出るんだから安いものだ。頑張って資金を貯めるんだな。大家は兄弟子たちだが、家賃の支払いは商業ギルド経由になる」

ザックが書類を受け取りささっとサインをします。すると、キチンと読め！　と、ギルマスに叩かれてしまいました。

「次はリーダーと魔法使いだが、あいたザックの家はどうだ？　元は新婚用の住居だから部屋数もある。アリーの食堂の中庭を囲み、三軒繋がっている。仕事もしやすいし、訓練などもしやすいだろう。家は買い上げだが、商業ギルドが面倒を見るそうだ。成立すれば、好きな色に塗り替えてくれるそうだぞ」

「しかしいきなりそんな贅沢《ぜいたく》は……」

「心配は無用です。まずはこちらをご覧ください」

商業ギルドのギルマスが、リーダーと魔法使いの前に書類を並べます。それにはマイホーム資金返済計画が詳しく記載されていました。

商業ギルドのマスターは、若い人材を大切にしてくれる人です。私もテイクアウトの露店を出していた頃は、本当にお世話になったのです。

過ぎたことだけど……両親の食堂を買い戻したとき、リーダーが支払った、専属料理人としての契約料の名義をどうするかなんて、私はまったく考えてもみなかったのです。当然私名義だと信じて疑っていなかったのです。

でもギルマスがそこまで考えてくれていたから、心配して冒険者ギルドに聞いてくれていたから……冒険者ギルドのギルマスも、私の危機に気付いてくれたのです。

この町の人々は本当に温かいね。両親と過ごした思い出もあるし、私はこの町が大好きです！

ザックに続き、リーダーと魔法使いも書類にサインします。

「なんだよー。じゃあ俺とミリィだけ別々じゃん」

一斉に視線がザックに集まります。

「まだ結婚してないだろうが！」

ザックの頭にギルマスのチョップが炸裂です。

「いてー。でも皆もまだじゃん……しかもヘタレのくせに誰かはすでに同居してるし……ズルくないか？」

「仕方がないですね……」

なぜかルイスが立ち上がりました。ツカツカとソファーに座る私に歩み寄り、膝をつくと私の手を取り甲にキスを……

……って！　ちょっと！　いきなり何しちゃってるのよー。みんなが見てるじゃないー！

「ルッ、ルイス……」

「アリー。私はあなたを愛しています。もうあなたのいない生活は考えられません。否。ありえないのです。どうか永遠に私のそばにいてください。生涯あなただけを愛すると誓います。あなたの愛を乞う私を哀れに思ってくださるならば、どうか唇への口付けをお許しください。アリー、私と結婚していただけますか？」

そうして、マジックバッグから取り出した大きな白い百合の花束を手渡されました。

「いきなりプロポーズなの？　恋人になるかの返事もしてないのに……」

「お嫌ですか？　大神殿でも大神官になったフォードの前で、私はあなたを愛していると宣言しました。今更恋人では、私の理性が保てません。ぜひ本物の夫婦として、新婚旅行へ行きましょう。二人でダンジョンに潜《もぐ》りお宝探しをしましょう。私はアリーの笑顔を見ていたいのです。どうか私と結婚してください。一生そばにいてください」

恥ずかしさに思わず周りの様子を窺《うかが》ってしまいます。

ザックはあんぐりと口を開けています。ミリィちゃんがその背中をバンバンと叩いています。二人はいいカップルだよね。リーダーと魔法使いは……完全に思考が停止しているようです。微動だにしません。当たり前です。意外すぎるしルイスのキザキャラが寒すぎです。

でも私も……ちゃんと言わなきゃ伝わらないのです。

「いきなりのプロポーズにはビックリだけど、私も新婚旅行ならルイスと行きたいです。定休日に二人でダンジョンや採取に行って、帰りの町でのデートも楽しかった。いつも私に合わせてくれてありがとう」

駄目だ。恥ずかしすぎです。でもキチンと最後まで伝えなくちゃ……

「私ももうルイスがいない生活は考えられないよ。私こそルイスにそばにいてほしいです。生涯あなただけを愛すると誓います。よろしく――」

「アリー！　ありがとうございます……嬉しすぎてこのまま部屋へ……」

「くっ、苦しい……」

いきなり口を塞がないでー。みんなが見てるよー。恥ずかしいから放してー！

パリンと、突如何かが弾ける音がしました。

「ルイス、気持ちはわかるがそろそろ離れろ。さすがに部屋には行かせないぞ。どうやら二人の気持ちは本物のようだな、おめでとう。弾けたのは【幸せの指輪】だよ。相思相愛というわけだ。まあそれなら誰にも邪魔はさせせんよ。仲良くしろ」

ギルマス！　止めてくれてありがとうございます。

【幸せの指輪】？　あー。三角ウサギのメスの押し付けがましいやつ！　まさか壊れちゃったの？指を見ると、確かに指輪がありません。

「ほら。ここにあるぞ」

ギルマスに示された机を見ると、ちょこんと細長い小箱が一つあります。

「【幸せの指輪】は形状変化する。相思相愛で一回目。本当に結ばれて二回目。二回目の際に、夫婦にはぴったりなラブ効果とやらが発動するらしい。継続する効果らしいが、どの夫婦もその詳細は教えてくれないんだ。ぜひ検証して教えてくれ。今回は一回目だな。ほら、中を開けてみるといい」

「ギルマス……それは教えられないような効果なのでは？」

リーダーナイス！　私は絶対に教えません！

ルイスを見ると、箱を開けるよう促してきます。私は小箱を手に取り蓋《ふた》を開けました。

中にはピアスが二組。空色と紫色のピアスです。私たちの瞳の色でしょうか。

「ほう。ピアスになったか。一回目は分裂してペアになるんだ。しかし形状は持ち主により変化する。指輪が一番多いが、ブレスもかなりある。アリーが料理人だから、ピアスになったのかもな。互いに相手の瞳の色を付け合うんだ。どうせなら、ここで装着したらどうだ。ん？　アリーは穴は開けてないのか。なら技師を呼ぶか？」

あ……ピアスはしていません。

「大丈夫です。私が魔法で開け、装着します。魔法なら痛くもないですよ。ではアリー、ちょっと失礼しますね」

ルイスの指が耳たぶに触れ、パチンと音がしました。確かに痛みはまったくありませんでした。

私が耳たぶを気にしてる間に、ルイスは自分のピアスを装着しています。

「本来ならアリーに付けてもらいたかったのですが、初めてのピアスであれば人に付けるのは難しいでしょう。耳たぶは大丈夫ですか？　痛くはないですか？」

「大丈夫。まったく違和感もないよ。本当は痛いの？」

「一瞬のことですが、やはりチクリと痛みます」

「痛くなくて良かった。ルイスありがとう」

「いえいえ。他人がアリーの体に穴を開けるなんて冗談ではありません。しかも膿《う》んだら、治療に通わなくてはならなくなります。私なら痛みを与えることはありません。いらぬ心配はしないでくださいね」

与えることはありません？　もう終わったんだから、過去形では？

「相変わらずのむっつりルイスに鈍感アリーだな。お似合いの二人だよ。それで？　二人は結婚するわけね。すぐにするのか？」

ザックが立ち直った！

でも結婚なんてさすがにすぐには……

「そうですね。結婚していないのに同居がまずいと言うならば、すぐにでも結婚式を挙げましょう。大神殿が、無料で挙式をしてくれるそうですよ。なんならリーダーたちとザックたちも一緒に挙げますか？　挙式料は無料です」

「どこまで用意周到なんだ！　どうせフォードでもしばいて、最初から準備してたんだろ？　俺らは大神殿なんかでの挙式はゴメンだ」

ザック……たぶんそれが正解だよ。

「ルイスにアリー、結婚おめでとう。さすがにビックリだが、追い追い話を聞かせてくれると嬉しい。しかし私たちも今回は遠慮したい。さすがに大神殿で挙げる勇気はないな」

「そうね。私は町の教会で構わないし、挙式はなしで報告だけでも十分だわ。でもあのルイスが結婚……しかも相手がアリー……ルイスの変わり様が怖すぎる。でもアリーが変えたのね。そしてアリーも変わった。ちょうどいいんじゃないの？　でも子供の性格は、キチンとミックスされるといいわね。結婚おめでとう」

「「……」」

リーダーは相変わらずの生真面目ぶり。魔法使いは結構な毒舌です。

「確かにな！　腹黒と能天気！　モテモテと鈍感！　ミックスされなきゃ大変だ。じゃなきゃ恐ろしいことになるぞ」

ザック……また余計な茶々を……

「はいはーい。そろそろ脱線はやめてよ。でないとルイスが切れそうだよ。ルイスとアリー、結婚おめでとう。どうせなら大々的にやりなよ。神様も祝福してくれるって」

グレイ？　いつの間に？

「僕はいつでもアリーのそばにいるよ。だから心配しないで。ルイスのことは一応認めたんだからね。一応だよ！　アリーを不幸にしたら即地獄行き。わかった？」

「はいはい。もちろん、不幸になんてしませんよ。一生放しません。なんなら監禁しましょうか？　デロデロに溺愛して差し上げます。なんてヤンデレたら困りますよね？　そうしたいのは山々ですが心配はいりません。それがアリーの幸せではないことを、私はキチンと理解していますよ」

「ルイス……はいは一回です」

「アリー、つつくのはそこじゃないよ……」

ルイスってば、自分でヤンデレたいのは山々だとか言う？　もしかして私、選択を間違えたの？

「アリー、大事なところに気付いてくれて良かったよ。はいは一回とかズレたこと言ってるから心配したよ。ほらー。ルイスが邪《よこしま》な考えを駄々漏れさせてるから、アリーがひいちゃってるよ。逃げるなら僕は全力でアリーの味方をするよ」

やっぱりグレイは頼りになるね。

「グレイありがとう」

「うん。今の僕は、アリーの守護聖獣なんだよ。霊獣からランクアップしたの。だから一生見守れる。絶対に先には死なないし、アリーの子々孫々までを見てゆくよ」

「私がお婆ちゃんになっても？」

「うん。可愛いお婆ちゃんになりそうだね」

「私が先に死んじゃうね」

「きっとルイスが先に死んじゃうよ。でも僕がいるからね」

グレイありがとう。なんだかお父さんみたいです。

幼児姿のグレイを抱っこすると、いきなりぼんっと大きくなりました。冒険者ギルドのギルマスくらい？　すごいイケオジ様です。私がお父さんみたいと言ったから？　ありがとう。

グレイにしっかりと抱き付くと、なぜか涙が頬を伝います。

「ルイスは睨まないの！　もう。本当に心が狭いなー。僕はお父さん役だよ？　あんまり酷《ひど》いとアリーを連れてくよ。霊獣では無理だったけど、聖獣には伴侶が認められてるからね。まあアリーが魂になってからでも遅くないけどね」

暴れるルイスをザックとリーダーが宥《なだ》めています。もう。からかわれてるのがわからないの？

「確かにルイスって子供っぽいかも。グレイに遊ばれちゃ駄目じゃない」

「大丈夫です。私はしっかり大人です。アリー？　覚悟してくださいよ。これだけ私を煽《あお》ったのですから……」

「……」

ルイスのジト目が怖い……

煽《あお》ってなんていませんから！

ホワイトハットが活動を再開して数ヶ月後、晴天の下で私たちの結婚式が行われました。

こんなに大規模な式になるなんて……これではまるで王族の結婚式のようです。誰得なのよ……

めっちゃ恥ずかしいです。無事に大神殿での挙式を終了し、着替えたあと、お城の広場までオープンカーでパレードです。

ルイスと私はようやく控え室にたどり着き、イスに腰を下ろしてひと息つきました。

「ねぇ。私たちのパレードって誰得なのよ」

「皆得ですよ。アリーの美しさを皆に見せつけましょう。そして私のものだと大々的に知らしめるのです」

誰も知りたくないってば！

「アリーのお菓子も配りますから、街道はすでに人であふれているそうですよ。騎士団まで出てくれています」

それは違います！　挙式の参列者がすごすぎるんです！　あれでは警備が何人いても足りません。

「私はフォードが挙式の神父をするなんて聞いていません。大神官が取り仕切るのは、伯爵以上の貴族じゃないの？」

「フォードは私の同期です。しかも散々迷惑をかけられました。アリーのキスまで奪ったのです！それくらいしていただかねば！　それに我々は、ころポックル商会の代表ですよ。しかも貴族位に準ずる身分もいただきました。資格は十分です」

「……」

実はころポックル亭が商会になりました。食堂は商会の一部になったのです。商会の顧客には、貴族の方々がたくさんいらっしゃいます。

更には今回の大神殿事件での活躍もあって、私たちに貴族という肩書きを持ってほしいと言われました。実は特殊スキルのことで個人的にも、以前から一代限りの貴族位を与えたいと言われていたのです。しかしそれを受け入れたら、両親の食堂を再開できません。そのためにずっと辞退してましたが、どうしても嫌ならばと、今回それに準ずる身分を国からいただいたのです。

正式名称はもっと長いんだけど、略して外交名誉特使。覚えきれませんでした。身分的には宰相さんと同等になるそうです。

でもそれって重すぎるんですけど？　しかし、私たちの身を守るためだと言われては、断れませんでした。やはり一平民としてでは、有事の際に侮《あなど》られてしまうそうです。

それにこれから商会を運営していく上でも大事なこと。下手したら、国に迷惑をかけてしまいます。

国としては、私とルイスに近隣諸国との外交を行ってほしいらしいのです。新しく珍しい各国の輸入品などもころポックル商会で販売してほしいとのことです。

ころポックル商会で先行販売し、売れ行きが良ければ、国内に広めるそうです。私たちが仕入れた品で、お試し実演販売をする形です。これは私の特殊スキルを生かせるお仕事ですね。

しかし突然のお話にビックリです。

実は大神殿の新上層部と大神官、聖女が正式に決定した際に、王家主催で新体制を発表するためのお茶会があったのです。そのお茶会には近隣諸国の方々も来ていました。

私はリターンアドレスとインベントリを活用して、国を跨《また》いでギルドの荷物を運んだりもしています。また有事の際には、大掛かりな結界を張りに行くこともあります。そのため特にギルド関係者には顔見知りも多く、ルイスとお茶会に参加していたところ、声をかけられたのです。

また、そのお茶会には、たくさんの島国が集まってできているという、帝国からの使者が来ていました。帝国は長らく鎖国をしていました。しかし皇帝が代わり、鎖国をやめて国を開きたいと言っているそうです。

帝国にはたくさんの島々があり、新鮮な魚介類も生で食べられるそうで……ついつい私は話し込んでしまったのです。そしてその様子を見られていたため、ちょうどいいとばかりに任命されてしまいました。

「あの参列者もそのせいなの？　冒険者ギルドと商会ギルドの幹部に、我が国の王様や王太子様も参列してるし……確かに話したことはあるけど隣国の王様もいたし、更には帝国の大臣って方までー　大御所ばかりで何かあったらどうするのよ……」

「大丈夫です。グレイが国全体に結界を張ってくれています。神が祝福してくれているのです。心配することなんて何もありません。それに皆様、自ら出席を望まれたのです。私は招待はしていません。貴族の参列者は、第二王子に一任しましたから」

もう何を言っても無駄ですね。

「アリーそろそろ着替えましょう。しかしこの帝国の衣装は便利ですね。女性用も一人で着られるとは。帯が作り帯で、本体をドレス風にしているんですね。本来ならば何枚も重ねて着用し、ヒモでグルグル巻きにされ重く苦しそうです。頭に挿すお飾りも、全て装着するのみとはお見事です」

そんなことを言いながら、ルイスはさっさと着替えています。男性は簡単だからあっという間に終了しました。

「お手伝いは必要ですか？」

「必要ありません。着替えたら呼ぶので、頭のお飾りの確認をお願いします」

グイグイと押しながら、扉の方へと押しやります。

「……アリー……」

ん？　何か……？

「本当に結婚したんですよね。あの真っ赤な長いバージンロードを白いドレスのアリーと腕を絡め、フォードに大神官としての初めての大仕事をさせました。亡きお父様には申し訳ありませんが、腕を絡めるのは私だけ……もう感無量です。誓いのキスのあとは白いドレスのまま、私色に染めたかった。しかしもう少しでアリーの全てが手に入ります。本当に長かったです……」

「……」

やだなぁ。そんなことで泣かないでほしいです。拗《こじ》らせすぎて正直怖くなってしまいます。

さすがに私ももう、ベッドで抱き合いキスしたらコウノトリが来るとか言わないよ……

「もう少し待ってね。私もルイスの全てをもらいたい。私をもらってくれてありがとう。でも今は外に出ていてくれる？　……こら！　こっそり開けないで!!」

まったくもう……

パレード中の衣装は、親善にと贈られた、帝国での婚姻時の正装を着用しました。近いうちに鎖国を解くつもりの帝国との、交流や文化の宣伝のために、私たちのお色直しの衣装にしたのです。海を隔《へだ》てた帝国には、かなり独特の文化やしきたりがあります。文化交流をし、互いに理解し合い、素敵な関係が作れると嬉しいですね。

私とルイスの用意が整い、お兄ちゃんズが呼びにきてくれました。私たちがオープンカーに乗り込むと、大神殿をバックにお城の中庭に向けて動き出します。

私とルイスの衣装は帝国のものなので、人々の目を惹きつけています。色とりどりの布地を使い、金銀の繊細な刺繍《ししゅう》が細部に施《ほどこ》されているのです。古風で正式な衣装だと着付けや重さで大変なので、今時の若い皇族が結婚する際に使われるアレンジ衣装を用意してくれたそうです。

すでに大神殿前から人だかりができているため、道を広げようと、軽い風の魔法をかけながらお菓子を投げます。個包装されたお菓子が、フワリと風にのって空高く舞い上がりました。

一斉にわあっと歓声が上がります。

あれ？　お菓子と共に、空からたくさんの花びらが落ちてきました。誰かがまいてくれたのでしょうか？

これは僕からの祝福だよ――

どこからか、グレイの声が聞こえた気がしました。

花びらとお菓子の舞う人混みの中、オープンカーがゆっくりと走っています。

沿道の人々に手を振ってにっこりスマイル。運転席と助手席にはお兄ちゃんズ。私たちの後ろには、第二王子様とライラの二人です。二人は結婚式での見届け人をしてくれました。私たちと共に笑顔を振りまきながら、一緒にお菓子をまいてくれています。

目的地はお城の広場です。到着して少し休んだら、お城での晩餐会《ばんさん》と舞踏会に突入します。私たちが解放されるのは、深夜になりそうです。これらは外交名誉特使としての交流会みたいなもので、参加するのは我が国と近隣諸国のお貴族様やお偉方がほとんど。

私たちの住む町でのお披露目《ひろめ》は、新婚旅行後に行う予定です。

新婚旅行のため、今晩解放されたらそのまま、王家の避暑地だという別荘に向かいます。約二週間のバカンス期間をいただきました。なんだか長い感じもするけれど、帰宅したら外交名誉特使としての仕事がミッチリらしいです。

……私の本業はあくまでも、ころポックル亭です……

オープンカーは街道を抜け城下町を通り、そろそろお城の広場に到着しそうです。見上げると、抜けるような青い空。あれ？　突如白い雲の影から、たくさんの小鳥たちが飛び出してきました。

赤、青、緑、黄色、色とりどりの小鳥たちが、オープンカーの上をクルクルと旋回しています。

何事かとみんなが空に注目している中、一羽の小鳥が急降下してきました。

「幸せの青い小鳥さんだ！」

空を指さし子供たちが騒ぎ出します。

水色の小鳥！　あれは間違いなくグレイです。

水色の小鳥はオープンカーの前のエンブレムにちょこんととまり、こちらを見ています。やがてムクムクと少年姿になり、空に向けて翼を広げました。それとほぼ同時に、他の小鳥たちが色とりどりの花びらに変化して、舞い始めます。まるで空から降り注ぐカラフルな雪のようです。

グレイの人型も、今日はいつもより大きくて素敵です。

「アリー、結婚おめでとう。ルイスもね」

グレイが私の持っていたお菓子のカゴを持ち、空へ飛び立ちます。上空から、色とりどりの花びらと共に、お菓子が風にのってヒラヒラと降ってきます。私たちも一緒に、再びたくさんのお菓子を投げ始めました。

到着したお城の広場は、花びらでビッシリと埋《うず》もれていました。その中央に停まるオープンカー。その周囲を優しい風が吹き、積もった花びらを巻き上げてゆきます。やがてそれは青空に舞い、消えました。

「ではラストね！　世界に～そして皆に祝福を～神様からのプレゼントだよ！」

広場一面にキラキラとまばゆい光があふれ出し、それらはやがて輝く蝶になり飛んでゆきます。どこまでゆくのでしょう。日の光が反射して本当に綺麗。

あまりに幻想的な光景に、広場に集う人々からも歓声が上がります。それらが収まる頃、グレイは再び水色の小鳥になり飛び立ってゆきました。

グレイありがとう。神様ありがとう。みんなありがとう。

広場を抜け、ようやくお城に到着しました。しばらく休んで晩餐会《ばんさん》に舞踏会です。また着替えです。もうひと踏ん張りしなくてはなりません。

全てが終了して解放され、時間を見ると、ギリギリ日にちが変わっています。ドレスを脱がせてもらい、あとはお風呂に入るだけになりました。ようやく休憩タイムですが、正直身も心もクタクタです。

「……」

天国の両親に見てもらいたかったです。

お父さん。お母さん。私は今日結婚したよ。旦那様はめっちゃ美人さんで隣を歩くのが恥ずかしいくらいなの。でも私を好きだと言ってくれるのです。何度も何度も繰り返し、優しく愛をささやいてくれます。

私ももちろん大好きです。ううん。愛してます、だよね。人の気持ちは難しいです。だから私もキチンと伝えなくては。

それからね。ホワイトハットはSランクになったの。しかも私もその一員なんだよ。みんなすごく強くなっていました。でも、私も足手纏《まと》いにならないくらいに戦えるよ。定休日の度に、ルイスとダンジョンで頑張ったのです。

あと、食堂が商会になったの。私的にはあまり変わらないんだけど、たくさんの人たちに美味《おい》しい料理を食べてもらえるのは嬉しいです。

更にはルイスの企画で、店舗スペースを大改装しました。

テイクアウト部分を壊し、スペースを全て食堂に改装。かなり広くなり、メインのランチも並ぶ時間が短縮できます。更に奥にカウンターを取り付け、お酒落《しゃれ》なお酒を提供する場所を作りました。

お酒は前々からお客様に言われていたけれど、私が二の足を踏んでいました。家族の団らんを減らしたくなかったのです。

でも、変わったあとでも家族連れで来てくれるお客様も多くて驚きました。お酒がエールからカクテルまで、幅広く取り扱っているのが良いそうです。それに合わせて、お料理もおつまみ的なものから、お洒落《しゃれ》な小皿料理までと幅を広げました。軽い食事になりそうな品も増やしたのです。

ディナーが二十時まで。二十時から二十三時までがお酒の提供タイム。

時間帯も良かったみたいで、恋人たちのデートスポットにもなりビックリ。日にちを跨《また》がない営業時間が、女性に信頼されてるそうです。もちろんカクテルやお料理の味も好評で嬉しいの。

最近は家族の記念日や、奥様方の飲み会にも使われています。

店舗からなくなったテイクアウト部分は、お隣のリーダーの家の一階に移ったの。元々部屋数が多いお家だったから、子供ができても、二階部分だけでの居住が可能でした。一階にはダイニングキッチンともう一部屋を残して、テイクアウト兼喫茶スペースに改装したのです。

　魔法使いはお料理はまだまだだけど、分量さえ正確に量ればドレッシングやソースは作れるようになりました。最初はドリンク系やスープやサラダ類、徐々に品数を増やしていく予定です。最近はプリンやゼリーも失敗しなくなりました。

　タルトやパイなども店内のショーケースに並び始め、毎日笑顔で働いています。飾り付けや盛り付けのアレンジを考えたり、リーダーと一緒にものすごく頑張ってます。ファイトです。

　てな感じで私は元気です。

　天国のお父さん。お母さん。私を産んでくれてありがとう。育ててくれてありがとう。本当は一緒に祝ってもらいたかった。でもそれは私の我が儘《まま》です。それは理解しています。本当にありがとう……

　トントンとドアをノックする音がします。たぶんルイスでしょう。ちょっと考え事をしすぎたのかもしれません。

「アリー？　泣いていたのですか？」

　やはりルイスです。泣いてはいません。しんみりしていただけです。

「遅くなってごめんなさい。まだ着替えてないの。もう少し待ってくれる？」

「大丈夫です。そのまま行きましょう。下見しましたから飛べますよね？　深夜ですので恥ずかしくもありませんし、手ぶらで大丈夫とのことです」

バスローブ姿の私をヒョイと抱っこするルイス。

「では転移をお願いします」

確かに別荘の視察には行きました。王家のものであるため、私から見れば立派なお城でした。しかも使用人付きだとか……視察のときのように、ズラリと門に並ばれるのは嫌ですよ？

「大丈夫です。部屋まで飛んでしまいましょう。さすがに蜜月の邪魔をする者はいません。第二王子にもシッカリと釘を刺してあります。アリーは何も心配なさらず、私の腕の中で二週間を過ごしてください」

ニコニコ笑顔にもう何も言えません。何を言っても無駄そうです。しかし二週間の監禁もどきは絶対に嫌です。

別荘のきらびやかで豪華なお部屋に着くなり、私はこれまた豪華な天蓋《てんがい》付きのベッドに落とされました。ジリジリと追い詰めるように、ルイスが迫ってきます。

「ひゃあっ！　ルッ、ルイス待っ……」

「さすがにもう待てませんよ……」

でもせめてお風呂に入りたいのですが……

あれ？　何やらこちらへ向かってくる足音が……まさかお客様でしょうか？

ドンドンドン！　ドン！　ドドン！

「ルイス！　いるのはわかっているぞ！　邪魔なのは私とて理解している！　本当に悪いと思って

いる。だからここを開けてほしい。緊急事態だ！」

「本当にお邪魔虫ですね。やはり王家の別荘になど来るべきではありませんでしたね。アリーは隣の部屋にいてください」

「はーい。ならお風呂に入ってまーす」

第二王子様ナイスタイミングです！　一人でささっと入ってきまーす。

私がお風呂に入り着替えてくると、なぜか応接間には第二王子様しかいませんでした。

「アリー、本当に申し訳ない。帝国からの賓客《ひんきゃく》が今から船で国に帰るのだが、私だけでは不満だそうで、外交名誉特使の君たち夫妻を伴いたいと譲らないんだ。色々と君たちを接待したいらしい。ルイスには即答で断られたが、君からルイスに口添えしてもらえないだろうか？」

これはラッキーです。第二王子様も同行されるなら、二週間の監禁はなくなりますね！

第二王子様に詳しく話を聞いていると、ルイスが戻ってきました。着替えていたようです。ニコニコ顔の私を見て、苦虫を噛み潰したような顔をしています。顔に出しては駄目ですよ。

「ねえねえ。結婚式に出席してくれた帝国の方たちが、今日これから帰るんだってね。ハネムーンに最適な島もあるから、ぜひ来てほしいんだって。費用も全て出してくれるというし、ルイス、行こうよ！　温泉もあるんだって。海鮮も生で食べられるそうよ。楽しみだね！」

「ルイス……深夜に悪いがすぐにも出発するぞ。緊急だからと【未来への道標《みちしるべ》】の使用許可も出た。そんなに睨むな。私とて新婚の邪魔などしたくはないのだ。だが早く国を開きたいと頑固でな。新婚初夜の邪魔をする帝国は無粋だが、お主も旅行先を変えたと思えば良いではないか」

「……」

ルイスは不満そうですね。気持ちはわかります。でも新婚旅行はどこでも楽しめます。未知の国は未知の食材の宝庫です。料理人としては行くしかありません。どんな食材でも美味《おい》しい料理にし、皆様に幸せをお届けしたいのです。

「ねえ。ルイスってば！　帝国はかば焼きの国よ。二人でかば焼き食べたいな。本物のかば焼きはきっと美味《おい》しいわよ」

「まったく……女神の一声でようやく決定か……国からの仕事をなんだと思っているのか……アリー、ルイスの手綱を頼む」

はーい。よろしく頼まれちゃいまーす。わっ、ルイスにめっちゃ睨まれたー。でもそんな睨みになんて負けません！　帝国での新婚旅行へレッツゴーです。アリー、これからも頑張ります。


さあ心機一転です！

あの最下層での追放から約三年。なんだかんだでみんなに繋がりができてしまいました。

人生山あり谷あり。楽あれば苦あり。

だけどね？　災いを転じて福となす。雨降って地固まる。

そうよ、底辺ばかりではないのです。全てまとめて結果オーライです。

ちなみに……ハネムーンベビーを授かりました。私、お母さんになりました。嬉しいけど複雑です……

あれは若気の至り、黒歴史だから封印して！　と言いたくなるような、盛大な挙式に披露宴《ひろうえん》。帝国での新婚旅行から帰宅し、町でももうひと騒動。あの激動の数週間。私的には、忘れたくても忘れられない記念の日です。

あれからもう約二年近くになりました。最近暇を持て余し、どうしようもないのです。あーあ。平和です。私は働きたいよう……動きたいよう……

ルイスめー。

「うごくめ！　めなの！」

動く目？　なんて茶々をいれてはいけません。これは、母を心配する息子の言葉なのです。

「ヒースは偉いなぁ。ママを叱ってくれたんですね。心配ママは駄目ママですね」

「だめまぁでちゅ！」

まだ碌《ろく》に喋《しゃべ》れない息子に何を教えてるの！　しかし一才過ぎたばかりの息子に叱られる母って情けないです……

「アリー……子供に叱られたくないならば、少しは大人しくしていてください。ヒースに心配をかけてどうするんですか？」

「そうでちゅ」

はいはい。しかし並ぶとそっくり……

ヒースは約八ヶ月で誕生しました。

産婆さんを呼ぶ前にルイスには連絡したのですが、安定期だから心配するなと、早朝に馬車で半日かかる町へ送り出したのは私です。間に合わないなら仕方あるまいと、ルイスのいぬ間に産んでしまいました。

早産の原因は、転移のスキルでした。

妊娠中はスキルの使用は禁止だとルイスに言われ、国から、瞬間移動の魔道具【未来への道標《みちしるべ》】が貸し出されていました。私が魔力を込めて、遠方への配送に使用。私が魔力を一発で充填《じゅうてん》でき、何度も使用できると知ると、専用魔力タンクになってほしいとまで言われてしまったのです。

私は少しでも運動をしようと、クッキーを梱包《こんぽう》した箱を、その魔道具の場所まで運んでいました。しかしつい魔がさし、箱を抱えてスキルを使用してしまったのです。

それが不幸の始まりです。

なんと運悪く、着地地点にごみ箱が転がっていたのです。それを避けようとしてバランスを崩し、スッテンコロリン。

なので信用がないのは全て私自身のせいなのです。でも！　適度な運動は必要なはずです！　屋敷の中がゴチャゴチャしてたのも悪いのに！　なぜあんなところにごみ箱があるのですか？　しかも転がしたのは誰なの！

実はヒースが生まれる少し前に、ころポックル亭が大きなお屋敷になってしまいました。そのため、片付けがまだ済んでいなかったのでしょう……

一階は店舗スペース。食堂に売店、喫茶スペースはもちろん、商談室にショールームまで完備です。

店舗には帝国領からの輸入品専門店や、近隣諸国の出店ブースが並びます。更にはポーションや魔物避け等のオリジナル品販売店や、魔道具のアクセサリー専門店等もあります。

ポーションや魔物避けは、素材の入手が楽になったことで販売できるようになりました。たくさんの女性が聖なるダンジョンに潜《もぐ》るようになり、危険を犯さずとも様々な素材を安く手に入れることができるようになったのです。

魔物避けの薬草を混ぜた、屋外での煮炊き用の固形燃料は、特に需要が高く売れ筋商品です。

またアクセサリーとは、魔法が付加されたアクセサリーのことです。ダンジョンのドロップ品で出ますが、通常は高額な上に使い捨てです。

これらのアクセサリーは魔道具にあたるので、本来ならば魔力を再補充すれば何度も使えます。しかし補充するほど魔力に余裕のある人が、なかなかいないのが現状なのです。

元々高価な魔道具ですが、再補充に同程度の金額がかかるなら新しいのを買う……そうなってしまいますよね？

ならば私が補充しましょう。実はルイスもかなりの高魔力持ち。てなわけで、持ち込んでくれる方にのみ低価格での再補充サービスを始めました。予備があれば有事にも助かります。少しの安心感が気持ちを落ち着けます。そのお手伝いができれば嬉しいのです。

ちなみにアクセサリーは、冒険者向けにはドロップ品や実用的なものを。一般の方や若者向けには、お洒落《しゃれ》が楽しめるようなものを。貴族や記念日向けには、貴金属や宝石を使用したものを。

特に貴族向けはライラに監修してもらい、オリジナルブランドを立ち上げました。ちなみに付加魔法も私がかけています。

貴族の方々は、魔道具は便利だけど見目が悪いと考えていたそうです。確かにアクセサリー型の魔道具は、ダンジョンのドロップ品がほとんどです。使い捨てなのに高額な、ほとんど儲けにもならぬ装飾品の魔道具を、作る人もいないでしょう。

そんなわけで、これまでにないものとして、貴族の方々には大好評です。通常のお洒落《しゃれ》なアクセサリーとして着用。周囲に気付かれず身を守れる。しかも魔力の再補充もＯＫ。確かに良い買い物ですよね。

結局、元血統の魔道具の魔力タンク役も行うことになりました。ちょくちょくお偉い方々が町中の食堂へ魔道具を借りに来るから、とにかく目立ってしまうのです。食堂兼自宅だというのに宿泊までしていくので、何かあったら困るし警備も必要だろうと、商業ギルドのギルマスが張り切ってくれました。

それが、ころポックル亭がお屋敷になった理由です。

地下に元血統の魔道具を保管する部屋を作り、一階の商談室から内密に行けるようにしました。実は他にも色々カラクリがあるの。それらは帝国の、敵を罠《わな》にはめるというカラクリ屋敷がモデルです。とても楽しい仕掛けがたくさんあります。敵さんは大変でしょう。

あ！　お兄ちゃんズも結婚しました。城下町の双子の美人姉妹と長年付き合っていたのです。二人はギルドの職員さんで、バリバリ働いています。子供が欲しくなったら結婚しようと約束していたそう。二人はそれぞれ城下町に新居を構えました。

ザックとミリィちゃんは、ザックの故郷で結婚式を挙げました。領主であるご両親が結婚祝いにと、土地をプレゼントしてくれたのです。そのためかなり早く独立できたの。ザックもかなり頑張りました。

リーダーと魔法使いは、ザックたちとミリィちゃんが一時暮らしていた家に引っ越しました。魔法使いの彼女は料理を習いながら、魔力の扱い方を習いに行きました。おかげで魔力操作が繊細になり、魔法も力押しだけではなくなりました。魔力の補充もできるようになり、魔道具のアクセサリー販売も始めました。メインはサンドイッチやお弁当の販売。喫茶スペースでは、軽食やドリンクの販売もしています。

みんなと離れて寂しいけど、仕入れ作業があるから、まったく会えないわけではありません。頑張ります。

お兄ちゃんズの以前のお家と裏の空き地。リーダーたちの以前のお家に我が家の食堂。それらの全てをまとめて、例の地下室付きのお屋敷にしたのです。地下一階、地上三階のなかなか素敵なお屋敷ですよ。

暇な日々はようやく終わりました。

ベッドでウトウトしていると、部屋の扉が開いてルイスとヒースが入ってきます。

「もううまれたにょ？」

「生まれましたね」

また八ヶ月で産んでしまいました。しかも双子なのにどちらも大きいのです。考えてみれば確かに、ヒースのときよりお腹も大きかったのです。私はなぜ気付かなかったのでしょう。

「アリー、お疲れ様です。元気な双子ちゃんですよ。もうすぐお乳をもらいにきます」

「本当に双子なのね。なぜ気付かなかったのかしら？」

「私は気付いていましたよ。魔力の流れが二種類ありましたからね。まさか男女だとは思いませんでしたが」

「ぼゅのいもーと？」

「妹と弟よ。仲良くしてね」

「はぃ！　おなじない？　ぼゅ見てるくるにょ。まぁはやすむ！」

同じじゃない？　どういう意味？

「ヒース、ありがとう。しばらくは休むよ。廊下は走らないでね。ルイスよろしくね」

「任せてください。しかし今回で確信できましたね。どうやら妊娠中に魔力が譲渡されるほど、胎児が早く生まれるのです。子の魔力量も上がります」

そうなの？

「思い出してください。【幸せの指輪】改め、ピアスの効果ですよ」

【幸せの指輪改めピアス・アリーとルイスの場合】

三角ウサギのメスがまれに持つ指輪。思う相手と相思相愛になってガラス玉のピアスに変化し、結ばれて宝石のピアスに変化した。地金の部分も、シルバーからプラチナへランクアップ。

（ラブラブ効果）
※体力リセット。（深夜零時切り替え）
※魔力譲渡による胎児の成長促進。母体と胎児の保護。
『害意のある者を弾く効果も継続するわ。だから妊娠中もラブラブして平気よ。もちろん優しく愛してね。はぁと』との気持ちが込められている。かなり鬱陶《うっとう》しい。いや、ものすごく押し付けがましく嫌みなピアス。

「そうでした。どうせなら朝切り替えにしてほしいよ。しかもはぁとって何よ！」

「朝は私が回復して差し上げます」

別にルイスにしてもらわなくても結構です。どうせ言わなきゃやらないくせに。

「しかし最近は、私が回復しなくても大丈夫のようですよね？　体力が付いたんですね」

もしかしなくても、こっそり回復してるのがバレているの？

「可愛らしい抵抗なので知らぬふりして差し上げます。【殺っておしまい棒・改】を出されてはたまりませんからね」

やはりバレてる……

「しかし大切なのはそこではありませんよ。アリー？　魔力譲渡による胎児の成長促進です。ヒースがかなりの魔力持ちなので、今回はそれを意識していたのですが、魔力は同じくらい。出産期間は八ヶ月より短くはなりませんでした。ここが上限なのでしょうか？」

パタンと扉が開き、ヒースが入ってきました。

「あかちゃ、かあいいの」

扉がノックされ、移動式のベビーベッドが運ばれてきます。

ここの産院は、出産後一週間、至れり尽くせりなの。

ヒースのときは自宅で出産したんだけど、自宅兼仕事場でもあるからついつい動いちゃう。せめて一週間は仕事をするなと言われ、今回はこちらにお世話になりました。無理やり突っ込まれた感が否めないけどね。

赤ちゃんが母乳を飲む姿をじっと見るヒース。まだ少し前まで飲んでたからね。大丈夫かな？

ヒースの頭を撫でてあげましょう。

「ヒースはもうお兄ちゃんです。ちゃんと乳離れしたんですよね。パパとしっかりお話ししましたよ」

「そうれ！　ぼゅはあによ。だからパイはいらなゃい。いままぁのパイにはあかちゃのまんまがつまってるにょ。でなくなったらな。おとこのゆめがつまるんでしゅよ。ろまんなんれしゅ」

僕は兄だから母乳はいらない。今ママの胸には赤ちゃんのご飯が詰まっている？　出なくなったら男の夢でロマン？

何を教えているのよ！

「ルーイースー！」

「さあさあアリー。飲ませたら私にも抱かせてください。名前ですが、ハイデとエリカで構いませんか？　良ければ帰りに届けてきます」

ヒースの名前は、荒れ地に群生する低木から付けました。荒れ地に根付く力強い植物たち。ヒースには荒れ地そのものの意味もあるけれど、それらの植物をまとめてヒースとも呼ぶそう。荒野に孤独に咲く花たちが集まり、色とりどりの楽園を作り出す。

帝国で訪れたダンジョンのフィールドを見て、私は心を打たれたのです。

人間は一人ではありません。たくさんの人々と関わり合い、混じり合い生きてゆく。そうして孤独を埋めるのでしょう。私はそう感じたの。

「うん。良い名前よね」

「まぁ？　ハイデがこっち？　にてないにょ？」

「そうよ。ヒースと同じ男の子ね」

「ふたごはいもーとふたりになる？」

……？　ハイデは男の子だから無理よ？　どういう意味かしら？

「アリーの兄弟子さんたちは一卵性の双子ですよね。しかもお嫁さんもです。どちらも同性で双子で似ているので、聞いているのでしょう。数日前に遊びに来てくれたのです」

なるほど！　だから最初に双子と聞いたときに、同じじゃないのと言ったのね。これは説明が難しいです。

「ヒース。赤ちゃんは授かり物なのです。だから性別は選べないのですよ。ヒースも双子ではないし、女の子ではないでしょう？」

「うん。ふたごのいもうとがほしいの。なまえもあるにょよ。リリィとリリアンよ」

「「……」」

パタンと扉が開きます。いきなりお兄ちゃんズの登場です。

「まさかマジで双子とは思わなかったわ。ヒースごめんな。一卵性の双子は確率が低いんだよ。二卵性もだけどな。アリーにルイス。出産おめでとう。これお祝いな」

「アリー出産ご苦労様。ヒース、双子でなくてもその名前は付けられます。そんなに落ち込まないで」

お兄ちゃんたちに聞いてビックリです。先日遊びに来たときに、ヒースはお土産《みやげ》にもらった花の絵本を喜んで見ていたそうです。その絵本に白百合があり、お兄ちゃんたちがルイスの公開プロポーズの話をしたのだとか。

ちょっと！　子供に何を話しちゃってるのよ！

「そのときに白百合の別名はリリーやリリアンで、女の子の名前によくあると言ってしまったんだ。だからだな」

それは……

「それならばご期待に応えましょう！　次の命名権はヒースに差し上げます。双子になるように頑張ってみましょう。ピアスの作用はもしかしたら、多胎に働いたのかも知れませんよ。ぜひ検証せねばなりませんね」

もう呆れてお話になりません。

「パパがんばるの！」

「ヒース！　ちゃんとパパと言えましたね。次は語尾を頑張りましょう！　パパが頑張るのはママが家に戻ってからです。それまで勉強しましょう！」

「お兄ちゃんズのバカタレ……」

「「悪い……何も言えん」」

＊　＊　＊　＊　＊

その後、たくさん増えた妹たちに弟たち。もちろん、リリアンちゃんにリリーちゃんもいます。しかし二人が双子であったかどうかは……秘密です。

彼ら彼女らが年頃になると、たくさんの縁談が舞い込むようになりました。

「「顔洗わなくていいから消え失せろ！　うちの子供たちに婚約なぞはさせん！　貴様はいくつだ、ロリコンか？　政略結婚もさせん！　欲しいなら口説《くど》け！　認めるのは相思相愛のみ！」」

このときばかりは、グレイとルイスは一致団結しました。器量の良い子供たち。魔力量も高く、スキルも操る。優秀な子を取り込みたいのは誰もが同じです。

アリーはグレイとルイスに反対はしません。しかしやりすぎては、子供たちの婚期が遅れるのではは？　それだけが心配で仕方がないのです。

「こらー！　いい加減にしないと、【殺っておしまい棒・ＥＸ】をお見舞いするよー！」

散り散りになって逃げる男性陣。ころポックル商会には、笑顔と笑い声が似合います。

◇ライラの幸福

私の母は病弱だった。

子供は無理だとお医者様に言われていたけど、愛する夫の子が欲しいと、無理を承知で私を出産したのよ。周囲は後継の男子を望んだけれど、月足らずで産まれ出たのは女児。しかもその子供は、月足らずのためか、体が弱く車イスが必要な体だったの。

母は私を産み、三ヶ月ももたずに亡くなったわ。父はとても優しく頼りがいのある人よ。政略結婚や婚約は奨励しない……そのように唱える我が国だけど、高位貴族ではやはり多少の思惑は絡むもの。しかし父と母は互いに高位貴族であるにもかかわらず、珍しく大恋愛だったと聞いたわ。しかも母は王家の姫だったの。

それに対して、父は辺境伯家の嫡男。第二夫人や愛人は生涯いらぬと宣言し、病弱な母との結婚は、かなり周囲に反対されたそう。それならば爵位などいらぬと父は言い切り、全てからの引退をほのめかした上で、一番の問題である後継者については、一言。

「我が弟たちの息子の誰かに譲る」

なんならすぐに隠居し、母と共に領地へ引き籠《こも》っても良いとまで言ったそう。それにはさすがに周囲が慌てふためいたとか。父は宮廷ではかなりの実力者で、なくてはならない存在だったのよ。そんな父と母だったから、私は産まれてこられたのでしょう。

早くに母を亡くしてしまったけれど、父は母の分まで私を可愛がってくれたわ。気分転換や体力作りになるようにと、私が一人でお庭に行くためのスロープを付けてくれた。三階のお部屋から一階のエントランスまでも、ぐるりと回るけど車イスでたどり着けるわ。おかげで私は屋敷の中ならばほとんど一人で行けるのよ。

父は私になんでも与えてくれたわ。綺麗なドレスに宝飾品、可愛らしいぬいぐるみに雑貨の数々。そして教養も。それらはもちろん嬉しいの。でも披露《ひろう》するところがないの。社交のためのマナーも、私には活用できる場所がないのよ……

だから私は本や知識の方が嬉しいわ。たくさんの国の言葉を覚えたい。たくさんの知識を得たい。お洒落《しゃれ》よりそれらに興味があったのよ。私は次第に読書に夢中になり、同時に、刺繍《ししゅう》やお菓子作りなどにのめり込んでいった。

私の十五歳のお誕生日。父が私付きの侍女にすると、二歳年下の女の子を連れてきたの。辺境伯の父が管理する魔の森で働いていた夫婦の子供。ご両親は共に、魔の森の宿舎で下働きをしているのだとか。

「よろしくね？」

私が声をかけても、彼女ははにかんで父の背中に隠れてしまう。

「ほらほら。出てきなさい。今日から君には娘の手足になってもらうんだ。頑張って仕えなさい」
おずおずと顔を出す女の子。彼女はぺこんとお辞儀をして、侍女長の元へと走り去ってしまったわ。

翌朝から、彼女との生活の始まり。彼女は朝、私を起こしにくるの。しかし侍女としてはまだ見習いのため、私の話し相手のような位置付けだった。

その頃の私は食事以外はほぼ、部屋で趣味に時間を費やしていたわ。気分によって、読書だったり刺繍《ししゅう》だったり。そんな私を黙って座ってじっと見ている彼女にも勧めてみたけれど、断られてしまう。教えてあげると言っても駄目。

私は段々と、二人でいるのが苦痛になっていった。一人の時間の方が気が楽だわ。

「あなたは何が好きなのかしら？　私も一緒にできることはあるかしら？」

彼女は私の目をじっと見て答えた。

「私はキラキラしたものや、可愛いものが好きなの。でもこの地に来て、全てを失っちゃった。お嬢様のお家のお仕事なら、可愛いものがいっぱいかと思ったのに……」

目に涙をためながら俯《うつむ》く彼女。そんな彼女に、つい、ある提案をしてしまったの。

私が着ないドレスならたくさんあるから、見せてあげると彼女は喜んだのよ。私はどこかへ着て行く予定などないから、必要ならば好きなだけ貸してあげると約束してしまったの。

俯《うつむ》く姿が、自分の姿に重なったから。

父からのプレゼントのドレスや宝石を纏《まと》っても、屋敷の外にさえ出られずに鏡を眺め俯《うつむ》いたあの頃を思い出してしまったから……しかし私は間違えていたのでしょう。

彼女は私の友達にはなり得ない。使用人として、キチンと線引きをして接するべきだった。私のその甘さが、先々の不幸を生んでしまったのよ。

私は利用されていても構わなかった。私の前でさえ完璧な侍女を演じ続けてくれたなら……

彼女は今日も、私のドレスを着て私の宝石を身に付け、微笑んでいるわ。たまに遊びに来る私の幼馴染《おさなな じ》みたちのために、お茶会を開くの。もちろん彼女も一緒。

彼女は私の周りを甲斐甲斐《かいがい》しく動き回る。少し意地悪な幼馴染《おさなな じ》みたちが、私に悪戯《いたずら》を仕掛けようとするのを彼女が止めてくれるわ。陰でお嬢様の悪口を言ってたお返しにと、舌を出し笑いながら皆にお茶をかけたのには驚いたけれど。

私はそんな茶目っ気のある彼女が妹のように可愛かったし、庇《かば》ってくれて嬉しかった。

しかし彼女は徐々に我が儘《まま》になってゆく。

毎回同じアクセサリーは嫌だと言い、よそ様のお茶会やパーティーにも行きたいと、私宛の招待状を手に出席を迫るようにもなった。私が渋ると、車イスは押してあげるから！　と、強引に話を進めてしまうの。仕方なく私も参加するけれど、本当は車イスでの参加などしたくはなかったのよ。

そんな私たちを見て、父は私が社交的になったと喜ぶの。ならば彼女にもドレスやアクセサリーをと、父は彼女のために仕立て屋を呼び、ついには彼女を養女にするとまで言い出した。

私は確かに彼女に感謝しているわ。でも今の生活は、私にとっては明るすぎるの。

お父様……私の本当の気持ちに気付いて……

私には幼い頃からの婚約者がいたわ。父の弟の息子であり、つまり私の従兄《いとこ》。従兄《いとこ》は定期的に我が家に立ち寄り、私に甘い言葉をささやきプレゼントを置いて帰る。

しかしいつからか私に会う時間が減り始め、気付けば彼女と一緒にいたの。そして彼女もいつの間にか、彼からのプレゼントを身に付けていた……

この頃から彼女は大胆になっていったわ。私が大事にしていた母の形見の宝石箱の中身さえ、勝手に開けて持ち出すようになった。私が彼との仲を知るまでは、さすがに母の形見にまでは手を出さなかったのに……。何が彼女を強気にしたのかしら？

私の幼馴染《おさななじ》みたちにドレスがお下がりだとバカにされると父に泣きつき、父はそれならばと次々と新しいドレスを仕立てる。ついには、私宛ではなく、直接彼女宛に招待状が届くようになったわ。

どうやら私の婚約者のパートナーとして、夜会にも参加しているらしいの。

彼女に話を聞くと、車イスのお嬢様とは参加できないからと、彼から代理を頼まれたとか。

『私はお嬢様の代理をしてるの。全てはお嬢様のためよ。だから報酬が欲しい』と、私の私物はことごとく、彼女に持ち去られていった。

やがて社交界に参加していない私の耳にまで、噂話が届いてくるようになったわ。

私は酷《ひど》い悪女であると。専属侍女である彼女を見下し虐《しいた》げ、嫌がる悪事を強要し、できなければ酷《ひど》い暴力を振るう。それを私の婚約者が、見るに見かねて救いあげた……と。

最初は彼女を虐《しいた》げていた幼馴染《おさななじ》みたちまで、彼女に対する私の扱いが酷《ひど》いと、最近は擁護《ようご》し始めたそう。

幼馴染《おさななじ》みたちは私の悪口を言ってたのよね？　それを彼女が止めてくれていたのよ。なのに私の、彼女に対する扱いが酷《ひど》いと言うの？　私が無理やり止めさせてたと言うのかしら？

私は直接彼女に聞いたわ。そして彼女は言った。

「お嬢様のパパがね？　私を正式に養女にしてくれるんですって。なら私とあなたは同等でしょ？　彼の婚約者が私でも構わない。彼も私の方が良いそうよ。私は嘘はついてない。少し誇張しただけ。それをどう捉えるかは自由よ。お嬢様は厚意だと捉えたのよね？　だから私に貢《みつ》いでくれたんでしょ？　ならこのまま貢《みつ》ぎなさいよ。私がお嬢様の全てをもらってあげるわ！」

「……」

私はあなたの行い全てが厚意からきていたとは思っていない。人の厚意の裏側には、打算がひそむことも知っているわ。

でも！　私は、あなたにも、私と同じような悩みがあるのだと思っていたの。あの涙をためて俯《うつむ》く姿に、悲しみが見え隠れしてると感じたから。でもそれは全て、私の勘違いだったのね……

彼女は言いたいことだけを吐き出すように怒鳴ると、最後に『今更誰かに言いつけても無駄よ！』と捨て台詞を残して去っていった。

大丈夫。私は言いつけたりはしないわ……

そしてあの運命の日。

彼女はバルコニーから転落しかけた私を庇《かば》い、落ちてしまった。一命はとりとめたけれど、数ヶ月後に亡くなったのよ。その場に居合わせた婚約者は、二者択一を迫られて、私の手を取り助け上げた。

でも私はもうあなたの手はいらない。どうぞ彼女と幸せになりなさいな。

お父様ごめんなさい。私は嘘つきな娘です。彼女が死んで哀しいなんて嘘。彼女に全てを奪われてショックだなんて嘘っぱち。ざまあ！　と叫びたいくらい、今、内心で高笑いしているの。

死んだ彼女を罵《ののし》らないで。彼女は私を庇《かば》ったのよ。英雄でしょ？　褒めてあげてほしいくらいよ。

でも、お父様もきっと気付いていていたのよね？　だからこそ結婚式を行った。参加できるはずもない彼女の替え玉まで立てて。

私にはもう関係ないわ。私の人生に彼女は不要なの。あの用済みの婚約者と共に忘れ去るわ。

でも私にはまだまだ力がないわ。まずはこの足をなんとかしなくちゃね。二人の処分は、お父様にお任せするわ……

リハビリの成果は上々よ。でも私の体を丈夫にするためだという、あの大神殿への寄付は無駄金ではないのかしら？　もはや腐っているとしか言いようのない内部……でも私は負けない。もちろんあの聖女にもね。

……逃げ回っていたあの少年はどうなるかしら？　私が一言父にねだれば、たぶん助け出してあげられるのでしょう。しかし少年は自力で頑張っていたわ。可哀想だけどあの見目ならば、食い物にしようとしているのは聖女だけではないのでしょう。おそらくは大神官も……

しかしそれに抗《あらが》いながらのあの神官服。かなり優秀なのでしょうね。ならば邪魔してはいけないわね。彼ならば、いざとなれば自力で出奔《しゅっぽん》できるでしょう。

彼女は私の名を隠れ蓑《みの》として、裏で散々悪いことをしていたそうよ。私は全て知らなかったと言ったわ。でも本当は、薄々気が付いてはいたの。でも言わなかった。言ったら彼女は私のそばからいなくなってしまうから。

彼女は私が身の内に封印していた、ドロドロとした願望を叶えてくれていたの。だから私自身への悪評なんてまったく気にならなかった。だって屋敷から出ない私に悪評が立っても、誰も困らないでしょ？

婚約者の従兄《いとこ》だって、体が弱くて屋敷から出ることもできない私を疎《うと》んじていたわ。

彼ね？　彼女とだけじゃないのよ？　双子のメイドの、マリーとモリーとだって関係していたのよ。

私と結婚したら、彼女は愛人。メイドの二人も一緒に面倒を見ると豪語してたわ。婿入りしてやるんだから、お父様だって文句は言えないはずだってね。お荷物で役立たずの私を嫁にもらってやるのだからと、笑いながらメイド二人に言ってたのよ。

私が出産で命を落とせば、この家は全て自分のものだとも言っていたの。お父様が、跡継ぎはいらないと言ったそうね。でもそんなのは冗談じゃない。それでは自分が婿入りする意味がない。跡継ぎは必ず作る。私が死のうと構わない。出産で私が死ぬならば、むしろ良いとまで言ってたのよ。メイドの二人も、お嬢様は何もできませんからねと笑っていたわ。

私は自分の体が弱いせいで、彼が二人に酷《ひど》いことを無理強いしてるのだと思っていたの。私のために二人が酷《ひど》い目にあっているなら、助け出さないとと思ったのよ。

でも心配して本当に損したわ。自分たちが納得していたなら構わない。勝手に楽しんでいればいいじゃない。

誰が調べたのかって？　もちろん私よ。簡単だった。誰もが、私が屋敷中を車イスで移動できることを忘れているんだもの。彼女が来てから、私が一人で移動しなくなったからよね。

本当ならば彼女には、私自身で手を下したかった。でも体が言うことをきかなかっただけ……だから彼女を許してあげて。悪いのは私なのだから……

私だって……健康で丈夫な体が欲しかったの。羨ましかったのよ。

私が決してできないことを、嬉々として話す幼馴染《おさななじ》みたち。確かに聞くのは楽しいわ。でも悲しくもなる。海へ行きお揃《そろ》いのアクセサリーを買ったと自慢してきたわよね？

溺れたときのための救難信号付きのブレスレット。あなたは海へは行かないから必要ないわよね、と言われたわ。海へ行った話がお土産《みやげ》だと言うのよ。しかも私の父が遊びに来てやってほしいと頼むから、仕方なく来てくれているんですって。いつも仲良くしてくれているからと、父からお小遣いまでもらっていたそうよ。

でもそんな友達でも、いなくなったら寂しいから……欲しいものも欲しいとは言えないの。自分が情けなくて泣きたくなったわ。そして同時に、彼女たちが憎くて恨めしかった。

そんな私の醜《みにく》い心を、一時とはいえ彼女は払拭《ふっしょく》してくれた。だから感謝もしているの。

でも、落ちていく彼女を見ながら私は……

ざまあみろ！

それしか頭に浮かばなかった。油断したらそう叫んでしまいそうで、思わず口を手のひらで塞いだわ。

その姿を私がショックを受けていると誤解した方々に、私は別室のベッドに運ばれた。

私のいないうちに全ては処理され、私は特に何かを演じることもなく、献身的な侍女に救われた病弱なお嬢様となったのよ。

私の心は本当は嫉妬《しっと》と羨望《せんぼう》で汚れているの。それを抑え込み、良い娘を一生演じ続けるのでしょう。お父様許して……本当にごめんなさい……

彼女は誰よりも正直者でした。あれだけ自分に正直に生きられたのだから……最後まで己《おのれ》の欲望のためだけに生きられたのだから……

彼女は幸せだったのではないかしら？　私の身代わりに死んでくれてありがとう。それだけであなたがこれまでにしてきた全てを帳消しにしてあげるわ。

だって……私は死にたくなかったから。

たとえ一生、不幸で優しい良い娘を、演じ続けるのだとしても……

あの日は私の誕生日をお祝いするための夜会が開かれていた。

彼女が言うには、彼女が我が家の養女になると正式発表する場でもあったそう。きっとお父様から私への、サプライズだったでしょう。お父様は、私が彼女を気に入っていると思っていたから。

私がそう思わせてしまっていたのでしょうね。

彼女と婚約者は、二人で会場ではしゃいでいたわ。一応はまだ私が婚約者なのですけど。

私は一人、車イスのままバルコニーに出て、夜空を見上げていた。

やがて背後に二人の男女が歩いてくる気配がしたの。私がそっと目の前の手すりに手をかけると、グラリと柵全体が外側へ傾き始めたわ。

「きゃあ！　この手すりはぐらついているわ！　二人は危ないから近寄らないで！」

私の悲鳴に慌てて駆け寄る婚約者。

「大丈夫か！　車イスごと落ちたら大変だ。ゆっくり後退しろ」

わかっているわ。その指示は正解よ。

「お嬢様！　私がすぐに助けます！」

それは不正解ね。この場に人が飛び込んだら、重みで大変なことになってしまうわ。

「近寄らないで！　本当にグラグラしてるのよ。ゆっくり後退するから、あなたたちは中へ戻って誰かを呼んできて」

婚約者が部屋の中へ駆け出す姿が見えた。一方で、しばし考え込み、何かを決心したような彼女。

「そんな余裕ないわ！」

やはりこちらを選択したのね。ならば私も容赦はしないわ。

彼女は私に駆け寄り、私の車イスを掴《つか》み一気に引いた。

しかしそんなに強く引いたら、私は反動で前に投げ出されてしまう……パーティードレスを着用している私は、普段ならしている腰のベルトをしていなかった。できなかったのよ。着用を手伝ってくれた彼女なら、そんなことは理解していたはず。

案の定私の体は、車イスからベランダの柵の方へ弾き飛ばされた。当然ながら私の重みで柵は崩れ出し、私の体は滑り落ちてしまう。私の悲鳴で集まった人々からも悲鳴が上がったわ。私はなんとか両腕でベランダの柵にしがみついた。

「きゃー！　お願い！　早く誰か来て、お嬢様が落ちちゃう！　助けて！」

わざとらしいわね……

必死な様子で叫びながらも、私を見下ろして小さく微笑む彼女。

そのとき、私の手のひらを踏みつけようとでもしたのか、目の前にある彼女の片足が浮いたの。

私は片手でその足首を掴《つか》み、そのまま引いたわ。

当然、彼女もベランダから滑り落ち……なんとか掴《つか》まったみたい。

まあ……ここで簡単に死なれても張り合いがないもの。

「何するのよ！」

「あなたこそ、何をしようとしたの？　さあ我慢大会よ。どちらが先に落ちるでしょう？」

「そんなのお嬢様に決まっているじゃない。ほとんど運動もしないくせに！」

「そうね。でも知ってるのかしら？　車イスは結構重いの。私ね？　あなたが来るまでは、屋敷中を車イスで自分で移動していたのよ。屋敷中のスロープは、ワゴンを運ぶためのものではないわ。中庭まで一人で遊びに行っていたの。だから握力はかなりあるのよ。あら？　それより助けが先に来たみたいよ。お父様の声がするわね。さあどちらが先に選ばれるかしら？　あなたの手はもう限界そうよね。あなたが先に落ちたなら、私も一緒に落ちてあげる。友達として、一緒に地獄へ行きましょう。私が先に落ちたなら、あなたの勝ちを認めるわ。もちろん、あなたが先に助けられても同じよ」

「私は地獄へなんて行かない！　助かるのは私よ！」

ベランダへ、更に人が集まってくる。助けてと伸ばされる私と彼女の二本の手。腰にロープを付けた私の婚約者が、人垣の前に押し出された。さあ。その手が掴《つか》むのは……

可哀想だけどあなたではないの。さすがの彼もそこまでバカではないわ。あなたには貴族の見栄とプライドが理解できなかった。それが敗因よ。

私とあなたの天秤は……どちらに傾くのかしら？
彼が選ぶのは……間違いなく私よ……

◇ズルい彼女の幸福

なぜ？　どうしてなの？

私はヒロインじゃなかったの？　やはり主人公にはなれなかったの？　そんなのイヤ！　絶対におかしいわ。認められない。私は最後まで足掻《あが》く！　だって私は一番なの。一番じゃなきゃ駄目なの。おかしいのは私じゃない。私を主人公にしない、この世界なのよ！

私は幸せの絶頂にいた。なのに酷《ひど》い。みんなの嘘つき！　私が一番だって言ったじゃない。お嬢様は何も知らなくて幸せ。私は全てを知っていて幸せ。お嬢様にだけ知られなければ大丈夫。もし知られても、あのお嬢様なら私に全てを譲ってくれる。現に何も言わなかったじゃない。今更言うなんて変よ。

そう。お嬢様は嫌がらなかった。でもアリーは嫌がったの……

ここが二人の違いよ。それにアリーのときは、私には味方がいなかった。だから失敗したの。

でも今回はみんなが私の味方だった。だから絶対に大丈夫。そう確信できた。

それなのに、なぜこうなったの？

はじめのうち、私はお嬢様の味方をしていた。幼馴染《おさななじ》みたちは車イスのお嬢様によく悪戯《いたずら》をする。

些細な意地悪。でも私は大げさに仕返しをした。私の仕返しに驚きながらも、お嬢様は喜んでいたから。そうすれば、お嬢様はもっと私を信用してくれる。

もちろん、幼馴染《おさなじ》みたちには恨まれたわ。腰巾着だの下賤《げせん》な女だのと罵《ののし》られた。お嬢様のいないところで、ぶたれたり蹴られたりもした。

でもそんなの気にしていたら負けよ。私は幼馴染《おさななじ》みたちからの仕返しにも耐え、じっと我慢してお嬢様の味方をした。

私はお嬢様の味方をしながら、お嬢様を少しずつ外へ連れ出した。お嬢様の車イスを操縦しているのは私。お嬢様が行くところなら、侍女の私でも行ける。もちろん周囲はいい顔はしなかった。陰口に嫌み。妬みにひがみ。何それ美味《おい》しいの？　そんなこと私は気にしない。

だってお嬢様の味方をすれば、綺麗なドレスを着て素敵な宝石を身に付けられる。毎日美味《おい》しい食事にお菓子も食べられるの。こんな幸せ、手放せるわけがないじゃない。

やがて私のお嬢様に対する献身は、夜会などにめったに出ない旦那様の耳にも入るようになった。私が献身的に仕えることで、お嬢様は外出をするようになった。夜会やお茶会にも参加している。今までのお嬢様では考えられないほど行動的で、笑顔も増えた。

旦那様は私に感謝していると、特別にボーナスや贈り物をくれたりもした。

ついには私は、お嬢様の話し相手以外の仕事をする必要はないと言われた。専属侍女としてお嬢様にのみ仕えよ。更に気に入られれば、将来的には養女にしても良いとまで。

アリーの両親が亡くなってすぐに、私は両親と田舎に戻り肩身の狭い思いをした。そのためか両親は私を連れ出し、遠く離れた魔の森で住み込みの仕事を始めた。

私は毎日下女のような仕事ばかり。若い女性がいないためか、おばさんたちにはこき使われたわ。少しでも男性と話すと、色目を使うなと叱られる。両親は私が悪いと言うばかり。まったく庇《かば》ってくれやしない。

そんな生活の中で射した一筋の光。

領主様が、娘と年齢の近い侍女を探している……私はその話に飛び付いた。両親は、私は皆に迷惑をかけるから行かせないと言う。おばさんたちにも止められた。でも私は聞かずに飛び出した。

そして……

私は成り上がったの！　私の邪魔ばかりした、両親もおばさんたちもみんな大嫌い！　今の私を見たらどう思うかしら？　ざまぁするのも楽しそうね。

私はとうとうお嬢様の専属侍女という立場を手に入れた。毎日綺麗なものに囲まれて過ごす。あの頃とは段違いの生活。私は本当に幸せだった。

しかしそんな幸せに翳《かげ》りが出てきた。お嬢様が時折、私を不審な目で見ていることに気付いたの。あれだけは絶対に貸してくれない、母の形見だという宝石箱を漁ったのがまずかったのだろうか？しかし何も言ってはこない。それが余計に不気味で気にかかってしまう。どうしよう。

そんなことを考えてたら、侍女長に腕の傷を見られてしまった。

なぜか侍女長はその傷を、お嬢様が折檻《せっかん》したと勘違いをした。もちろんお嬢様がつけた傷ではない。幼馴染《おさななじ》みたちから受けた傷だ。

私は必死に違うと言ったが、侍女長は聞かなかった。

どうやらお嬢様は、以前、粗相をした侍女を叩き、追い出したことがあるらしい。ただの大人しいお嬢様だとばかり思っていたので正直ビックリした。それならなおさら、侍女長に信じてもらえないかもしれない。でも……この状況って、私にはラッキーじゃない？

私は侍女長に泣き付いた。

『お嬢様は本当に優しい、良い人です。私が粗相をしただけなので誰にも言わないでください。私が気を付ければ良いのです。悪いのは私。お嬢様は何も悪くありません！』

と、私は涙を流しながら訴えた。侍女長は私の涙と話を鵜呑《うの》みにし、完全に私の味方になった。

ここから私は、お嬢様以外の味方を増やし始めた。

まずはお嬢様の幼馴染《おさななじ》みたち。彼らは簡単だった。仕返ししないとお嬢様に嫌われるんです。ここを追われたら私にはどこにも行く当てがない。私だってこんなことはしたくない。お願い……助けてほしいの。震える声で俯《うつむ》き加減に、そうささやくだけだった。

男はチョロい。女はそんな男にいい顔をしたくて、涙を流す私に同情をした。簡単に、敵が味方に寝返った。

お次はお嬢様の婚約者だ。辺境伯様の弟の息子。こちらもチョロかった。元々色目を使われていたのだ。私は誘いにのっただけ。

そして『お嬢様に嫌われたくない』を免罪符に、か弱くて健気《けなげ》な女を演じただけ。

アリーのときは確か、『アリーちゃんはズルいよ！』だったかしら？　笑っちゃう。

私はただ、震える声で呟くだけ。

『お嬢様が大好き。私に唯一の居場所をくれる、お嬢様には嫌われたくない……』

この私のささやきを聞いたお嬢様の婚約者は……

『お嬢様に命令されてるから。命令を聞かないと叱られるから。嫌われて追い出されたら、私には行く当てがないの……』

こんな風に拡大解釈してくれるのよ。私はそんなこと、一言だって言ってない。まあそう聞こえるように言ってるんだけど、チョロすぎて笑いが止まらないわよ!!

『優しいお嬢様が私をいじめるなんてありえないの。そう見えるなら私がいけないの。私はお嬢様が大好き。嫌われたくないの。もっともっと頑張れば……』

てな感じでホロリと涙を流す。すると誰もがコロリと騙《だま》される。

いつの間にかすっかり、お嬢様の悪い噂が広まっていたらしい。

この頃には私を心配して、私個人をお茶会に招いてくれる人も出てきた。お嬢様の婚約者も、私が代理で十分務まると、パーティーに私だけを誘ってくれるようになった。辺境伯様でさえ、お嬢様にあまり無理をさせられない、可能なら君が代理として出てやってくれ。そう言ったわ。

婚約者は私に、真実の愛が欲しいと言う。私は、それは素敵ねと微笑む。君と一つになりたい。君だけを愛したい。君を彼女から守りたい。そんな優しい誘惑とささやき。そしてプレゼント。私はお嬢様に悪いからと彼から一歩引きながらも、プレゼントに大げさに喜び、気のある素振りを続けた。

彼は五男だから爵位は継げない。お嬢様と結婚すれば辺境伯の地位を得る。しかし自分は役に立たない令嬢を押し付けられた、いわば無理やりな政略結婚。互いに愛情はないと言う。

ならば相手はお嬢様でなくて養女の私でも良いじゃない。

婚約者はお嬢様の従兄《いとこ》。辺境伯様は自身の弟の息子の誰かに爵位を譲ると約束をしたそう。つまりお嬢様がいなければ、彼は婚約なんてしなくても辺境伯になれたわけよ。

辺境伯様は大恋愛だったと言う。ならばちょいと悲恋を演じればいい。きっと結婚させてくれるわ。

やだ！　そうなったら私ってば、未来の辺境伯夫人よ。私をバカにしたやつらを見返してやれるわ。結婚式は盛大にしたいわね。考えるだけでゾクゾクしちゃう。まるでおとぎ話のヒロインみたいじゃない。

そうよ。私はヒロインなの。私が主人公になるのよ。

いつまでもお嬢様の陰にいたくない。私は私よ。

あるとき、とうとうお嬢様にバレた。やはり形見の宝石を持ち出した頃から、不審がられていたみたい。でもやっぱりお嬢様も甘ちゃんなの。私が開き直っても何も言えやしない。まあ言っても誰もお嬢様の味方はしないでしょうね。

お嬢様の幼馴染《おさななじ》みたちは、可哀想な私の味方。お嬢様の婚約者は、私だけを愛してるって。そしてお義父様。そう、辺境伯様がもうすぐ私のお義父様になるのよ。今晩のお嬢様のお誕生日を祝う夜会で、私を養女として迎えると発表してくれるの。結婚の件も検討中だと言われた。たぶん彼が言ってくれたのね。

可愛い妹をサプライズプレゼントよ。ねぇお義姉様？　最高の誕生日プレゼントでしょ。嬉しいわよね？

お嬢様が元気になったからと、辺境伯様が開いたお誕生日の夜会。内輪だけとはいえ、なかなか豪華な顔ぶれね。だけど一部、気に入らないやつらの姿が見える。

魔の森は辺境伯領だ。だから呼ばれたのかしら？　私をバカにしていじめた総隊長に総管理長がいる。一緒に私の両親までいるじゃない。服は借りたみたいだけど、まったく似合ってないわよ！なぜ私の晴れ舞台にノコノコ出てきたの？　私が魔の森を出るのを邪魔したみたいに、養女になるのも邪魔するつもり？　でももう無理よ。役者は揃《そろ》い舞台も整った。あんたたちは観客で甘んじなさいな。

けれどなかなか夜会が始まらない。どうやら主役のお嬢様がいないらしい。びびって逃げ出したんじゃないの？　なんてお嬢様の婚約者と盛り上がっていたら、一緒に捜してほしいと声をかけられた。ふとバルコニーの方を見ると、フワリとカーテンがゆらいでいるのが見える。もしかしたら……

彼と共にバルコニーへ向かう。カーテンを引くと、そこには車イスに乗って星空を見上げるお嬢様がいた。

私たちの気配を感じたのか、お嬢様が振り返る。時間を悟ったのだろう。車イスをバックさせようと、バルコニーの柵に手をかける。すると、柵全体が外側へグラリと傾き、軋み始めた。

同時に響くお嬢様の悲鳴。お嬢様は慌てて車イスのタイヤを掴《つか》み、後退しようとしている。

婚約者もさすがに慌てて声をかける。ならば私も一声かけなければまずいわね。

お嬢様は私たちに近寄るなと言い、助けを呼ぶようにと叫ぶ。婚約者が部屋の中へ駆け戻った。

このまま落ちてしまえばいいのに……

彼の後ろ姿とお嬢様の顔を交互に見る。このとき悪魔のささやきが、私の心を揺さぶった。

ええい、ままよ！

私はお嬢様の車イスを掴《つか》み一気に後ろへ引いた。ベルトをせず座っているお嬢様は、投げ出されるだろう。投げ出されたら大当たり。投げ出されなくても、私はお嬢様の命の恩人になれる。

やったわ！　大当たりが出たわ！

お嬢様の体は、車イスからベランダの柵の方へ弾き飛ばされた。重みと衝撃で柵が崩れ出す。お嬢様の体が滑り落ちる。しかしなんとか両腕でベランダの柵に掴《つか》まったみたい。

まったく運が強いわね……

ここで私は悲鳴を上げた。お嬢様を助けてほしいと。

私の足下で必死に掴《つか》まるお嬢様。思わず口角が上がってしまう。この手を踏みつけてやりたい。

無意識に足が浮いてしまったようで、お嬢様に足首を掴《つか》まれ、私まで引きずり込まれた。私もなんとか手すりにしがみつく。

助けが遅くても、先に落ちるのは病弱なお嬢様。私は助けが来るまでの我慢よ。

え？　お嬢様は一人で車イスに乗って屋敷中を移動できたの？　車イスを自力で漕《こ》ぐには握力がいるの？

私が先に落ちるなんて冗談じゃない！　早く助けに来てよ！

たくさんの足音と人の気配がこちらに向かってくる。早く！　早く私を助けなさい！

焦る私の耳に、更なるお嬢様の声が届く。

嫌よ！　私は地獄になんて行かないわ！

ベランダに人が集まってくる。助けてと必死に手を伸ばした。辺境伯様とお嬢様の婚約者が前に出る。辺境伯様が、彼を私たちの前に押し出した。

彼は手を伸ばして……

お嬢様の手を取り引き上げた。

カーテンの前にできていた人垣が、まるでもう用はないとばかりに……まるで波が引くように去ってゆく……

なぜ私を先に助けてくれないの？　私だけを愛してるって言ったじゃない。お嬢様はどうして、そんなに勝ち誇った顔をしているの？　お義父様はなぜ私を見もせず、お嬢様を抱き締め慰《なぐさ》めているの？　お嬢様も泣いてる暇があるのなら、さっさと私を助けなさいよ！　なぜ野次馬までいなくなるの？　私を助けてからにしなさいよ！

段々と手の感覚がなくなってくる。指先が冷たい。もう駄目……助けて……

とうとう柵から手が離れてしまった。私が落ちるの！　どうして？

ふと見上げると、部屋の明かりに照らされたバルコニーの端に、見知った顔を見た。

あれは！　お父さんとお母さん……やはり！

二人は最後まで邪魔をしたのね。みんなに何かを吹き込んだのね！　だから助けてくれなかったのよ！　許さない！　絶対に許さない！　私は死なない！　死にたくない！　私は……絶対に許さない……

体がピクリとも動かない。真っ暗で何も見えない。誰かが言い合う声だけが聞こえる……

「なぜ私が婚約を破棄されるんですか！　しかもコレと結婚しろだ？　私はお嬢様を選択したはずです！」

「辺境伯の地位は譲るよ。しかしなぜ嫌がるんだね。相思相愛のソレと結婚して辺境伯になれる。

最高だろう」

「それは！　しかしこの状態の女と結婚なんて冗談じゃない！　私はお嬢様を選んだんだ！　お嬢様だって、後釜を見つけられるのか？」

「……私はそれが気に食わないんだよ。なぜ君に選択肢があるんだ？　婚約者である娘を選ぶのは当然だろう。婚約は、娘を愛していることが前提なんだ！」

「そ……それは……」

「つまり、娘を好いていない婚約者はいらんというわけだ。後釜の心配もないから、安心して私の後継者として頑張ってくれ」

「あのときコレを選んでいたらどうなったんだ？」

「愚問だな。婚約破棄で、辺境伯の地位もなしだ。真実の愛は一つだけだ。その愛を何人もの女にささやくやつに最愛の娘をやれるか！」

　この声は、お嬢様の婚約者とお義父様の声よね？　喧嘩しているの？

「しかし、コレ呼ばわりか？　ソレも君のことだけは信じていたようだが……。あぁ、一つ朗報だ。ソレは私の養女となった。兄弟と姉妹での合同挙式は盛大にしてやる。楽しみにしているといい」

「はぁ？　兄弟と姉妹？」

「お前には、侯爵家に養子に行った兄がいるよな？　彼がずっと娘を望んでくれていたんだ。私が、嫁に出すのが辛いからと保留にしていた。だがね。彼は娘を陰から支えてくれた。その純真さにほだされてね。娘の幸せのためなら、私の寂しさなど捨て去ろう」

お嬢様にそんな相手がいたの？　いつの間に？

「君は娘が立てるようになったことを知っていたか？　数歩だが歩けるようになり、体もかなり丈夫になったよ。全て君の兄上が、薬や医者を探してくれたおかげだ。もう娘の幸せに貴様はいらん。本当ならば貴様を捻り潰したいくらいだが、娘の幸せにケチをつけたくはない。命拾いしたな」

声が聞こえなくなった。そろそろと目を開く。真っ白な天井しか見えない。体中に違和感を覚える。ここはどこ？　二人はどうして私を無視して置いていったの？　いったい私はどうしたの？

なぜか目玉しか動かない。指先一つ自由にならない。私の体はどうなったの？

ああそうね……

私は死後の世界で夢を見ているの。だから聞こえた戯《ざ》れ言《ごと》は全て嘘っぱち。違和感も気のせいね。

神様、早く迎えに来て。来世は幸せになりたいわ。

私は静かに目を閉じた。しかし何度目覚めても現実は変わらない。

神様も意地悪ね。もう試練はいらないわ。早く来世へ……何かしら？　部屋が騒がしい。室内にたくさんの人の声？

……これは何？　どうして？　意味がわからない……

真っ白い天井には……笑顔のお嬢様と、腕を組む見知らぬ男性の姿。その前にはお嬢様の婚約者と腕を組む……私がいた。

これは結婚式だ。これは……

「あはははは！　そうよ！　ここは現実。ならそこに映る私は？　偽物？　ううん、私こそまやかしなのよ！　嫌ー」

……私は夢の世界へ逃避した……

◇硝子《ガラス》の幸福

私たちの大切な一人娘が死んだ。

いや、正確にはまだ死んではいない。しかしあれではもう、生きているとは言えないだろう。しかも余命いくばくもないという。辺境伯様は黙っていてくれたが、私はたまたま医者の話を聞いてしまった。

死に損ないの娘を辺境伯様は養女にしてくださり、更には好き合った男性と結婚まで。それがたとえ仮初《かりそ》めであっても、お嬢様のためだとしても……

アリーちゃんのご両親が亡くなったとき、その原因が自分の発した言葉であると、最後まで気付けなかった愚かな娘。それでも私たちはお前が可愛かった。

彼女には身寄りがなく、全てを手放し奉公に出る……そう聞いたとき我々は、お前を見捨ててでも彼女の援助をすべきだった。アリーちゃんならきっと大丈夫。私はそう信じた。いや、信じたかった。しかし我々の娘は……

噂はどこにでもついてくる。我々は肩身の狭い思いをしながら、逃げるように住処《すみか》を転々とした。しかし、なんとか落ち着いた魔の森でも同様だった。お前が辺境伯様の元へ行くのを止められなかったのも、甘やかしてなんでも許してしまった私たち夫婦の罪だ。

身の丈にあった生活。その中で得ることのできる幸福。

私たちはお前を得て、その幸せを感じたんだよ。だからこそお前にもこの幸せを感じてほしかった。与えたかった。ただそれだけだったのにな。

お前が私たちの元から去ってしまったことにも慣れた頃、突如、辺境伯様ご本人が魔の森まで私たち夫婦を訪ねてきた。頭には最悪なことばかりしか浮かばない。

しかし予想外の言葉に唖然としてしまう。

娘はお嬢様の侍女としてしっかりとサポートしており、姉妹のように仲良く夜会などにも出ている。私たちさえ良ければ、ゆくゆくは辺境伯家の養女にしても良いと言われたのだ。

ありえない。あの娘がそんなにしおらしいものか！　それとも優しいお嬢様に諭《さと》され、真っ当な娘になったのだろうか？

一筋の希望が胸に宿る。しかし……

「かなりの浪費家ではあるが、間接的に娘のために金を出していると思えば安いものだ。娘は貴金属やドレスを貸していたようだが、大切にしていた母親の形見まで貸していたのには驚いたよ。それだけ娘は彼女を気に入っているのだろうな。今は私が買い与えているから、心配はいらんよ」

夫婦で視線が絡まる。母親の形見を貸すなんて……やはりこれは……たぶん、アリーちゃんのときと同じだろう。しかも今回は搾取《さくしゅ》しているだけではない。おそらくお嬢様を脅して奪い取り、周囲の人々をも騙《だま》し貢《みつ》がせている。これでは立派な詐欺ではないか！

許せ娘よ。

私たちは土下座し、辺境伯様に全てを話した。アリーちゃんのご両親を巻き込んでしまった我々の起こした事故。そのときに娘が仕出かした大罪。もちろんアリーちゃんのご両親の、特殊スキルについては話さなかった。しかし……

「まさかあのアリーちゃんか？　今の話の辻褄の合わぬ部分は、特殊スキルの件か？」

私たちも驚いた。辺境伯様はアリーちゃんを知っていた。彼女は料理人となり、商業ギルドを介して辺境騎士団にクッキーなどを卸していた。しかもご両親と同じく、特殊スキルを得ているそう。戸惑う私たちに辺境伯様は、貴族議会も各ギルドも彼女のことを守護しているため、心配はないと言われた。それならば良かった。

彼女は頑張っている。私たちも決断しなくてはならない。どんなに辛くても……

「私は社交場に出ないからな。そちらも調べてみよう。すると、娘に頼まれたからと、彼女を伴い一緒に夜会に参加している婚約者も怪しいな。下心があるにせよ、気に入られたのなら構わない。娘に知られないように頑張ってもらおう。だが不快感を与えているなら許せない……」

全ての決着は今度の夜会でつけると言われた。きっとこの日が、娘との最後の日となるのだろう。

＊　＊　＊　＊　＊

これは酷《ひど》いな。私の目もすっかり腐っていたようだ。少し調べただけでこれほどのボロが出るとは、あまとめられた調査結果を眺めてため息をつく。これが仇《あだ》の両親には感謝せねばならない。

私は亡くなった妻以外を伴いたくなくて、夜会はもちろん茶会にすら一切出なかった。これがとなり、娘の身に起きていることに気付けなかった。

我々の前では献身的な侍女を演じ、陰では娘を悪役にし同情を買おうとしていた……その表の顔に、まんまと騙《だま》された私も大バカだ。娘が外の世界に出てくれたことに、浮かれすぎていたようだ。

私は誤解をしていたらしい侍女長に真実を伝え、彼女の味方を全て調べ上げた。それらにも真実を伝え、寝返らせる。

まあ私の言葉には、本来ならば真実など必要がない。雑魚《ざこ》どもの大声と私の一言に、どれほどの差があると思うんだ？　お前らの嘘が噂になるなら、私の嘘は真実になる。それすら理解できぬ羽虫風情が！

養女になったら娘と同等？　ふざけたことをほざくな！　お前は娘の手足だと言ったはずだ。娘が気に入ったならとペットに格上げしたのに、主人を敬わずあまつさえ牙をむいていたとはな。

あの婚約者と一緒に奈落の底に落としてやろう。娘の元には白馬の王子が通っているぞ。夜会を楽しみにしているがいい。

……まさか娘がバルコニーから転落するとは思わなかった。あのとき私は娘を捜していた。主役がいなくては、あの侍女を断罪してもつまらない。私の断罪劇を見て娘は嘆くだろうが、娘には慰《なぐさ》めてくれる男がいる。しかし娘はどこに？

そのとき、あの侍女の悲鳴が！　まさか娘に何かあったのか？

こちらへ走ってきた婚約者に話を聞き、慌ててバルコニーへ向かうと……なぜか助けてと手を伸ばす二人。私は咄嗟《とっさ》に、バルコニーに備え付けの緊急用ロープを婚約者の腰に装着した。そして二本の手の前に突き飛ばす。

そう。未来を選ばせた。しかしその選ぶ未来は、白馬の王子にかっさらわれる運命だ。

案の定、娘の手を取った。婚約者は続いて侍女を助けようとしたが……私とバルコニーを埋め尽くす者たちの視線に縮こまった。

私は集まっていた人々に、会場内に戻るように合図する。万が一にも中から見えぬように、意図的に人垣で隠していたのだ。

向き直ると、すでに助けを求めていた手はなくなっていた。ドサリと何かが落ちる音が響く。泣き崩れる我が娘……

私が娘に良かれと招いていた友人たち。そして双子の侍女たち。彼らはバルコニーの端で青ざめていた。次は我が身だと感じたのだろう。しかし私からは何もせん。精々ビクついているんだな。

娘の無実とやつらの行いはすでに周知されている。未来は辛いものになるだろう。

双子の侍女は夜逃げした。しかし我が家を逃げ出した人間を、どこの家も雇いはしない。しかもここは辺境伯領だ。周囲は魔の森が取り囲んでいる。正規のルートでないと、町を出ることすらできない。まあのたれ死ぬ運命しかないだろう。

転落した侍女は虫の息だったが助かった。しかし余命はいくばくもないという。なかなかしぶといな。まあ簡単に死んではつまらない。なんなら貴様にも、冥土《めいど》の土産《みやげ》に見せつけてやろう。素晴らしい企画を思い付いたぞ！　すぐにでも用意を始めよう。


まだまだ噂の絶えないあの転落事故から約二週間。私は急遽《きゅうきょ》、二組の合同結婚式を大神殿にて行った。

一組目は、辺境伯家長女たる我が娘と、養子とはいえ侯爵家後継者である我が甥の婚姻だ。二人は婚姻後、侯爵領にて暮らす。

二組目は、養子に迎えたばかりの辺境伯家次女と、婿養子となる伯爵家五男の我が甥との婚姻だ。現辺境伯である私は、城での役職の引き継ぎと身辺整理ができ次第、引退して次代へ爵位を譲る。そう宣言した。

挙式も披露宴《ひろうえん》も盛大に行った。

社交界で我が娘を貶《おとし》めていた、噂好きな貴族たちも全て呼んでやった。そうした貴族たちにはあの転落事故については、侍女が娘を助けた美談として周知させている。

娘を貶《おとし》めたことを知られてはいないだろうと、ほくそ笑みながらおべっかを使って群がるやつら。

バカめ。ここになぜその侍女がいるんだ？　なぜ娘の元婚約者に腕を絡め、花嫁として娘と仲良く歓談している？

普段はまだ車イスや杖が必要だが、休みながらであれば自力で歩行ができるようになった娘。そのリハビリを懸命に支えた新郎。微笑み合う二人は本当に幸せそうで、思わず泣いてしまいそうだ。

おや？　もう一組の新郎新婦と話をしているのか？

「弟よ。彼女を手放してくれて感謝する。私が必ず幸せにしよう」

「くっ……」

「今までありがとう。まさかあなたと彼女が付き合っていたなんて驚いたけれど、私は二人とも大好きよ。だから幸せになってね」

「お嬢様……ごめんなさい……」

「もう……花嫁が泣いては駄目。あなたは私の命の恩人よ。助かってくれて本当に嬉しいわ。幸せになりましょう」

「ライラ。そろそろ挨拶回りをしよう。足は大丈夫か？」

「ええ。あなたに寄りかかっているから大丈夫。いつも支えてくれてありがとう」

娘との接触に不安を抱いたが、どうやら杞憂《きゆう》だったようだ。

天国の妻よ。娘の晴れ姿は見えたか？　美しかったな。若かりし頃のお前の花嫁姿を思い出したよ。そんな愛するお前と私の宝だからな。絶対に幸せにせねばな。

私はこの結婚式の一部始終を延々と、魔道具を使ってあの侍女の部屋の白い天井に投影してやった。

新婦である侍女は今、寝たきりで式などに参加できるはずもない。そこで考えたのが、替え玉結婚式だ。

替え玉には、いわゆる血統の魔道具の一つ【まやかしの人形】を使用した。どんなものにでも変幻自在。人にでも動物にもなれる。この魔道具を継承していた血族は、すでに没落している。縁があり私が入手したが、魔力さえ充填《じゅうてん》できれば私にも扱えたのだ。

しかしあの役者は将来大物になりそうだ。娘は微塵《みじん》も疑っていなかった。

怒濤《どとう》の一日が終わり、ようやくソファーに腰を下ろしてワインを呷《あお》る。

娘はすっかり丈夫になり、子をなしても大丈夫だと、主治医よりお墨付きをいただいた。歩行が完璧になれば何人産んでも良いとまで言われたと、恥ずかしそうにしながら私に伝えてきた。私にたくさんの孫を抱かせてあげたいと言う。だから寂しがらないでと……私はすぐにでもお祖父ちゃんになりそうだ。

娘よ幸せであれ。お前を守るためなら、私は鬼にも悪魔にもなろう。自分を助けようとして転落した侍女。娘は半狂乱になったが、新しい婚約者が支えた。そして娘の心を掴《つか》んだのだ。

合同結婚式は私なりの復讐《ふくしゅう》だった。社交界で娘を嘲笑《あざわら》っていたやつらに、娘の幸せを見せつけた。替え玉結婚の真相を知る者たちに、元婚約者の間抜けな顔を晒《さら》した。

私はやつを許してはいない。爵位を譲る？　もちろん約束はした。だが私が辞するのは、いつになるかわからんぞ。私は有能だから、王も宰相も放してはくれん。説得するのに、短くても数年は必要だろう。

全身麻痺《まひ》の体で余命は三ヶ月もないというあの侍女。自分の結婚式を見て発狂しおった。しかしそう簡単に楽にはさせない。精神異常を治す薬もあるからな。娘の婿殿には感謝しかない。

まあ間違いなく私が爵位を譲る前に、あの侍女は死ぬはずだ。だから婚姻を急いだんだ。数ヶ月以内にあの侍女は、転落事故の後遺症で死亡する。

心優しい娘は嘆くだろう。しかし侯爵家の領地は遠い。その距離と日々の幸せが、きっと娘を癒《いや》してくれるだろう。

元婚約者は、彼女が死んだら再婚でもするつもりなのだろう。しかし相手がいるかな？　事件の真相を知る者は、可愛い娘を嫁になどやらぬだろう。知らぬ家なら可能性はあるが、そんなバカな家の娘を辺境伯家に入れるわけにはいかない。王家にすでにことのカラクリは伝えてある。王家は貴様の婚姻に許可を出しはしない。

彼女――リラが死んだら、立派な墓をたててやろう。

『ライラックの花言葉は、大切な友達。名前と私の気持ちが一緒なんてすごいわ。でも私と同じ名前になるから、愛称では呼べないわね。ライラックは大切な友達なのに残念だわ』

そう嬉しそうに笑顔で私に告げた娘。私は侍女の、ライラックの名が気に食わなかった。名を聞く度に、大切だと言った娘の言葉を思い出すのだ。

だから養女にする際に名前も変更してやった。もちろん魔の森のご両親には話を通してある。名付けには両親の思いもあるだろう。それに敬意を払い、ライラックからリラへと変更したのだ。

リラはライラックの別名だ。花言葉は変わらんが、娘と同じにならぬだけマシだろう。

両親はといえば、我々には娘はいなかったと思い、魔の森で戦う者たちに一生を捧げたいという。同じく娘を持つ親として、その決意には尊敬の念を抱かずにはいられない。

これで私の断罪は終わりだ。たくさんの孫のうちの一人を、辺境伯家の後継に迎えよう。元婚約者は婿養子だ。私の養子ではない。さてどう出るかな？　まあ先にリタイアするだろう。

おや？　ノックの音がする。こんな夜更けに誰だ？

「誰だ？　開けて良いぞ」

「はい。失礼いたします。新しいお水と氷でございます」

「ああ。侍女長か……遅くまですまないね」

「いえ。お嬢様は先ほどお休みになられました。『孫を楽しみに待っていてほしい。今晩はご心配なさらず、お早めにお休みになってください』と、旦那様から大旦那様へ言付かって参りました」

ほう。なかなか気のきくやつではないか。

「もう一つ……替え玉の女性に手を出そうとして、契約内容に含まれないからと軽くあしらわれ、双子の侍女のもとに行けばどこにもいない。リラ様は高笑いしているのみ。その傍《かたわ》らで途方にくれている方がいます」

「バカは放置で構わん。すぐに決着はつく」

侍女長を下がらせ広いベッドに潜《もぐ》り込む。

娘よ。末永く幸せであれ。義理の息子よ。娘を頼む。

仲良きことは美しきかな。年寄りは安心して眠ろう……

◆特別編・What day is today? 〜again〜

ころポックル亭では暑い夏の日に、かば焼きの日を開催しています。

かば焼きとは、ようやく国を開いたばかりの帝国のお料理です。私はこの帝国が開国する前の年から、かば焼きの日を開催していました。旅の商人さんから、遠い国の珍しいお品を購入していたからです。

初めてのかば焼きの素材は、なんとSランク魔物のウロボロスでした。偶然手に入れたこの珍しい食材を、どんなお料理にしようかと悩んでいたのです。

その際に、旅商人さんにかば焼きのアイデアをいただきました。

帝国は島国で隔離されていたためか、陸上や近海には魔物が生息していません。現在もダンジョン内部にしか存在していないのです。そのため、もちろん食材に魔物肉などは使用しません。

かば焼きはウナギという川魚を使用するそうです。同じにょろにょろでも、ウナギとウロボロスとではまったく違いますね。

かば焼きの下に敷くご飯も、我が国では、薄味に炊き込んだご飯でした。さすがに旅の商人さんも、白米を運ぶことはできなかったのです。当時はまだまだ、マジックバッグは貴重品でしたからね。

しかし今年は違います。帝国はすでに手広く貿易を始めています。昨年までは珍しがられた浴衣《ゆかた》やウチワなども、今は我が国でも通常の商店で販売されています。

ならば今回は帝国の白米で！　といきたいところなのですが、食堂で提供できるほどは集まりませんでした。どうしても欲しい方は個人輸入でどうぞ。これが我が国の方針です。

我が国の主食は小麦です。しかし種類は違いますが、お米もあります。国内のバランスが崩れる可能性を考慮し、帝国からお米の輸入はしないと定められました。個人輸入ではかなり割高になりますが、仕方がありません。

まあ私の場合は、運搬は自分でできます。関税のみ支払えば良いので、そんなにお高くはなりません。もちろん個人で消費する分には税金はかかりませんよ。え？　黙って運んでしまえばわからない？　確かにそうですね。でもその少しの不正が、災いを招く恐れがあるのです。

お金は消費して世の中に回しましょう。そうして国は潤ってゆくのです。

さてでは、今年のかば焼きの日はどうしましょう。実は私は、本物のウナギでかば焼きを焼きたかったのです。しかしお米同様に、それだけの数が集まりませんでした。

だってウナギって小さいんですよ。一匹で一人前くらいにしかなりません。何か代わりになる食材はないものでしょうか？　お客様がとても楽しみにしてくださっているのです。

そんな中突然の、冒険者ギルドからの緊急召集です。なんと海岸線に巨大なヘビが出没し、大暴れしているそうです。海にヘビ？　ウミヘビの仲間かしら？　私は首を傾げてしまいました。

巨大ヘビの名前は、コンガーイール。アナゴに似た魔物です。今回呼ばれたのは新生ホワイトハットの五名。ギルマスが討伐についての説明をしてくれました。

コンガーイールは本来大人しい魔物だそうです。しかし今回はたまたま、川下にある住処《すみか》の上に、人が橋を架けてしまいました。

住処《すみか》を荒らされたコンガーイールは、一度上流で別の住処《すみか》を探したそうです。しかし気に入る場所がなくウロウロとさまよっていました。再度川を下りましたが、結局気に入る場所が見つからずに海に出てしまったのです。

しかしその河口には、狂暴な海のギャングと呼ばれるウツボに似た魔物、ブルータルモーレイが住んでいたのです。その一帯はこのブルータルモーレイの縄張りでした。コンガーイールは川でも生息は可能ですが、本来海に住んでいます。たぶん、ブルータルモーレイがいるので避けていたのでしょう。

それなのに寝床を人間に奪われてしまい、縄張り争いにもやはり敗れたコンガーイール。憤慨《ふんがい》して架けられたばかりの橋をぶち壊し、心配で橋を見にくる人々を次々と襲っているのです。

大人しくしていたのに可哀想ですが、一度狂暴化した魔物は元には戻りません。特に人間の血肉の味を知ってしまった魔物は、必ず討伐しなくてはならないのです。

「場所は船着き場の近くだ。おかげで船も出せずに困っている。ガタイがでかくて見た目は怖いが、水系だから雷に弱い。電撃でも喰らわせて斬りつければ余裕だろう。よろしく頼む」

ギルマスの言葉にメンバーがしばし考え込みます。

「水場で雷って……炎の私じゃ役立たずじゃない。ルイスは？」

「私も雷を使えはしますが、あれは通常使用する魔法ではないのです」

「私の【殺っておしまい棒】はどう？ 接近しなくてはならないけど雷よ。雷撃が出るの。リーダーは？」

「私と剣士の専門は物理攻撃だ。魔法使いに幻惑の魔法を使用させ、賢者のブーストで雷の威力を高められるか？」

「【殺っておしまい棒】は、魔力を利用した魔道具ですよね。ですから私がブーストをかける必要はありません。魔法使いの幻惑で弱ったところに電撃。トドメを物理でという感じですね。なら決戦は地上でないと不利ですね」

この魔物はほとんど水の中にいるのです。弱らせたとしても、どう地上に出すかが問題よね。みんなも考え込んでいます。

「なら先に私が水中に電撃を打ったらどう？ 雷は水中も通るわよね？ 感電して浮上してきたところに魔法使いに幻惑をかけてもらえれば、弱った魔物を私が風のスキルで地上に飛ばすわ」

「では地上に上がったところで、私が結界で魔物を包みましょう。以前アリーがシードラゴンに使った手法ですが、球状に包囲すれば、うっかり水に落ちても浮きますからね。落ちたら再度陸にあげてもらいましょう」

よし、それで行こう！

ホワイトハットは一致団結です。あのダンジョン最下層での追放。そして断罪。その後一年の反省期間を経て再結成。それからも色々とありました。ダンジョンなどにはよく行きましたが、新生ホワイトハットとしての討伐依頼はこれが初めてです。さあみんなで出発です。

なんて威勢よく出かけた私たちですが、討伐はあっという間に終了してしまいました。

相手はAランクの魔物です。作戦通りのやり方で呆気なく依頼完了。見学に来ていた人々も、あまりの早さに唖然としていました。

そんな中、私はこっそりと、コンガーイールをインベントリにしまいに行きます。これはラッキーです。コンガーイールは、かば焼きに使えそうです。鑑定をかけてみたらバッチリでした。

喜んでいると、突如ギャラリーが騒ぎ出しました。何事かと振り返ると、海の方から大きな影が接近してきます。あれは！　間違いありません。ブルータルモーレイです。

これはまずいです！　食べられてしまいます！　もちろんコンガーイールが、です！

ギャラリーは、ホワイトハットのみんなが避難させてくれています。ブルータルモーレイはSランクの魔物で、しかもかなり狂暴なのです。早々に逃げなければなりません。狙われたコンガーイールは諦めなくては……

「アリー！　無理は禁物です！　態勢を立て直しますから、早く避難してください！　コンガーイールは諦めなさい！　自分が食べられますよ！　私以外に食べさせては駄目です！」

「……」

冗談を言う余裕はあるんじゃない。

「キャー！　危ない！　逃げろー！」

「アリー!!」

ギャラリーの慌てふためく声と、ルイスの大声が聞こえてきます。し……しかしですね？

「そんなもったいないことはできませんよ！」

私は風のスキルでコンガーイールを引き寄せようとしました。ブルータルモーレイは一直線にコンガーイールに向かって……いません。あれ？　まあちょうどいいです。

コンガーイールをインベントリに無事にしまい込みました。これでかば焼きの日は安心です。

あら？　ブルータルモーレイの進行方向って？　やだなぁ。もしかしなくても、間違いなく私に向かって来ているじゃない！　私なんてちんまいし、食べても美味《おい》しくないわよ？

あ……私の後ろにはたくさんのギャラリーもいるからね。敵さんの進行方向がこちらに向き、退避中の皆様が慌ててるわけです。だから悲鳴が上がっていたのですね。

うーん。大きさなら私たちより、コンガーイールの方が食べ応えがあったのにね。大きさより数なのかしら？　まあいいや。

とにかくしまったからには、これはもう出しません！　食材は料理人の命なのです。

「アリー！　早く避難してください！」

ルイスごめん！　ここまで来たら殺るしかないでしょ？　私が逃げたら、今度はきっとそっちに行くと思います。

私は川に向かい走り出しました。ブルータルモーレイは海から川に入り、グングンと距離を詰めてきます。私が先に川べりに到着です。アリーゆきます！

【殺っておしまい棒】、全開。最高出力！　ビリビリゆけー！」

川の水がビリビリと波打ちながら川下へ向かってゆきます。

「よし！　直撃だ！」

ブルータルモーレイは水面に浮き、ピクピクと痙攣《けいれん》しています。川の水ごと、球状に結界を張ってブルータルモーレイを包みました。次は結界に小さな穴を開け、徐々に水を抜いてゆきます。

ブルータルモーレイは水中を好むけど、陸でも暮らせる魔物なのです。つまり空気と水、どちらかが残っていれば死なないのです。

やがて空気も水もなくなり、ピッチリとした袋で包装されたような姿になったブルータルモーレイ。空気か水を求めているのでしょうか？　最後の足掻《あが》きとばかりに転がり回り、川に落ちると動かなくなりました。

「やったね」

ギャラリーの拍手に満面の笑みで応える私。先のコンガーイールを瞬殺した、ホワイトハットの雄姿がすっかり霞《かす》んでしまいました。

メンバーに無茶をするなとしこたま叱られ、ギルドに戻ってからも延々とお説教を食らってしまいます。だって。だって。だってー！

「ルイスがコンガーイールを諦めろと言うんだものー！　かば焼き素材を諦められるはずがないじゃない！」

食材は料理人の命なのです。ましてや未知の食材ですから！　皆様の視線が痛いですが、終わり良ければ全てよし！　ですよね。

今年のかば焼きの日の食材は、コンガーイールで決まりです。

一緒に討伐したブルータルモーレイは、干物にして様々な料理に試してみました。こちらも同じくかば焼きの日に提供し、お酒に合うと大人気。

更に今年は討伐時の雄姿を見たという、他の町の方々まで食堂に足を運んでくれたのです。食べられる食材ならば、美味《おい》しい料理にしてみせましょう。これこそ料理人の神髄《しんずい》です。

新生ホワイトハットのメンバーたち。冒険者ギルドに商業ギルドの皆さん。王宮の皆様や貴族議会の方々。お店を支えてくれるたくさんのお客様。そして商店の皆様に町の人々。

皆さんに感謝しながら、私は毎日を過ごしています。

天国のお父さんにお母さん。私は幸せだよ。もう後ろは振り向かない。未来に向かって走るよ。

私もいつか二人のようになりたい。アリーは今日も元気です。

Regina COMICS
大好評発売中!!!!!
原作：青蔵千草
漫画：秋野キサラ
Presented by Chigusa Aokura
Comic by Kisara Akino
シリーズ累計20万部突破!（電子含む）
異世界で失敗しない100の方法 1~4
攻略マニュアル系ファンタジー
待望のコミカライズ!
アルファポリスWebサイトにて
好評連載中!
就職活動が上手くいかず、落ち込む毎日の女子大生・相《そう》馬《ま》智《ち》恵《え》。いっそ大好きな異世界トリップ小説のように異世界に行ってしまいたい……と、現実逃避をしていたら、ある日、本当に異世界トリップしてしまった！この世界で生き抜くには、女の身だと危険かもしれない。智恵は本で得た知識を活用し、性別を偽って「学者ソーマ」になる決意をしたけど――!?
B6判／各定価：本体680円＋税
アルファポリス 漫画
検索
異世界で失敗しない100の方法
男装女子大生、騎士様と共に謎に包まれた精霊の賢妃を追え!
20万部突破!!
攻略マニュアル系ファンタジーコミカライズ!

この作品に対する皆様のご意見・ご感想をお待ちしております。

おハガキ・お手紙は以下の宛先にお送りください。

【宛先】

〒150-6008 東京都渋谷区恵比寿 4-20-3 恵比寿ｶﾞｰﾃﾞﾝﾌﾟﾚｲｽﾀﾜｰ 8F
(株) アルファポリス　書籍感想係

メールフォームでのご意見・ご感想は右のＱＲコードから、
あるいは以下のワードで検索をかけてください。

アルファポリス　書籍の感想　検索

ご感想はこちらから

本書は、「アルファポリス」(https://www.alphapolis.co.jp/) に掲載されていたものを、
改稿、加筆のうえ、書籍化したものです。

専属料理人《せんぞくりょうりにん》なのに、料理《りょうり》しかしないと追《お》い出《だ》されました。2

桜 鴬 (さくら うぐいす)

2020年 6月 30日初版発行

編集ー堀内杏都・宮田可南子
編集長ー太田鉄平
発行者ー梶本雄介
発行所ー株式会社アルファポリス
〒150-6008 東京都渋谷区恵比寿4-20-3 恵比寿ｶﾞｰﾃﾞﾝﾌﾟﾚｲｽﾀﾜｰ8F
TEL 03-6277-1601 (営業) 03-6277-1602 (編集)
URL https://www.alphapolis.co.jp/
発売元ー株式会社星雲社 (共同出版社・流通責任出版社)
〒112-0005 東京都文京区水道1-3-30
TEL 03-3868-3275
装丁・本文イラストー八美☆わん
装丁デザインーAFTERGLOW
(レーベルフォーマットデザイン—ansyyqdesign)
印刷ー中央精版印刷株式会社

価格はカバーに表示されてあります。

落丁乱丁の場合はアルファポリスまでご連絡ください。

送料は小社負担でお取り替えします。


ISBN978-4-434-27349-0 C0093